徳間文庫

警視庁特殊詐欺追跡班

サイレント・ポイズン

六道　慧

徳間書店

目次

第1章　昔の男

1

港区六本木の一角は、物々しい雰囲気に包まれていた。

時刻は午前二時。

住宅街は眠りに落ちている時間だが、五月の爽《さわ》やかな夜に導かれたのか、町は嬌《きょう》声《せい》に満ちている。行き交う酔客や水商売ふうの女性を、特殊詐欺追跡班の巡査長――片桐冴子《かたぎりさえこ》は無言で見つめていた。耳には無線のイヤホンを着け、抵抗されたときにそなえて防弾チョッキを着用していた。

助手席には上司の本郷伊都美《ほんごういつみ》警視が座っている。アラフォーの三十九だが、張り詰めた横顔は若々しいというよりは幼くて、全員が二十三歳という冴子たちメンバーと、さして変わらないように見えた。

もう一台の覆面パトカーの運転席には班員の小野千紘《おのちひろ》と喜多川春菜《きたがわはるな》が待機中で、他にも所轄の何台かの面パトや私服警官が、目立たないようにそのときを待っていた。全員、イヤホンと防弾チョッキを着けていた。

「来た」

冴子は小声で告げた。地下に続くバーの出入り口から、アタッシェケースを持つ男が現れる。髭面《ひげづら》で年は四十二、若い頃から様々な詐欺に関わっていることから、前科三犯であり、年明けに出所したばかりだ。性懲《しょうこ》りもなくと言うほかなかった。

地下の店から上がって来たのだろう。一緒に酒を飲んでいた取引相手の若い男を、肩越しに振り返りながら、なにか話している。取引相手もまた、大きな黒い鞄《かばん》を大切そうに抱えていた。

「行くよ」

告げるや、冴子は飛び出した。ガードレールを身軽に飛び越えて、男たちに歩み寄る。ほとんど同時に飛び越えた長身の春菜が並び、ガードレールを飛び越えられなかった伊都美と千紘は、少し遅れて後ろに付いた。私服警官たちも半円状になって、二人を逃がさないように輪を縮める。

「なんだよ、おまえたちは」

男は後ろにいた若い男を庇《かば》うように身体《からだ》で隠している。私服警官が話しかけ、若い男を素早く引き離した。

「警視庁捜査2課特殊詐欺追跡班の片桐冴子です。後ろにいるのは、責任者の本郷警視。深澤将雄《ふかざわまさお》ですね」

「いや、おれは……」

「深澤将雄、四十二歳。特殊詐欺の受け子、取り込み詐欺、送りつけ商法といった詐欺事件で、前科三犯。今回は少し変わった事案を扱っているようですが」

「失礼します」

　春菜が素早く身体検査をする。千紘は深澤にアタッシェケースを開けさせて、地面に置き、伊都美と一緒に中を確認し始めた。二人ともパンツスーツ姿で、千紘は制服、伊都美は私服だが、革製の赤いスニーカーが目立っていた。

　離れた場所にいる若い取引相手は、私服警官たちに深澤の正体を教えられたに違いない。驚いたような顔をして、大きく目を見開いていた。

「おれのアタッシェケースを見るなり、なんだよ。誤認逮捕だ。おれは友達と会って飲んでいただけですよ」

「おい、本当なのか、これが偽物だっていうのは」

　若い男が来て持っていた大きな黒い鞄を掲げる。胸ぐらを摑《つか》もうとしたが、彼に張りついていた私服警官が腕を引いて、止めた。

「確認してください」

冴子の言葉で、私服警官のひとりが大きな黒い鞄を開けさせた。中から取りだしたのは、布製の袋に入ったステンレス製の保存容器、ドライシッパーだ。液体窒素を充塡《じゅうてん》し、冷凍した和牛精液の入ったストローを何本か入れているに違いない。

「間違いなく本物だと言うから金を用意したんだ。返せ、五十万。厳しい経営状態の中、やっと工面した金なんだ。返せっ、返せよっ、早く！」

胸ぐらを摑み、叫んだが、冴子は若い男の両手首を握り締める。それだけで力が入らなくなったらしく、いやおうなく両手を離した。魔法のように思えたかもしれない。

若い男はふたたび吃驚《びっくり》した顔になる。

「勘違いしているんですよ。本物なのにな」

深澤は薄笑いを浮かべていた。

「それは検査ではっきりさせます」

「容疑はなんですか」

「ブランド牛ではない牛の精子を、ブランド牛と偽って彼に五十万円で売りました。それは認めますか」

「確かに売りましたが、おれはブランド牛だと思っています。あとはノーコメントです。だいたいが起訴できないでしょ。不起訴で終わるのが関の山ですよ。刑事さんたちの仕事を増やしてしまった点に関しては、申し訳ないと先に謝罪しておきます。無駄に税金を使ってしまうわけですからね。胸が痛みますよ」

　平然と言い放った。唇をゆがめて、ふてぶてしい笑みを浮かべている。虚勢を張っているのではないだろうか。街灯に照らされた顔は、青ざめているように思えた。

「二〇二〇年四月に『家畜遺伝資源不正競争防止法』が成立しました。これは家畜として子どもを作るための精液や受精卵が、不正に出まわるのを防ぐために制定された法律です。あなたは逮捕者第1号かもしれません」

「へぇ」

　と、深澤は鼻を鳴らした。

「記念すべき第1号か。その家畜遺伝云々《うんぬん》法は、知りませんでしたが、おれには関係ありませんね。渡した精子は本物のブランド牛のものですから」

「詳しい話は署で伺います」

　冴子は、若い取引相手を先に連れて行ってくださいと目顔で示した。騙《だま》された男は深澤を睨《にら》みつけて、私服警官たちと面パトに向かう。逮捕時間を告げた後、手錠で後ろ手に被疑者を拘束し、自分たちの面パトの後部座席に深澤を乗せた。冴子は隣にそのまま乗り込み、反対側に千紘からアタッシェケースを受け取った春菜が座る。運転席についた千紘に続き、上司が助手席に乗ろうとしたものの、素早く仕草で制した。

「本郷警視は、もう一台の面パトを署まで運転してください」

冴子は春菜から渡された鍵を窓越しに渡したが、

「え」

伊都美は当惑したように硬直する。この二カ月、冴子は暇をみては運転を教えていたのだが、練習成果を試してみてほしいと思い、三人で相談して段取りを整えていた。

「お願いします」

「あの、でも、まだ、わたくしは」

訴えは無視して、面パトは動き出した。手錠を掛けられた深澤は、ニヤニヤして振り返る。

「わたくし、か。初々《ういうい》しいなあ。わたくしなんて言い方をする女、おれの周りにはいませんよ。育ちのいい深窓《しんそう》の令嬢という感じだな。現場の警察官には、珍しいタイプというか。赤いスニーカーが、セクシーでいいね」

なにを想像しているのか、ニヤけ顔のまま戻らない。起訴されるわけがないという妙な自信があるようだった。

「逮捕容疑はもう一件あります。オーディション詐欺の件でも内偵を進めていました。『デビューの夢かなう。新人発掘ミュージックオーディション』の広告をＳＮＳで公開。応募した女性たちにレッスン契約の話をして、大金を奪い取る。払えないという女性には、ＡＶへの出演を強要し、撮影のために性交させた」

「精液とか、性交とか、好きですね、そういう話。よく見ると美人なのに、警察官なんていう堅苦しい職業に就いてるのは、男に振られた辛《つら》い経験があるからですか。『あたしはもう、金輪際《こんりんざい》、恋なんかしないわ。仕事に生きる！』みたいになって……」

「署に着いたら覚せい剤の検査もやっていただきます」

深澤の左側に座った春菜が、アタッシェケースを開けて、小さなビニール袋を取り出した。

「吸引用のパイプもありました」

「その汗」

冴子は冷ややかに額の汗を見た。

「覚せい剤の影響ですね」

「違いますよ。若くて綺麗な警察官に囲まれて、緊張しているんです。おれの聞き間違いでなければ、警視庁なんとか班と言っていましたよね」

「特殊詐欺追跡班です」

答えるのと同時に、サイレンの音が鳴り響いた。冴子たちの車の横を、伊都美の運転する面パトが猛スピードで追い越して行く。天井では誇らしげに赤色灯が点滅していた。

「黒いバン、停車してください。聞こえましたか」

伊都美の呼びかけは、別の面パトの呼びかけに遮られる。本庁の警視に交通係をさせるのは、さすがにまずいと思ったのだろう。助手席の私服警官が片手を挙げて、追いかけて行った。伊都美はスピードを落として冴子たちの車の後ろに戻る。

(車の運転をすると性格が変わるタイプか)

あるいはと想像していたとおりだったが、深澤への聴取に気持ちを向けた。

「ひとつ、伺いますが、家畜人工授精師の知り合いがいるはずです。名前を教えてください」

一歩、踏み込んだ問いを投げる。所轄に着いたとたん、蚊帳《かや》の外に置かれる可能性があった。得られる情報は早いうちにと思っていた。

「家畜人工授精師？」

深澤はわざとらしく、眉間《みけん》に皺《しわ》を寄せる。

「なんのことですか。意味がわかりません。おれはブランド牛を保有している農場の経営者から、譲ってもらったんですよ」

「では、その……」

「農場の経営者については、ノーコメントです」

遮って、続けた。

「すでに農場を閉めていましてね。特別に分けてもらったんです」

　取り引きした精子は偽物のはずだが、あくまでも言い張っていた。ブランド牛だと思っていたとしらを切り通されれば、不起訴になるかもしれない。追跡班としては、これは別件逮捕であり、他の事案での立件を考えていた。

「今回、ネットで宣伝したとき、こうも謳《うた》っていましたよね。『ＢＳＥの心配がない牛です。わたしがお売りするブランド牛は、安心、安全です』と」

「そのとおりです。おれは売主である農場主から聞いた話を流しました。それだけのことです。さっきの話ですが、ええと、家畜なんとか法」

「『家畜遺伝資源不正競争防止法』です」

「ああ、それそれ。まったく意味わからないんですけどね。なにを、どう、守ろうというんですか」

　話を逸《そ》らして、やり過ごそうという姑息《こそく》な一面を覗《のぞ》かせたように思えたが、とりあえず答えた。

「考え方は、音楽の著作権や特許と同じです。『遺伝資源』を『知的財産』として守ろうという法律です。和牛は長年の改良で特別な地位になったことから、知的財産とみなせると判断したようです」

「精液や受精卵が知的財産？」

　深澤はまた、鼻で笑った。

「なんか、しっくりこないな。もっと、こう、生々しいというか。性の秘め事的な感じがしますけどね」

性の秘め事という表現に苦笑しつつ答えた。

「冷凍保存された受精卵などが、大阪港から中国へ持ち出されそうになった事件が法整備のきっかけになりました。家畜の牛は、ほとんどが人工授精で生まれています。なかでも和牛は脂肪がきめ細かく入った最高ランクの肉ですが、精液や受精卵などが流出すれば、同等の牛が造られる恐れがありますから」

「それじゃ、差し止めや賠償を求められるわけですか」

不安になったのかもしれない。少し真剣な顔になっていた。

「はい。裁判所を通じて求められます。ちなみに刑事罰として個人の場合は十年以下の懲役、または一千万円以下の罰金。法人としては、三億円以下の罰金と定められました」

「三億」

ひゅうっと口笛を吹いた。

「つまり、けっこう重い刑罰を科《か》せられるわけですか」

事ここに至って、ようやく実感できたのか、声も表情も暗く沈んだ。未遂に終わったのに深刻な感じになったのは、やはり、前科三犯だからだろう。他にも叩《たた》けばいくらでも埃《ほこり》が出る男だ。

「あなたに知恵を授けた人物を、教えてもらえませんか。それとも今回のブランド牛事案は、自分で考えた詐欺なんですか」

冴子はもう一度、訊《き》いた。ブランド牛の精液と偽って売る騒ぎが、先月にも一件、起きていた。任意同行された男は家畜人工授精師に教えられたと自白したが、逮捕しようとしたときにはすでに逃亡していたのである。

「さあ、おれは……」

「伴野辰治《ばんのたつじ》」

試しに家畜人工授精師の名を告げると、深澤の頰《ほお》がぴくりと動いた。おそらく間違いないだろう。なにも答えないまま、面パトは所轄に着いた。伊都美が運転するもう一台も、無事、到着する。

車を降りた冴子は、所轄の私服警官に深澤将雄をゆだねた。

「覚せい剤使用の疑いがあります。尿検査をお願いします」

「わかりました」

受けた私服警官に、春菜は抱えていたアタッシェケースを渡した。冴子は隣に停められた面パトの運転席の扉を開けた。

「お疲れ様でした。大丈夫だったじゃないですか。スピード違反の車を制止したのは最高だったと思います」

「はい。思っていたより上手《うま》く運転できました。みなさんのお陰です」

伊都美は軽い興奮状態に違いない。頬が紅潮していた。

「ありがとうござい……」

不意に言葉が止まる。両目は所轄から出て来た長身の男に向けられていた。

2

「厚生労働省地方厚生局麻薬取締部の赤坂大樹《あかさかひろき》です」

男は会釈して名刺を差し出した。

「深澤将雄は、うちが内偵捜査をしていた被疑者なんですよ。所轄の刑事課に共同捜査を持ちかけたんですが、追跡班に話してくれと言われまして」

赤坂の両目もまた、小柄な女に向けられていた。交錯する眸《ひとみ》と眸、尋常ならざる雰囲気を感じたのは、冴子だけではないだろう。メンバーは若いながらも、中身は熟女の耳年増揃い。千紘と春菜は、冴子の脇腹を肘《ひじ》で突いた。

わかってるよ、と、頷《うなず》き返して赤坂を素早く顔診断する。

(目がパッチリ大きいのは好奇心旺盛、こめかみが大きくへこんでいる人は慎重すぎる傾向あり、さらに額はまっすぐな熟考型。色々と興味は持つものの、全体的に優柔

不断な印象だな）

　フランス生まれの相貌《そうぼう》心理学だが、けっこう当たると感じていた。伊都美の家は昔ながらの典型的な家父長意識に今も染まっている。かつて警視庁で数々の伝説を残した支配的な父親が、交際を反対したのかもしれなかった。

「大丈夫かな。立ったまま、腰、ぬかしてるんじゃないかな」

　千紘は肩越しに警視を見やる。伊都美はショックを受けると文字通り、腰をぬかすのだった。

「立っているんだから大丈夫でしょうが、千紘。お世話係ね」

　告げて、冴子は所轄を目顔で指した。

「とりあえず、中に入って話しませんか」

　申し出に赤坂は、遅れて姿を見せた上司らしき五十前後の男に目顔で答えをゆだねた。彼が頷き返したのを見て、冴子は仕草で「お先にどうぞ」と示した。歩き出したかれらに従い、四人は署に入る。

　おおかた所轄の刑事課の課長は、面倒だと思うがゆえに対応を追跡班に押しつけたに違いない。深澤将雄は深更ということもあり、尿の採取だけは行ったが、本格的な取り調べは明朝になることが考えられた。

「会議室をお借りしても、よろしいですか」

冴子は受付にいた刑事課の課長に訊いた。

「ああ、どうぞ」

五十代なかばぐらいの課長は、寄る年波には勝てないのか、腫れぼったい一重の目の下に隈ができている。身長は百七十五センチ前後で、長身の春菜とさほど変わらない。表面上は協力的だが、時折、細められる目の奥に、冴子は陰湿な光を感じていた。

「準備しておきます」

春菜が先んじて動いた。だれもいなかった会議室の電気を点《つ》け、窓を開けて空気を入れ換える。

「飲み物、用意します。なににしますか」

千紘は廊下の奥の自動販売機を指した。それぞれお茶やコーヒーと答えたのを聞き、伊都美とともに自動販売機に向かった。冴子は会議室に入り、春菜と長机や椅子の位置を整える。千紘と伊都美が買い求めて来た飲み物を、長机に置いていった。

「本郷警視が話しますか」

冴子は訊いたが、念のために確認したようなものだった。案の定、伊都美は即座に頭《かぶり》を振る。かれらと直接話すのは、冴子の役目になった。追跡班の四人も席に着く。

ふだん女性警視は冴子の隣に座るのだが、複雑な気持ちを示すかのように、赤坂から一番離れた椅子に座っていた。冴子の左隣に春菜、右隣に千紘、千紘の隣に伊都美という順だった。

「申し遅れました。田宮《たみや》です」

赤坂の上司は、名刺を長机に置きながら名乗る。肩書きは課長で中肉中背、年は五十前後。所轄の課長よりはずっと誠実で真面目そうな印象を受けた。

麻薬を取り締まる組織は、眼前の厚生局麻薬取締部の他、警視庁等地方警察の薬物捜査専門部署、各税関の禁制品取締部門、各海上保安庁の密輸事犯取締部署の四カ所がある。しかし、検査命令と販売等停止命令という行政命令を実施できるのは、麻薬取締部だけだった。それが警察との大きな違いになる。

「我々は深澤将雄を去年の五月から内偵していました」

田宮は真《ま》っ直《す》ぐ目を見て続けた。

「薬の売人でしてね。芸能人や医者に顧客が多いんですよ。芋《いも》づる式に大物が、引っかかってくるのではないかと思っているんです。追跡班の今回の嫌疑《けんぎ》は」

確認の問いを即座に受ける。

「『家畜遺伝資源不正競争防止法』、簡単に言いますとブランド牛関係の詐欺です。ブランド牛のものではない精液を、深澤は偽って売りつけていました。今日は取引相手と会う段取りになっていたため、任意同行した次第です」

追跡班は今年の三月から内偵を進め、四月に法律が施行されるのを確認したうえで動いている。深澤はパシリが年だけ取ったような半グレだが、複数の事案に関わっていることから、今回は長い刑務所暮らしが予想された。

「そうですか。深澤は上客を持っているだけでなく、扱う薬も上物でしてね。入手先を突き止めるだけでも一年、かかりました」

「最近は、合成麻薬や危険ドラッグだけでなく、向精神薬——正規医療品の睡眠薬類や鎮痛剤のオピオイド等も加わって、四十種類を優に超えたとか。多剤乱用時代の到来だと感じています。医者の顧客が多いと仰っていましたが、薬の入手先はわかっているんですか」

医者から入手しているのではないかと、つい探りを入れている。どこでどう繋《つな》がるか、点が線になるかわからない。常にアンテナを張りめぐらせていた。

「いや、医者は入手先ではなく、売る相手です」

田宮は的確に読み取っていた。すべてを教えてくれるかどうかはわからないが、少なくとも現時点では、追跡班を対等に扱っていた。

「外国に行く機会が多いせいかもしれませんが、大麻に手を出す医療関係者が増えているんですよ。しかも上物を欲しがる。深澤は手に入れるのがむずかしいとされる『シンセミア』を扱う数少ない売人なんです」

冴子は驚きを禁じえなかった。

「スペイン語で『種なし』を意味する最高級の大麻ですね」

驚きがそのまま言葉になる。

大麻草は雌雄異株《しゆういしゅ》で、雌花《めばな》の周囲に大量のTHC——幻覚成分のテトラヒドロカンナビノールを含む樹脂を持つ。ところが雌花は受粉すると種を作り始め、THCの含有量が低下してしまうのだ。

そのため、あらかじめ雄株を取り除き、受粉を避けながら雌花を完熟させ、THC濃度の高いバッズと呼ばれるツボミを生み出すのである。このバッズのことを、種なしを意味する『シンセミア』と称していた。雄株の種がないまま、ツボミを生み出させるからであるのは言うまでもない。

「詳しいですね」

今度は田宮の方が、驚きを隠せないようだった。詐欺師の中には薬物中毒から抜け出せないまま、金ほしさに半グレを辞められない者もいる。常に新しい情報と知識を得るのは、追跡班の師匠たちから教え込まれた捜査の常識だった。

「その『シンセミア』は、すでに押さえているんですか」

冴子は一歩、踏み込んでみる。

「はい。深澤を泳がせて、ブツを受け取る現場で逮捕したいと思っています。アジアのある国から送られて来たEMS——国際スピード郵便の受け取り先を、すでに押さえてあります。泳がせ捜査のなかでも、中身を無害物にすり替えて追跡する捜査」

「クリーン・コントロールド・デリバリー」

左隣の春菜がぼそっと言った。先んじて答えたそれを、田宮は茶化すことなく受けた。

「そうです。深澤は受け取り役の女性と、ネットで知り合いまして、交際しているんです。ごく普通の前科などない女性でしてね。これは我々の推測ですが、おそらく深澤は東京にいない自分の代わりに荷物を受け取ってほしいと頼んだのだろうと思われます。そして、彼女はそれを二つ返事で引き受けてしまったのではないか」

「ラブコネクションかぁ」

千紘が気の抜けるような答えを返した。深澤は真面目に交際する気などなく、受け取り役としてその女性と付き合ったにすぎないのではないだろうか。深澤が属する組織に利用されているだけだと思われた。

交際するふりをしながら純粋な気持ちを利用する卑劣なやり口は、ラブコネクションと呼ばれていた。

「荷物は確認できたのですか」

「はい。一昨日、その女性が受け取りました。荷物は税関で麻薬探知犬が見つけてくれたため、すぐに連絡が来たんです。間違いなく『シンセミア』でした。中身を無害なものに替えて女性に届けたわけです」

「個人的には深澤を泳がせたいと思いますが、彼は警戒して荷物をしばらく女性に預けたままにするかもしれません。それに尿検査の結果はたぶん陽性だと思いますので、前科三犯の深澤を釈放するのは、むずかしいのではないかと」

冴子は私見を述べた。

「そこをなんとかお願いできないですか」

田宮はどこまでも謙虚だった。

「かなりの大物が、後ろにちらついているんですよ。おそらくその相手のために、深澤は危険を承知で『シンセミア』を手に入れたのだと思います。まとまった金を得たかったのかもしれません。深澤の若い同居相手は、妊娠中であるのがわかっています。彼女のために危ない橋を渡ろうとしたのかも……」

「つまり、受け取り役の女性は、本当にただ利用されただけなのですか」

伊都美が初めて問いを投げた。いつになく厳しい口調に、冴子は思わず警視を見やる。鋭い眼差《まなざ》しは、一番遠い位置に座した赤坂大樹に向けられていた。

(もしや、似たようなことがあったとか)

捜査に利用したとは思えないが、両天秤はありうるのではないか。赤坂の年齢まではわからないが、三十九歳の伊都美よりは年下に見える。あるいは若い女性に目と心が行ってしまい、別れを迎えたことも考えられた。

「そうなりますね」

田宮は意味ありげな視線に気づいたようだが、ちらりと赤坂に目を走らせただけで終わらせた。

「深澤将雄は女性の敵ですね。許せません。片桐巡査長、わたくしが仲村《なかむら》課長に連絡します」

そう言いながら立ち上がって、廊下に出て行った。赤坂と同じ部屋にいるのがいやになったのかもしれない。心配になったのか、千紘が急いで追いかける。

「連絡がつくかどうかわかりませんが」

冴子は言い、問いを投げた。

「失礼ですが、お二人とも薬剤師の資格を持っていらっしゃるんですか」

麻薬取締部の局員は、半数以上が薬剤師の資格を持っている。伊都美は有名な大学を卒業しているので、薬科大学で知り合ったとは思えない。それではどこでと好奇心まじりになっていた。

「はい。彼は、わたしの友人の息子でしてね」

と、田宮は隣の赤坂を見やる。

「実家は医者なんですよ。両親は医者にさせたかったようですが、薬剤師の道に進みました、卒業後すぐに麻薬取締部へ来ました」

「田宮さんに憧れていたんです。小さい頃から家に来ては、捜査の話をしてくれました。もちろん話せる範囲内ででしたが、かっこいいなと思ったんです。日本から薬物を一掃《いっそう》するという確固たる信念に、子どもながらも感激して」

ただの憧れで終わらせなかった点に、赤坂の意思の強さが表れているように思えた。女性との交際に関しては、伊都美は異論があるかもしれないが、少なくとも仕事とは真剣に取り組んでいるように感じられた。

「いかがですか。税関を通った『シンセミア』の偽物が、取引相手に渡ったところで一網打尽《いちもうだじん》にする。クリーン・コントロールド・デリバリー捜査に、ご協力いただけませんか。もちろん我々も詐欺事案への協力は厭《いと》いません。力を合わせて深澤将雄を刑務所送りにしませんか」

田宮は扉に何度か目を走らせる。伊都美が戻って来るのを期待していたようだが、連絡がつかないのかもしれない。姿を見せなかった。

「おわかりだと思いますが、追跡班の一存では決められません。本庁に持ち帰って上司の指示を仰ぎたいと思います」

「わかりました」

夜明け前の会議は、静かに終わりを告げた。複数の事案の鍵を握るかもしれない深澤将雄。パシリが年を取っただけのような男だが、警察だけでなく、麻薬取締部にまで注目される存在になっていた。

3

冴子は、午前七時半には警視庁の部署に出た。巡査長という立場上、早く出て遅く帰るのが、あたりまえと考えていた。

「おはようございます」

眠い目をこすりながらだったが、元気のいい声に出迎えられた。

「おはようございます、片桐巡査長」

答えたのは、イケメンの留守番役兼調査係のクロノで、車椅子に乗っているが、じつはAIを搭載したヒト型ロボットだった。追跡班が暴走しないように見張り役も兼ねているのだろう。伊都美は着任当日、本物の人間と勘違いして、生真面目《きまじめ》に挨拶したという経緯《いきさつ》がある。

「いつもどおり、一番乗りですね。お疲れのようですが、大丈夫ですか」

「お疲れです。仲村課長から連絡は？」

途中で買い求めたアイスコーヒーを飲みながら自席に着いた。机が二つずつ向かい合わせになっており、窓を背にして伊都美用の大きなデスクが置かれている。が、警視は仰々しいデスクが気に入らないらしく、空いている席で作業をすることが多かった。

冴子が口にした仲村健吾《けんご》は、知能犯・詐欺犯を追う警視庁捜査2課の課長であり、追跡班にとっては直接の上司にあたる。クロノ同様、お目付役でもあるのだろうが、彼なりに力添えしてくれているようだった。裏には、実績を挙げる追跡班への信頼度があるように思えた。

「つい今し方、連絡が来ました。九時頃、部署《ここ》へおいでになるとのことです。わたしは今回、初めて知ったのですが、麻薬取締官――通称、マトリの半数以上は、薬剤師の資格をお持ちなのですね」

「そう」

答えつつ、笑っていた。データを入力されたことによって新たな情報を得ているのに、「今回、初めて知ったのですが」という、やけに人間くさい言い方をした点がおかしかったのだ。

「わたしはなにか変なことを言いましたか」

質問には小さく頭を振る。

「なんでもない。人間らしくなってきたなと思っただけ。マトリは薬物を専門的に扱う部署だから、薬剤師の知識が必要なんだろうね。クロノ、千紘と春菜に、九時前後に、仲村課長が来るとメールしておいて」

「承知しました」

と、やりとりしているうちに、二人が入って来た。三人は警察の独身寮に入っているうえ、部屋も近いことから、冴子が出勤するといやでもわかるようになっている。

短い挨拶をかわして、冴子は最重要事項をクロノに確認した。

「家畜人工授精師・伴野辰治の情報は？」

「まだ入っていません」

「どこに雲隠れしているのか。伴野は獣医の資格を持っているから、農場や畜産農家に偽名で勤めていることも考えられるな。いや、獣医師として勤める際は、証明書を提示しなければならないから無理か。そうなると、だ」

冴子は、あらかじめ調べておいた事柄を口にする。

「北海道に潜んでいるかもしれない」

「農場が多いから？」

問い返した春菜の向かい側で、千紘は化粧に余念がなかった。独身寮からここに来るまでの間は、UVカット仕様の下地クリームで紫外線を防ぎ、部署で本格的なメイクを施すのが常。クロノが好奇心たっぷりの『表情《かお》』で、化粧する様子を見つめていた。

「それもあるけどさ」

冴子は調査結果を二人の机の上に置いた。

「春菜。読み上げて」

メイク中の千紘が言った。

「えらそうに」

横目で不満を軽く告げ、春菜はプリントに目を戻した。

「二酸化炭素（CO_2）を出さない究極のクリーンエネルギーと言われる水素を、農業や調理といった身近な場で使う試みが進んでいる」

冴子は素早く継いだ。

「逃走した伴野の部屋から押収したパソコンに残っていた記事なんだけどさ。いち早く水素エネルギーの開発に取り組んだ会社の株を、やつは買っていたんだよね。相当、入れ込んでいたのは間違いない。水素エネルギーには牛が大きく関わってくるから、無視できなかったんじゃないかな」

「そのココロは？」

以心伝心の優秀な春菜も、さすがに意味がわからなかったに違いない。

ふたたび訊き返した。

「この水素を使っている農場、〈緑水素ファーム〉が利用しているのは牛の糞《ふん》だから」

渡した資料の一枚を指した。

水素ファームでは、毎日、大量に出る牛糞を発酵させたバイオガスからメタンガスを抽出し、水蒸気などに反応させることで水素を作り出している。水素はタンクに貯蔵しておき、ボンベに詰めて併設された水素ステーションで燃料電池車や酪農家、観光施設などに供給していた。

「へえぇ、すごいね。牛は、糞も役に立つのか。身体も尻尾《しっぽ》まで食べられるし、無駄な部分がないわけだ」

メイクの手を止めた千紘に、隣席のクロノは唇をゆがめた。

「小野巡査の糞は、役に立ちませんね」

「この」

千紘がクロノを叩いたとたん、顔をしかめる。

「イタタタタタ」

力が入りすぎたらしく、立ち上がって足踏みし始めた。クロノは涼しい顔をしていた。

「他者を揶揄《やゆ》するような言動はよくないね、クロノ。あと、人間の場合は、糞よりも便、またはウンコの方が適切だと思う。以後、気をつけるように」

「はい」

「冴子まで真顔でなによ。朝から糞だの便だの、ウンコだの言って」

文句を言いながら千紘は腰をおろした。

「水素と酸素を結合して水蒸気に変え、食材を包み込むようにして焼く。うまみや水分を逃がさずに調理でき、レバーやエリンギを焼くとジューシーな食感が楽しめる、か」

「また、春菜は淡々と読み上げて」

千紘は呆《あき》れ顔で睨みつけた。クロノは笑っているつもりなのだろう。唇を不自然にゆがめたままだった。

「さっさとメイクを終える。もう八時過ぎたよ。仲村課長は九時頃に来ると言っていたらしいけどさ。部署へ出る前に来るかもしれない。いつも早めに来る人だから」

「はーい、終わらせました」

「クロノは合間を見て、〈緑水素ファーム〉のホームページを確認するように。社員の名前と顔写真があれば確認しておいて」

「わかりました」

「地球温暖化を防ぐ水素社会に期待が高まったのは、トヨタ自動車が二〇一四年末、世界初の燃料電池車『ミライ』を販売したのがきっかけ。水素ステーションは設置費用が約四億円と一億円以下のガソリンスタンドと比べて高額であるため、普及が遅れているんだってさ。水素で発電したときに燃料電池から出る熱を使い、チョウザメの養殖に役立てている町もあるとか」

続けて読み上げた春菜を、千紘は笑顔で受けた。

「チョウザメと言えばキャビア。なるほどね。儲かりそうだわ」

「本郷警視は、今日の午前中、現代の魔術に行く予定だったよね」

冴子は話を変える。千紘が頷《うなず》き返した。

「うん。予約、入れたのは今日の九時。気は進まない感じだったけど、今回は詐欺師と長時間、接する可能性があるでしょ。あたしのメイクだけじゃ、さすがに保《も》たないかもしれないと思ってさ。お願いしたんだ」

「ご自分の技《わざ》に自信がないんですね」

クロノが辛辣《しんらつ》な言葉を投げた。

「あんた、だんだん冴子に似てくるね。こまめにデータ修正するのが冴子だから仕方ないんだろうけど」

千紘は不満げに言い、続けた。

「言っておくけどね。技に自信がないからじゃなくて、伊都美ちゃんの肌に負担がかかりすぎるからなの。冴子と春菜はまだ若いし、あたしの厳しい美容指導に従って、日々、こまめにお手入れしているけどさ。伊都美ちゃんは意外にズボラなんだよね。

あまり興味がないみたい」

「自分に自信がないんだよ。だから磨《みが》こうとしないんじゃないかな。磨き上げれば光るのに、気づいていない」

冴子の感想に春菜が同意した。

「確かに」

その答えと同時に、部署の扉が勢いよく開いた。

4

「おはよう」

書類の入ったクリアファイルを手にした仲村健吾、五十六歳が姿を見せる。長身にがっちりした体格の持ち主で、遣《や》り手の警察官という空気を朝から放っていた。冴子を含む三人は、素早く立ち上がる。

「おはようございます」

声と辞儀が見事に揃った。仲村はざっと部署内を見まわした。

「おう、全員揃って、いや、揃ってないか」

「本郷警視は、午前中いっぱい潜入捜査のための仕込みです。仲村課長にもお知らせしておきました」

冴子が代表して答えた。

「そういえば、そうだったな。座ってくれ」

言われて、これまた、三人一緒に座る。どこかの国の軍隊のように動きが揃うのは、周囲への印象を良くするためだ。キビキビして気持ちがいいとか、警察官らしい等々、たったこれだけの行動でも、追跡班を見る目が変わったりする。

「昨夜、本郷警視から流れたメールで概要《がいよう》はわかっている。無事、任意同行した深澤将雄を、麻薬取締部から泳がせ捜査をしてほしいと要望されたとか。ああ、そうそう。深澤の尿検査の結果は陽性、覚せい剤を使用していたらしい」

話しながらクリアファイルの用紙を冴子に渡した。それを他の二人とクロノにもまわして、目を通した。

「額に浮かび上がっていた汗は、やはり、覚せい剤の使用によるものでしたか」

冴子の呟《つぶや》きに、仲村は苦笑いを浮かべる。

「逮捕されたショックもあったんじゃないか。前科四犯になるのは間違いないからな。深澤将雄に関しては、泳がせ捜査を認めるという上の判断が出た。尾行がつくのは想定しているだろうから、逃亡に充分、注意しろと所轄やマトリには伝える。最近、被疑者に逃げられる事案が多くなっているための要請だ」

手帳を開いていた。

「えー、さっきも話に出たが、追跡班は他の事案も抱えているため、『ブランド牛詐欺事件』は、伴野が発見されたときに動けばいいと上は考えているようだ」

「伴野の自宅の家宅捜索は、どうなりましたか。まだ所轄から報告書が届いていないんですが」

冴子は確認する。仲村はうっかり忘れることもあるが、意図的に渡さない場合もあるのではないかと思っていた。全幅《ぜんぷく》の信頼を寄せるまでには至っていなかった。

「お、すまん。あとでメールするが、伴野の妻が行方《ゆくえ》不明になっているらしくてな。聞き込みの結果を一緒に伝えようと思っていたんだよ。事件に巻き込まれたか、自ら姿を隠したのか、あるいは伴野と落ち合い、一緒に逃げているのか」

「伴野の妻は、いつ頃から行方不明に？」

質問役はいつもどおり、冴子が務めている。メモを取りながらだった。

「周辺への聞き込みでは、半年ほど前から姿を見なくなったようだ。知ってのとおり、伴野夫婦には子どもがいない。妻は近所のスーパーで店長を務めていた。レジ打ちのパートから始めて、女性店長になったわけだが、無断欠勤は一度もなし」

仲村は自分の手帳を開き、それを見ながら説明する。

「店側が伴野に連絡したときには、妻の実家の姉が病気になり、その看病で実家がある長野に行っているとの返事だったとか。しばらく休みますという答えだったらしい」

「裏付けは取れたんですか」

冴子もまた、手帳を確認しながら訊いた。伴野辰治は五十二、妻の伴野知世《ともよ》は四十八で、荒川区の古い一軒家に暮らしている。知世が姿を見せなくなったことで、もしかしたら、小さな騒ぎになっているかもしれない。

「裏付けを取るために時間がかかった」

調査結果の遅れを言い訳した後、

「伴野の妻には二人、姉がいるんだが、ひとりは認知症で老人ホーム暮らし。もうひとりは実家を継いだ女主で、知世にはこの十年、会っていないとのことだった。果物や野菜を送ったときには、きちんと連絡が来るだけでなく、お返しの和菓子などが届いたようだな」

「長野の実家と、伴野夫妻の関係は良好だったということですね」

「表向きはそう見えるが、さて、事実はどうなのか。認知症の姉は、知世がよく見舞いに来ていたとか、近くに住んでいるとか、訊くたびに答えが変わるらしい。県警は、おそらく伴野の妻は、姉たちのところへは来ていないという見解に達した」

ようやく結論を口にした。それでは、伴野知世はどこにいるのか。不吉な推測を追いやり、別の可能性を問いかけた。

「先程、仲村課長の話にも出ましたが、伴野と一緒に逃げていることは、考えられませんか」

「ありうるだろう。しかし、妻の姿を見なくなったのは、半年ほど前からだ。伴野はかなり前から都内のインターネットカフェや簡易宿泊所を転々としていたらしく、自宅にはほとんど帰らなかったとの証言を得ている」

「それはご近所の方の話ですか」

「そうだ。さらに時々、怒鳴り声を聞いた、家を飛び出して行く伴野を見た等々、夫婦仲が良好とは言いがたい状況だったかもしれない」

　仲村は意味ありげに間を空ける。

　子どもはなく、身内や近所との縁も薄かったような夫妻の場合、どちらかが行方不明になったとしても警察に届け出る者はいなかったのではないだろうか。伴野に確認すれば長野の姉云々の話を返されて、それ以上、追及する者はいなかったことも考えられた。

「伴野が立ち寄りそうな場所、畜産農家や農場、牧場などへの緊急配備をお願いします。すでに手配済みかもしれませんが、念のためということで」

　冴子は申し入れて、次の事案に移る。

「本日の午後、本郷警視とともに芸能事務所の〈刀根《とね》事務所〉へ面接を受けに行きます。場所はブランド牛詐欺事件が起きた六本木、罪名はオーディション商法。本庁と所轄の協力をお願いしたいと思います」

あたりまえの話をしなければならないのは、追跡班が軽んじられているからだ。特に所轄は女性のみの部署というだけで馬鹿にしたり、無視したりする。わかっているというように仲村は頷いた。

「段取りは整えておいた。〈刀根事務所〉は、子会社のアダルトビデオ製作会社と連携して、AVに出演経験のない女性を勧誘し、撮影のために性交させたとして、刑法の淫行勧誘容疑で前社長が逮捕されている」

仲村の説明を、冴子は受けた。

「会社名と経営者を替えましたが、内容はまったく変わっていません。引っかかるかどうか半信半疑でしたが、六本木を歩いていたところ、釣り上げた次第です。向こうはカモを釣り上げたと思っているでしょう。路上で話したとき、わたしの方からデュエットで歌手デビューしたいと持ちかけました」

「組む相手が、三十九歳の本郷警視か」

複雑な笑みを浮かべた。神業《かみわざ》的な千紘のメイク技術は認めているだろうが、四十歳を目前にした伊都美に十七、八歳の役目が務まるのか。囮《おとり》捜査そのもののやり方に、不安があるのも確かだろう。

「違法賭博を行っていたマンションを訪れたとき、本郷警視は大学生に扮《ふん》していました。あのときは時間が短かったことから、小野巡査のメイク術だけで変身しましたが、化けましたよ、本郷警視は」

「ああ、廊下へ出て来たときに見たよ。一瞬、我が目を疑うほどの女子大生ぶりだった。なりきっていたな。おまけにルーレットで大勝ちしたとあっては、お見事と言うしかなかったが」

不安が語尾に残ったのは、伊都美の弱気なところや頼りなさが原因ではないだろうか。着任早々、何度も腰をぬかしてしまい、本庁や所轄の警察官たちの失笑を買っていた。いまや伝説になっている伊都美の父親の威光があるとはいえ、仲村にしてみれば、お飾りの警視でいいと考えているのかもしれない。捜査の最前線に加えるのは、賛成できかねるという表情をしていた。

「メイクをすると女性は変身します」

冴子は反論する。

「特に今までそういう経験がない本郷警視は、ご本人も気づかないうちに変貌を遂げるのかもしれません。本番に強いのではないかと思います。わたしたちは、今回も変貌してくれると信じています」

「巡査長が、そこまで言うのであれば」

仲村は目を上げて、壁に貼り付けた今月の標語を見た。

「『騙すやつらを、騙してやる』か。他にもあったよな」

「はい。『嘘を騙《かた》らせるな、真実を語らせろ』です。これは一年を通じて使っていますが、三月の特殊詐欺取締月間の標語としても使われました」

「表立っては言えないことだが、追跡班が行っているのは囮捜査だ。特殊メイクをして詐欺師を騙し、逮捕する。裁判の際、不利になるのはわかっているだろうが、今一度、注意しておく。あくまでも一般人を装って、やつらを追い詰めろ」

「はい！」

立ち上がった三人の声が、ふたたび揃った。

詐欺師を逮捕するために、詐欺師を騙す捜査が始まる。

5

午後三時。

特殊メイクを施された冴子と伊都美は、六本木の〈刀根事務所〉を訪れていた。普通のマンションの二階に設けられた事務所は、２ＤＫの間取りで、八畳程度のダイニングキッチンに応接セットを置き、ベランダに面した六畳程度のひと部屋に机や棚が置かれている。事務所として使っているようだった。

冴子はここに入ったときから、扉が閉められたままのもうひと部屋が気になっていた。

外から鍵を掛けられるのではないか。もしや、中にだれかいるのではないか。閉じ込められているのでは、ないだろうか。

（鍵穴がある）

そんなことを思いつつ、カラオケボックスで練習した昭和レトロな女性デュエットの歌を披露し終えたのだが、今度は歩いてみてほしいと言われて、さして広くないダイニングキッチンを二人で行き来し始めた。

「はい、そこでゆっくりターンしてみてください」

社長の刀根康介《こうすけ》が言った。年は四十一、それなりに整った顔立ちをしているが、タレント崩れといった感じの荒《すさ》んだ雰囲気が、作り笑いに表れているように思えた。刀根の他には、郁弥《いくや》と呼ばれる若い社員がひとりいるだけだ。印象の薄い典型的な草食系という印象で、カメラが好きなのかもしれない。時折、デジタルカメラで二人を撮影していた。

何人か売れないタレントを抱えているようだが、バーやキャバレーといった店への斡旋《あっせん》が主な仕事であるのはわかっていた。内偵の折、今ふうのイケメンスカウトマンが、事務所に出入りするのを何度も確認している。泣き寝入りした女性が、何人もいるのではないだろうか。

まずはオーディション商法による逮捕、起訴。そして、裏に隠れている他の事件も暴き出したかった。

（それにしても……女子高生も真っ青の化けっぷり）

冴子は、伊都美の変わり様にあらためて驚いている。ヒアルロン酸を目尻や眉間、額、口もとの皺部分に注射したらしいが、笑うと目立っていた皺が、跡形もなく消えていた。そこに千紘が女子高生メイクを施せば、今日から高校へ通えます状態になる。

打ち合わせをしたときに、仲村課長が口を開けたまま、しばし絶句した様子が甦《よみがえ》っていた。

「いいですねえ」

刀根は立ち上がって腕組みする。冴子が会得したばかりの相貌心理学によると、やや傾斜の強い額の持ち主の彼は、思考や判断は速いが、他者への配慮が欠けているように感じられた。自分が大好きなナルシストの傾向を持つエゴイストというのが、冴子の見立てである。

「二人とも美人でキュート。非常に魅力的だね。プリクラで写すときに加工するでしょう。目を大きくしたり、鼻を高くしたり。ユーたちは加工した写真のような華やかさを持っているね。このまま写せばプリクラ写真、みたいな感じだよ」

両手の人差し指と親指で長方形を作って覗き込んでいる。ユーたちの部分では、笑いそうになったが、こらえた。

「ありがとうございます。嬉しいです」

冴子は答えた。声もトーンを高くして、若さを前面に押し出している。伊都美とともに笑みを絶やさないよう心がけていた。

「声もよかった。デュエットじゃなくて、ひとりずつでも売れると思うな。とにかく目立っていたんだよ。普通に芸能人を見かける六本木でもね、ダントツに目を引いた。それで思わず声をかけたというわけさ」

どうだ、というように郁弥に意見を求めた。

「自分もいけると思います。とにかく綺麗ですよね、二人とも。高校生とは思えないほどの色気というか。じっと見つめられるとゾクッとします」

その感想に「そりゃそうだよ。二人とも高校生じゃないからさ」と苦笑いしそうになる。素顔がわからないように厚化粧していたが、さすがは千紘と言うべきか。それを感じさせなかった。

「はい、もういいよ。座ってください」

ソファを示されて、二人は腰をおろした。

「ショートヘアの方は若宮恵実《わかみやめぐみ》ちゃん、だったか」

刀根は、二人が書いた申込書を見ていた。

従姉妹《いとこ》という触れ込みで、冴子は若宮恵実、伊都美は若宮真帆《まほ》に化けている。ともにお嬢様学校で有名な私立高に通う二年生であり、両親の職業は詐欺師が喜ぶであろう医者だ。こちらの思惑どおり、刀根は涎《よだれ》を垂らしそうな様子に思えた。

「はい」

冴子は答えた。披露した歌手たちを真似《まね》て、ショートヘアのカツラを着け、マニッシュな雰囲気にしている。対する伊都美は長い髪をカールし、メイクもやわらかい感じに抑えて女性らしさを出していた。

「ともに父親は医師ですか。病院勤務なのかな」

探りを入れてくる。

「いえ、わたしの家は歯医者です。クリニックをやってます」

冴子の答えを、伊都美が継いだ。

「あたしの家は美容外科。でも、自宅とクリニックがあるのは都心じゃなくて、関東近県なんですぅ」

鼻にかかった甘えるような話し方は、Kポップと呼ばれるアジア圏の歌手やタレントを真似ていた。食い入るような眼差しで若い歌手たちのDVDを観ていたのが役立っている。うふっと笑うその顔がまた、幼い少女のようで可愛らしかった。

「ほぉ、美容外科。それはまた、恵まれた家庭環境だね」

　頬がゆるみ、破顔した。刀根は折り畳み椅子を広げて、二人の前に座る。無意識なのかもしれないが、互いの距離を縮めて親しみを与えようとしているのかもしれなかった。

「真帆ちゃんは、足もすごく綺麗だ」

　ミニスカートから覗く伊都美の白い生足に、ちらりといやらしい眼差しを投げた。その間も郁弥は、デジタルカメラで連写していた。

「えー、やだぁ、恥ずかしい」

　すかさず伊都美はスカートの裾《すそ》を引っ張って少しでも膝頭を隠そうとする。女子高生らしい自然な仕草は、特に指南したわけではなく、感心するほどなりきっていた。千紘のメイク術で心まで変わるのだろうか。本番に強いのを、しみじみ感じていた。

「いいねえ、初々しくて」

　刀根はますますニヤけ面になる。伊都美のようなタイプが好みなのかもしれない。もはやスケベオヤジであることを隠せなくなっていたが……不意に真面目な顔になる。

「さて、と。書類を」

「はい」

　郁弥が、バインダーにとめた書類を机から取って、二人に手渡した。書きやすくするためなのは言うまでもない。役所や銀行のように、紐《ひも》で繋いだボールペンまでバインダーに取り付けられていた。

「なんですか」

冴子はとぼけて訊いた。

「表舞台に立つためには、レッスンを受けてもらう必要があるんだ。歩き方や話し方、そして、歌もレッスンしなければならない。わかるかな」

刀根は笑みを向けたが、細められた両目は笑っていなかった。デビューをちらつかせ、高額な費用を請求するつもりなのだろう。化けの皮が剝《は》がれかけ、冷たい空気が流れたように思えた。

「は、い」

納得できない様子を作り、隣の伊都美と顔を見合わせる。次に出る台詞《せりふ》はわかっていたが、刀根の印象どおりの初《うぶ》な女子高生を演じ続けた。

「レッスン費用は、いくらぐらいなんですか」

ふたたび冴子が訊いた。

「料金は七十八万円。いや、わかっているよ」

反論の気配をとらえたに違いない。先んじて言ったように思えた。

「高いと思っているのはね。だが、デビューしたければ、レッスンしないと駄目だ。

今のままじゃ通用しないよ。素人《しろうと》芸で渡れるほど芸能界は甘くないからな」

「でも……パパやママは、出してくれないと思います。今日もナイショで来たんです。歌手やタレントなんか、とんでもないという考えなので」

ねえ、と、冴子は伊都美に同意を求めた。心細そうな顔で頷き返してくれる。事前の打ち合わせどおりの流れになっていた。

「それじゃ、君たちの貯金から頭金の五十万を払えないかな。残りの二十八万は分割でオーケーだからさ。お小遣いやお年玉を貯めたお金があるだろ。今の子は、けっこう金持ちらしいじゃないか。週刊誌だったかな。高校生の貯金額を見たとき、わたしより持っているなと思ったよ」

刀根は諦めなかった。なんとかして今日、まとまった金を奪い取ろうと決めているのかもしれない。二人合わせれば百万だ。異様にぎらつく目を見て、怯《おび》えたように伊都美が冴子に身体を寄せる。

「貯金、そんなにありません」

答えながら伊都美の片手を握り締める。冴子もまた、大人の男に呑まれかけている女子高生の演技で合わせた。詐欺師にしてみれば非常に重要な局面を迎えたのだろう。郁弥が、伊都美の前に折り畳み椅子を広げて座る。金を払わない限り、逃がさないという強い意思を見せつけていた。

「いくらなら払える?」

刀根は妥協案を提示する。

「四十万、いや、三十万ならどうかな? あとの四十八万は分割でいいよ。君たちが支払う頭金は、歌や踊りの講師の費用に充てるんだ。早くしないと、いい講師を頼めなくなるから」

「歌や踊りの講師なら心当たりがあります。知り合いの知り合いみたいな人たちなんですが、頼みたいと思っているんです」

頭金を支払わずに済むよう浅知恵を絞る女子高生。幼い提案だというのは百も承知だった。案の定、刀根は苦笑を滲《にじ》ませる。

「講師は、わたしの知り合いに頼むのが、うちの所属歌手になる条件なんだ。最近は、ほら、不景気でしょう。うちも経営状態は楽じゃないんだが、一発、当たれば風向きが変わるのは確かだ。君たちには、それだけの才能がある」

「社長には見る目があるんですよ」

すかさず郁弥が持ちあげる。

「レッスン期間は三カ月。優先的に仕事をまわしますから、すぐに売れっ子になりますよ。ほら、この娘《こ》もうちからデビューしたんです」

携帯を操作して、タレント活動をしている女性を見せた。冴子たちも知っている顔だが、おそらく適当に選んだのではないだろうか。平気で偽りを言えるからこそ、詐欺師が務まる。

「すごい。知ってます、その人」

冴子も偽りの驚きで答えた。

「こちらの事務所に所属しているのは、知りませんでしたけど」

「君たちにも、彼女と同じオーラというのか。これは売れるなとぴんときた。だからこそ、なんだ。レッスンした方がいいとね、勧めるわけさ。才能がない相手に時間と金はかけない。すぐにお帰りいただくよ」

少し眉毛《まゆげ》を上げて、右手で玄関を指した。今までの会話は、ポシェットに縫い込んだ小型盗聴器で全部、録《と》っている。間違いなく特定商取引法にふれる内容だった。あとはコンビニへ行けば、追跡班の二人と所轄の警察官によって任意同行となる。

千紘たちはそのときを、マンションの外やコンビニで待っていた。

(閉められたままの扉が気になるけど)

鍵穴付きの扉が、視野に入っている。事務室として使っている片方の部屋は、窓を開け放して室内に爽やかな風を通しているのに……。

「どうしたのかな?」

怪訝《けげん》な顔を向けた刀根に、素早く頭を振る。

「なんでもありません。頭金を払います。コンビニへ……」

冴子が意を決したように言ったとき、閉められたままの扉が叩かれた。

6

「助けて、だれか、助けて」

弱々しい訴えと叩き方だったが、冴子は刀根と若い社員の顔つきが変わったのを見た。いつでも逃げ出せるよう、わずかに腰を浮かせて身構える。

「あたしたち、先に下へ行っています。コンビニにいますから」

とにかく外へ出た方がいい。伊都美の手を引いたが、警視は動かなかった。目は音がしなくなった扉に向いている。

「助けないと」

冴子の耳元に囁《ささや》いた。だからいったん外に出てからじゃないと駄目なんです、知らせたうえで突入してもらい、拉致監禁などの容疑だった場合は助けましょう。言葉にできないやりとりは、ほんの一瞬だったのだが、

「おい」

刀根の呼びかけに、郁弥が応じた。

「来てください」

伊都美の手首を握り締め、閉められたままの扉の前に連れて行く。冴子は嫌々だったが、上司を置いて逃げるわけにはいかない。刀根は逃がすまいとして、玄関の鍵を素早く掛けた。チェーンロックまで掛けられては、突入の邪魔になるのは間違いなかった。

（どうする？）

自問したのは、仲村の言葉が甦っていたからだ。囮捜査と気づかれないようにしなければならない。あくまでも女子高生として助けを求めたかった。同じ考えであるがゆえに、千紘と春菜も突入を躊躇《ためら》っているのだろう。郁弥は腰ポケットから出した鍵で扉を開ける。

カーテンが閉めきられた部屋は、目が慣れるまでは真っ暗だった。カーテンの隙間《すきま》から射し込む五月の光のお陰で、下着姿の女性が扉近くに倒れているのを確認できた。部屋に置かれていたのは、シングルベッドとプラスチックの衣装ケースのみ。扉の左側にクローゼットと思《おぼ》しき扉が確認できた。

倒れているのはオーディション商法の犠牲者ではないのか。麻薬や違法ドラッグの類《たぐい》を打たれたのではないか。

「みんなを呼びます。ヤク打って、輪姦《まわ》しちまえば、おとなしくなりますよ。ついでに親にも電話して金を巻き上げましょう」

郁弥は早口で言った。おそろしいほど面変《おもが》わりしている。印象の薄い草食系の顔の下に、凶悪な鬼の素顔を隠していた。ニヤニヤしながら冴子と伊都美を暗い洋間に押し込む。

「入ってろ」

「悪いやっちゃなあ、郁弥は。驚いてるで、二人とも」

刀根もまた、言動が変化していた。冴子は伊都美とともに、ベランダに面した掃き出し窓のところまでさがる。カーテンの隙間に手を入れて、後ろ手に窓の鍵を開けたが、補助錠でも取り付けてあるのか。ぴくりとも動かなかった。

「郁弥。携帯をいただいておけ」

「はい」

じりじりと近づいて来た。携帯を取り出したとたん、取り上げられるのは確かだろう。囮捜査だと気づかれたら、すべてが台無しになる。倒す自信はあるが、警察官だとわかれば……。

「まずは味見といくか」

刀根は大仰に舌舐《したな》めずりする。

「きゃあぁ――っ」

突如、伊都美が叫んだ。助けてを連呼してカーテンを開け、窓ガラスを激しく叩いた。冴子は考えすぎて動けなくなっていたが、その絶叫で己を取り戻した。護身用の笛を吹き鳴らしながら、ポシェットから携帯を出した。

「このやろうっ」

　郁弥が伊都美を羽交い締めにして、片手で口を塞《ふさ》いだ。絶叫はやんだが、冴子はかまわず笛を吹き続けている。こういう事態は想定していなかったのかもしれない。刀根は戸口で棒立ちになっていた。

「うわっ、イテッ」

　郁弥は慌てた様子でさがる。右手を押さえて伊都美を睨みつけていた。口を塞いでいた右手を嚙《か》んだようだった。

「クソ女。調子に乗りやがって」

　動こうとした郁弥を、インターフォンの音が止めた。

「なにかありましたか、警察です。女性の悲鳴が聞こえたという通報がありました。開けてください、警察です」

　仲村の大声に安堵《あんど》する。冴子は倒れている女性に駆け寄って、身体を寄せた。伊都美は立ったまま、持っていた自分用の笛を吹いていた。これはまずいと思ったのは確かだろう。郁弥は素早く掃き出し窓の補助錠を開け、裸足《はだし》でベランダに飛び出した。ここは二階なので飛び降りるつもりなのかもしれない。

「逃げたっ」

伊都美はふたたび笛を吹いた。インターフォンは鳴り続け、玄関扉は激しく叩かれている。まだ突入前だというのに、蜂の巣をつついたような騒ぎになっていた。冴子が顔を突き出すと、刀根は狼狽《うろた》えたように玄関近くで右往左往していた。

「開けてくださいっ、警察です！」

さすがにここまでと思ったのか、仕方なさそうに扉を開ける。

「助けてくださいっ、病人がいるんです！」

冴子は、さっきの伊都美に負けないほどの大声をあげた。刀根を押しのけるようにして、仲村と千紘たちが入って来る。私服警官たちはすぐに刀根を取り囲んだ。

「もうひとりはベランダに逃げました」

冴子の言葉に従い、何人かはベランダへ走り出た。

追跡班の二人はこちらへ来る。

「この部屋に閉じ込められていたみたいなんです」

冴子は他人行儀に告げ、倒れたままの女性の背中をさすっていた。伊都美が早々とカーテンを開けてくれたお陰で、室内はかなり明るくなっている。警視はそのままベランダに出て郁弥の動きを見ていたらしい。

「その人に暴力を振るわれましたっ、捕まえてくださいっ」

金切り声を張り上げた。マンションの出入り口はもちろんのこと、ベランダに面した歩道にも私服警官が配されている。必死に下へ降りたとしても、草食系の仮面を被《かぶ》った悪魔に逃げ道はなかった。

冴子。

というように、千紘が腕を突いた。倒れていた女性の右手がゆっくりと動き、クローゼットを指していた。

「………」

いやな胸騒ぎが湧いた。監禁されていたのは、ひとりではなかったのだろうか。なぜ、クローゼットからは声がしないのか。冴子は春菜と一緒にクローゼットの前に立つ。

開けた瞬間、人形のようなものが飛び出して来た。両手を後ろで縛られたうえ、立て膝の格好で両膝を縛られている。倒れていた女性同様、下着姿だった。長い髪で隠れた顔は、せいぜい十五、六ではないだろうか。

冴子は首筋にふれて頭を振る。

物言わぬ亡骸《なきがら》は、すでに死後硬直が始まっていた。

第2章　オーディション商法

1

遺体は、東京郊外に住む十五歳の高校一年生だった。

学校にはほとんど行かず、渋谷や六本木で知り合った男友達の家を、転々とする生活だったらしい。失踪届けなどが出されていなかった点に、両親の無関心ぶりが表れていた。突然の訃報《ふほう》に驚くばかりだったが、ぴんとこなかったのか。反応が鈍かったのが印象に残った。

「オーディションで、二次審査まで合格したという連絡をもらったんです」

からくも命が助かった女性は言った。年は二十五、病院に追跡班が赴《おもむ》き、聴取していた。子どもの頃に市民劇団でミュージカルの経験があり、俳優として舞台に立つ夢を捨てきれなかったようだ。

ＳＮＳで見た広告に引かれて刀根事務所に連絡して、まずは書類を送り、その後にテレワーク面接を受けて合格。ここまでが二次審査であり、最終審査を受けるために、六本木の事務所を訪ねた。

簡単なカメラテストの後、

「演技力はまだまだですが、台詞《せりふ》には気持ちが見えました。才能がありますね。舞台に立つ夢は、かなえられると思いますよ。知り合いに小さな劇団のオーナーがいるんです。そこで演技や発声といったものを学んでもらいましょう」

最終審査を通ったと言われて、六十五万円のレッスン料を要求された。四十万円を頭金にしてあとはローンでいいと言われたのだが……。

「とても払えないと言いました。わたしは会社の事務員で手取りは十八万程度です。コツコツ貯金はしていましたが、その額がまさに四十万円だったんです。夢に全額を賭ける勇気は、とてもありませんでした」

とたんに刀根は変貌した。

「金は出せない、でも、俳優にはなりたいというのでは、虫が良すぎるんじゃないですか。無理ならば他にも方法があるんですよ。次のカメラテストに行きましょうか。ああ、その前に」

と、いきなり襲いかかって来た。出された飲み物に薬が仕込まれていたに違いない。覚えていたのは、迫り来る刀根と田中《たなか》郁弥の顔だけだった。

「気づいたときには、アダルトビデオのスタジオにいたんです。そこでも別の男に無理やりレイプされました。あとは入れ替わり立ち替わりという感じで」

スタジオでさまざまな男たちに強姦された。裏ビデオとして売るつもりだったのだろうが、後々、脅しに使う意味もあったのではないだろうか。刀根は輪姦《レイプ》する様子を撮影していた。

スタジオにはもうひとり、魂が抜けたような少女がおり、女性は絶望的な気持ちになったという。

「携帯やバッグ、衣服といったものは意識を失っていたときに奪われていました。彼女、ユミちゃんを見て、だめだ、もう逃げられないと思いました。両親は地方にいますし、わたしは東京でひとり暮らしです。帰省するのはお正月休みのときぐらいでしたから」

連絡を取り合うのは、せいぜい月に一度ぐらいである。逃げる手立てはないと思ったのだが……職場の上司が無断欠勤を心配して自宅を訪ね、女性の両親に連絡したうえで、警察に失踪届けを出していた。比較的、すみやかに身許《みもと》が判明したのは、上司の機転によるものが大きいだろう。

それを聞いた瞬間、女性は泣き出した。

「嬉しい、です。心配してくれる人がいたんですね」

案じてくれる人がいただけ幸せだったと考えるべきだろうか。女性の証言どおり、撮影されたアダルトビデオが、刀根事務所が借りていたスタジオから発見された。断りにくい状況を作り出して大金を巻き上げ、断れば今度は暴力を行使する。

典型的なオーディション商法といえた。

二日後。

「合意のうえですよ。強制なんか、していません。彼女がAVに出演したいと言ったんです」

刀根は平然とのたまった。

「どこかで話を聞いたのか。うちに来れば薬が買えると思っていたようです。手に入るわけありませんよ。覚せい剤はもちろんですが、合成麻薬を含む危険ドラッグなども事務所やスタジオで使ったことはありません。彼女、薬のやり過ぎで勘違いしているんじゃないですか」

涼しい顔をしていた。口先だけで生きてきた詐欺師らしい開き直りと言えなくもなかった。

「あなたと田中郁弥の尿からは、合成カチノンの成分が検出されました。覚せい剤に似た興奮作用を持つ危険ドラッグであるのは知っていますね？」

仲村が所轄の取調室で事情聴取を行っていた。冴子と伊都美は別室でパソコン越しに見守っている。千紘と春菜は別件で動いているため、同席していなかった。

「危険ドラッグ？」

逆に刀根は訊き返した。

「憶《おぼ》えはありませんね。精力絶倫になるという怪しげな強壮剤を飲みました。それの成分じゃないですか」

「自宅や事務所、スタジオを家宅捜索した結果です」

仲村の言葉に従い、同席していた若い相棒の愛川《あいかわ》が、クリアファイルを机に置いた。家宅捜索したときに発見された多種多様な睡眠薬や危険ドラッグ、錠剤を磨《す》り潰《つぶ》すのに用いる乳鉢などが写された一枚だろう。乳鉢で錠剤をパウダー状にして、コカインのようにスニッフィング——鼻腔から吸引するのだった。

「郁弥ですよ」

ちらりと写真を見て断言した。

「危ないやつなんです。保護された女子高生たちに訊いてみてください」

保護された女子高生とは、冴子と伊都美たちのことである。

「やつはスカウトの仲間を呼んで、二人を輪姦《まわ》すつもりでしたからね。わたしも時々おそろしくなるほど非情な真似をするんです。なにか大切な部分が、欠けているように感じますよ。まあ、最近の若いやつらは、みんなちょっとおかしいですがね」

　自分のことを棚にあげて郁弥のせいにしていた。確かに田中郁弥は『草食系変じて悪魔と化す』だったが、刀根とてスケベ根性丸出しだったではないか。伊都美の白い足を見て涎を垂らさんばかりだった様子が甦っていた。

「監禁していた女子高生は死亡。もうひとりの女性は、昨日、病院で意識を取り戻しました。病室での事情聴取も行ったんですよ。オーディション商法であるのは、間違いないと思いますがね」

　仲村は忍耐強く聴取を続ける。病院に入院した女性への聴取は、追跡班が行った。たとえ相手が医師であろうとも、男性ということで怯えてしまい、話せなくなってしまうからだ。心的外傷後ストレス障害が案じられた。

「違います」

　彼女の苦しみを知ろうともせず、刀根はきっぱりと頭を振る。冴子が相貌心理学で、他者への配慮が欠如しているのではないかと読み取ったとおりのようだった。

「彼女たちが、アダルトビデオでもいいから出演したいと言ったんです。女子高生は覚せい剤にはまっていましてね。渋谷やこのあたりを夜毎《よごと》、徘徊《はいかい》して覚えたんじゃないですか。若いのに詳しかったですよ、薬のことに」

　死人に口なしとばかりに嘘を並べたてる。命を取り留めた女性によれば、ユミは前夜、なにかを注射されて意識を失い、亡くなったようだ。過剰摂取による死であるのは言うまでもなかった。

「少女の血液からは、致死量の合成カンナビノイドが検出された。作用が大麻と酷似していると言われる危険ドラッグの一種です。これも事務所から発見されました」

机に置いたクリアファイルの一部を指した。

「これ以上、状況が悪くなる前に、真実を語った方がいいんじゃないですか。裁判員への印象が、多少はよくなるかもしれない。まだ成分が判明していない薬物も見つかっていますが、あれはなんですか?」

仲村は手っ取り早く答えを得ようとする。裏市場では、合成麻薬や危険ドラッグだけでなく、正規医薬品の睡眠薬等の向精神薬も加わって、薬物の種類は優に四十種類を超えていた。多剤乱用時代の到来と言われていた。

「郁弥に訊いてください。わたしは知りませんよ」

「田中郁弥は、すべて社長の命令だった。薬物を入手したのもそうだと証言しているんですがね。レイプもあなたが率先してやったとか。どちらかが嘘をついているんでしょうが……通常、裁判員は上司が怪しいと考えると思いますがね」

同じ話の繰り返しになっていた。ちょうど電話が入ったので、冴子は伊都美と部署を出る。廊下の窓際で受けた。

「はい」

相手は千紘だった。

「伴野辰治は、昨日の昼間までここにいたようです」

牛の人工授精師であり、ブランド牛詐欺事件の鍵を握る人物の行方を告げた。クロノが千葉の農場に雇われた五十代の男を昨日の朝、雇用者名簿に見つけたことから、千紘と春菜は所轄と連携して農場に行ったのである。

偽名なのか、あるいは別人なのか。

農場に雇われた人物と伴野の年代が近いだけという不確かな情報だったが、とにかく確認に向かったのだった。

「ちょっと待って」

冴子は取調室から仲村と愛川が出て来たのを確認した。話があると仕草で会議室を指して、伊都美にいったん携帯を預ける。持っていた鞄からパソコンを取り出しながら、仲村たちとは廊下の途中で合流する。素早く会議室に入ってテレビ電話の準備を整えた。

2

「伴野辰治の情報だと思います」

冴子は言い、パソコンを操作して、千紘の映像にする。彼女の後ろには柵の向こうで草を食《は》む牛が映し出されていた。牧歌的で平和な農場の光景だった。

「始めてください」

促すと、千紘は口を開いた。

「はい。伴野の足取りを摑みましたが、すでに逃亡したようです」

ごく簡単な概要《がいよう》を口にして、続ける。

「農場主の方に伴野の写真を見せて確認しました。たぶん間違いないとのことです。三日ほど前に、偽名で住み込みの世話係として応募したとか。隣に来ていただいているので代わります」

早口の説明の後、

「どうも」

四十前後の男性が、頭に巻いていた赤いバンダナを取ってペコリと頭をさげた。撮影しているのは春菜だろう。男性は父親の後を継いだような感じだったが、そういった個人的な話は避けた。

簡単に自己紹介して、冴子は口火を切る。

「もう一度、確認させてください。三日前に雇い入れたという男は、伴野辰治に間違いないですか」

「はい。写真にそっくりでした。年齢的に無理だと思ったんですが、いい意味で期待を裏切ってくれたんですよ。牛のことに詳しくて、世話も慣れていましたから。妻といい人が来てくれてよかったと話していたんです」

農家も働き手の不足に悩んでいるだろうが、畜産農家や牧場はもっと深刻なのではないだろうか。乳牛を扱うのは、たやすい仕事ではない。夜もまだ明けきらぬうちから搾乳、牛舎の掃除、餌やりと一日中、重労働に追われる。のどかな風景とは裏腹の大変な仕事だ。そこに鶏や羊も加われば、さらにきつくなるのは間違いない。

「伴野はひとりでしたか」

冴子は質問を続けた。

「いえ。同世代の女性と一緒でした。妻だと紹介されましたが、見せられた写真の女性かどうかまではちょっと」

曖昧《あいまい》に語尾が消える。

「妻である伴野知世の写真は、団体旅行かなにかに行ったときの写真なんです。小さくてわかりにくいのと、古いため顔がはっきりしません。調べを続行しますが、現時点では鮮明な写真は手に入りませんでした」

千紘が横から顔を突き出して補足した。昨日、クロノが伴野の年齢に近い人物が千葉の農場にいると割り出した時点で、所轄から写真を借りたり、近所への聞き込みをしながら、鑑識係が伴野の自宅の捜索を終えるまで張りついていた。髪の毛や皮膚片などを採取し、ＤＮＡ型の鑑定に役立てる予定だった。

そういった伴野夫妻の証拠品を手に、千葉の農場に行っていた。

「本名を伺ったとき、ああ、と思い至りました。伴野辰治さんは、家畜人工授精師として我々の世界では知る人ぞ知る存在ですからね。今は閉めてしまったのかもしれませんが、彼が営む家畜人工授精所は人気が高かったようです。獣医の資格も持っていて腕は確かだと聞いていましたが、まさか、偽ブランド牛の精子だったとは思いませんでした」

農場主は空を仰ぐような仕草をする。

「一時期、お願いしようかと考えたときもあるんですよ。やはり、最近の和牛の価格には、魅力を感じますから。金が用意できなくて諦めましたが、よかったのかもしれませんね」

肩をすくめて、さらに言った。

「ブランド牛のすべてじゃないですが、あらたにＢＳＥ（牛海綿状脳症）の症状が出た話も聞きました。高い金を払った結果、生まれた仔牛を殺処分なんていうことにならなくてよかったと思っています。うちは乳牛だけでなく、羊のお乳も扱っているんですよ。ほしいと言われて市内のレストランに売っているんですが、羊や牛に感染したときは恐いですからね」

「一点、確認させてください」

冴子は言った。

「そちらでは、水素燃料を使っていますか。もしくは、これから使う予定でいますか。つまらないことなのですが、気になるので教えてください」

伴野辰治は北海道の水素ファームに投資している。そういった横の繋がりから千葉の農場を知って選んだのではないか。

「よくご存じですね」

農場主の答えは、冴子の推測を慥《たし》かなものにした。

「うちではいち早く水素燃料を取り入れました。お返しというわけじゃないですが、乳牛の糞尿を水素ステーションに提供しています。ウインウインの関係というやつですよ。乳牛一頭が出す糞尿で、燃料電池車の一年分の燃料をまかなえると聞きました。二酸化炭素削減に、少しでも協力できているのが嬉しいです」

設備投資にある程度の金がかかったのは間違いないだろう。しかし、ブランド牛の精子を頼むよりも有益な使い方だったように思えた。

「お忙しいなか、ありがとうございました。小野巡査」

呼びかけると慌ただしく農場主と入れ替わる。

「はい」

「鑑識はすでに来ていますね」

「来ています。伴野夫妻は農場の中に設けられた平屋の家に滞在していたようなので、夫妻の指紋及びDNA型が、採取できるようであれば採っていきます」

「伴野の自宅からは、すでに毛髪や歯ブラシを押収しているんですよね」

念のための確認が出た。

「はい」

「わかりました。よろしく」

終わらせて、いったん席に着いた。パソコンのスイッチは入れたまま、長机の前に向かい合って座る。

「BSEってのは、確か牛の病気だよな」

仲村が訊いた。四人はメモを取りながらやりとりを見ていたのだが、農場主が牛や羊と言った部分が引っかかったのかもしれない。羊は罹患《りかん》しないと思っていたのだろう。

「いいえ。もともとはスクレイピーと呼ばれる羊の風土病でした」

躊躇《ためら》うことなく答えたのは、意外にも伊都美だった。

「種の壁を越えて乗り移ってきた背景には、草食動物であるはずの牛を促成肥育するために、羊や牛の死体から作った高タンパク飼料を強制的に与えてきたことがあるとされています」

説明を聞いた冴子は、警視が有名大学の生物学部出身であるのを思い出していた。試しに問いを投げる。

「そういえば、最初にBSEの患者が出たイギリスでは、羊毛産業が盛んでしたね」

「そのとおりです。さらに羊の肉は重要なタンパク質源になっていました。莫大な富をもたらすことから、ますます飼育が盛んになっていったのでしょう」

「古くからあった病気なんですか」

冴子の問いに小さく頷き返した。

「はい。一七三〇年代にはすでに、スクレイピー病が発生したことを示す文書があります。感染症の病原体は好ましい宿主を持っていて、他の動物にはそう簡単に取りつくことはできません。これが種の壁と言われるものですが、ＢＳＥ——牛海綿状脳症は、それを越えました」

「アウトブレイク」

と、冴子は継いだ。イギリスでは一時、かなりの死亡者が出て話題になったことがある。若い患者も多かったことからパニックになりかけた。

「そうです。一九二〇年代はじめに二人のドイツ人医学者が、精神荒廃やけいれんなど多様な神経症状が急速に進行して痴呆状態に陥り、数カ月で死に至る伝達性海綿状脳症を報告したのです。二人の名前を取って、当時はクロイツフェルト・ヤコブ病と言われましたが」

意味ありげな含みを読み取って訊き返した。

「今は違うんですね」

「はい。クロイツフェルトは研究発表の内容に、誤りがあったらしく、以後は新型ヤコブ病と呼ばれるようになりました」

「新型ヤコブ病？」

仲村の若い相棒・愛川が、問いを投げた。

「つまり、旧型ヤコブ病もあるんですか」

興味があるのか、手帳に記している。

「あります。古典的ヤコブ病は、主に平均年齢六十五歳程度の高齢者が発症する極めてまれな病気で、その頻度はええと」

素早く携帯を検索して、目をあげた。

「年間百万人に一人の割合でした。これは遺伝性ヤコブ病が主ではないかと、個人的には考えています」

「遺伝的にヤコブ病を発症しやすい家系が見出《みいだ》されたということですか」

冴子は隣に座した警視に目を向けた。

「はい。乳がんなども遺伝的に発症しやすい家系がありますが、それと同じような感じだと思います。あまり知られていないのですが、日本では、年間に百人程度の患者さんが発生しているようです」

「日本にBSE患者？　それは現代の話ですか？」

仲村は大きく目をみひらいている。驚きを隠せないようだった。

「現代の話です。孤発性ヤコブ病と呼ばれております。汚染されたBSEの硬膜が使われてしまい、硬膜移植によって発症した例もあるのですが、孤発性ヤコブ病の場合は硬膜移植の経験もなく、また、BSEの汚染肉を食べたことによって起きる新型ヤコブ病の特徴を示さないのが、特徴と言えるかもしれません」

「つまり、BSEは牛海綿状脳症であり、ヤコブ病や新型ヤコブ病は人間の海綿状脳症という解釈でよろしいですか」

複雑になった話を、冴子は簡略化する。伊都美はすぐに同意した。

「はい。一番の原因は、レンダリング——これは牛、豚、羊といった家畜から食用肉を取り去った残りの廃物やクズ肉を集めて、加熱・脱脂し、乾燥させたものをタンパク質を含む家畜飼料として『リサイクル』していたことにあるとされています」

「それらには、牛の脳も混じっていた」

「そうです。肉骨粉《にくこっぷん》でした」

「『人獣共通感染症』ですね」

冴子の確認に頷き返した。

「そうです」

二人のやりとりを見ていた仲村コンビは、呆気《あっけ》に取られたような顔をしている。特に仲村課長は、ぽかんと口を開けていた。

「どうかしましたか」

伊都美が怪訝な表情になる。

「いや、我々にはチンプンカンプンの話を、世間話でもするようにしているじゃないですか。吃驚しましたよ」

「今更の質問で恐縮ですが、BSEとは」

愛川は、好奇心満々という感じがした。

「異常性蛋白質によって引き起こされる伝達性疾患です。この病気の特徴としては、通常、外から病原体が侵入してくれば、当然異物として認識され、免疫応答が起こるはずなのに、BSEはそれが起こりません」

「警視。免疫応答の説明をお願いします」

冴子に言われて、伊都美は慌て気味に言い添えた。

「失礼しました。免疫応答とは、発熱や発疹、炎症、血液中の白血球数の上昇、抗体価の上昇などのことです」

「脳を食べるのは……」

若い相棒の言葉は、パソコンから流れた声に掻《か》き消された。

「大変です。突然、牛や羊が口から血の泡を吹いて倒れました」

春菜は冷静に報告しながら動画を送ってくる。放牧されていた牛が横たわり、血まじりの泡を吹いていた。鼻からも血が流れている。千紘が呆然《ぼうぜん》とした様子で、牛のそばに立ち尽くしていた。

「獣医は？」

冴子は素早く問いかけた。

「呼びましたが、まだ到着していません」

「さわってはいけません！」

伊都美が叫ぶように言った。千紘が膝をつき、牛の顔に手を伸ばしかけていた。

「なにか、そう、危険なウイルスに感染しているかもしれません。獣医が来るまではそのままに……かわいそうですが」

付け加えた部分に、警視の気持ちが表れていた。

「動物衛生研究所にも連絡した方がいいと、いいえ、わたくしが連絡しておきます」

言い終わらないうちに扉がノックされた。所轄の刑事課の課長が顔を覗かせる。

「仲村課長。追跡班とおいでいただけませんか。本庁の捜査1課長が、お出ましになりましたので」

表情から推測しただけでも、歓迎の雰囲気ではなかったが、断る理由はなかった。

冴子は状況を告げ、いったん千紘たちとの話を終わらせる。

「クロノ。BSEで死んだ家畜を調査して。他にも変死した事案があれば、それも教えてください」

似たような事案の調査を、部署のクロノに命じて、立ち上がる。伊都美は胸騒ぎを覚えたのか、

「なぜ、追跡班も呼ばれたのですか」

仲村に訊いたが、「さあ」と首を傾《かし》げられただけだった。伊都美は会議室の戸口で立ち止まる。

「まさか」

いやな予感が消えなかったのかもしれない。冴子は苦笑いして、廊下に出る扉を開けた。

「行きましょうか」

3

伊都美の不吉な予感は大当たりだった。

「死体追跡班、おっと、失礼。警視庁特殊詐欺追跡班のご登場だ」

会議室で待ち構えていたのは、冴子の実父・佐古光晴《さこみつはる》だったのである。年は五十一、姓が違うのは両親が夫婦別姓のためだが、名乗りたくないほど嫌っていることを内外に知らしめる意味もあった。

ホワイトボードが置かれた会議室の前に、佐古が目をかけている三十代の相棒とともに立っている。

「新たな異名が増えたじゃないか、ええ、ウシ班よ。いや、咬《か》みつき亀班の呼称の方がいいかもしれないな。もしかすると、警視庁生活安全部生活環境課、別名『生きもの係班』こそが、最適の部署じゃないのか。どうも動物がらみの事案が多いようだ」

辛辣な言葉で出迎えられた。いつものことなので、冴子は顔色ひとつ変えずに座る。長机の左から仲村、彼の若い相棒・愛川、冴子、伊都美の順に並んでいる。女性警視は佐古が苦手らしく、仕草で冴子に席を譲って、少しでも遠い位置に落ち着いたように感じられた。

「刀根康介と社員の田中郁弥は、どうですか。亡くなった女子高生に大量の覚せい剤を打ったことを、認めましたか」

仲村は受け流して、すぐさま核心にふれる。追跡班を目の敵《かたき》にするのが、いささか鼻につきだしているのかもしれない。検挙率が高く、実績を挙げている班だ。佐古は反論を呑み込んだらしく、大仰に唇をゆがめた。

「いや、自分は関わっていないの一点張りだ。社員は社員で、刀根社長の命令だったと同じ供述を繰り返すばかりでね。からくも命を取り留めた女性の証言を突きつけても平然としているよ、二人とも」

しかし、と、続けた。

「テレビやネット上に今回の事件が流れたことによって、自分も被害に遭ったと訴え出る女性が現れた。今朝までに三十一人が、本庁を直接、訪れるか、電話やメールで連絡をくれたことから、確認作業を進めている」

佐古の目顔を受けて、部下が追跡班にプリントを配る。中にはＡＶに出演すればデビューさせるという刀根の言葉に騙された女性もいた。だいたい五十万前後の現金を支払ったうえ、二十万から三十万のローンを組まさせられていた。

「他にも、行方不明者がいるのですか」

伊都美が驚きの声をあげた。訴え出た女性の証言の中に、自分は女子大生と連絡を取り合っていたのだが、いきなり彼女の携帯に繋がらなくなった。たぶん捜索願い、もしくは失踪届けが親族から出されているはずだが、家に戻って来たのだろうかと、案じるがゆえの供述が記されていた。

「そうだ」

佐古は渋面で答えた。追跡班に対してはおとなしく従えばよしなのだろうが、そうではないからこそ、重要な案件は蚊帳の外という形にしたいのかもしれなかった。

「連絡がつかない女子大生はシングルマザーの家庭で、母親から捜索願いが出されていたが、相談を受けた所轄はまともに取り合わず、すでに三週間が経過している。携帯に連絡しても、まったく繋がらない状態だ。新宿や渋谷を中心にした性風俗の店に、売られたこともありうるからな。繁華街を中心にした聞き込みを始めたが」

「居所はまだ？」

仲村が訊いた。佐古の末尾に含みを感じたのではないだろうか。言おうか、どうしようかという逡巡《しゅんじゅん》を、冴子も感じた。

「それが、どうも」

珍しく口ごもった後、

「取り込み詐欺を行う詐欺師の連中と一緒にいるのではないか、という新たな情報が得られた。訴え出た女性のひとり、彼女は先程、話に出た行方不明者を案じる供述をした女性とは別人だが、いい儲け話があると田中郁弥に持ちかけられたらしくてな。

そのときに聞いた住所が荒川区の会社だったらしい。捜索願いが出された女性は、かなり真剣に話を聞いていたそうだ。それでよけいに気になったんだろう」

佐古は言った。

取り込み詐欺とは、代金支払いの意思・能力がないのに、仕入れ取り引きを装って代金掛け払い約束で商品を仕入れつつ、同商品を現金買い受け会社——いわゆるバッタ屋に廉価《れんか》で販売して現金を入手し、自己の用途に充てる一方で、仕入れ代金を踏み倒すという手口の詐欺事犯だ。

（なるほど。それで渋々追跡班を招き入れたわけか）

冴子は得心した。しかも命じたいのは、佐古が猿芝居と嫌う変装したうえでの潜入捜査ではないだろうか。件《くだん》の女子大生が捕らわれているのであれば、助け出さなければならない。一般人のふりをして、取り込み詐欺犯を釣りあげる場と人員が必要になる。

「行方不明の女性は、秋吉麻里《あきよしまり》、二十一歳。詐欺師に捕らわれて、逃げ出せずにいるのか。この場合、逃げたら家族を殺すといったような脅迫をされていることも考えられる。あるいは彼女自身が、連中と一緒にいることを望んでいるのか。追跡班に捜索を頼みたいのだが」

最後の方は声が小さくなっていた。冴子から見ると、よくも悪くもわかりやすい人間だった。

「いかがですか」

と、冴子は小声で仲村に相談する。間に座っていた彼の若い相棒が気を利かせて、話しやすいように身体を後ろにずらした。

「巧みに化けられる警察官は、追跡班だけだろう。だからこそ、佐古課長も相談したに違いない。受けるべきだ」

仲村の答えを聞き、今度は右隣の伊都美に目を向けた。

「本郷警視のお考えは、いかがでしょうか」

「仲村課長のお考えに賛成です。追跡班にしかできない役目だと思います。『ブランド牛詐欺事件』で泳がせている深澤将雄の事案もありますが、なんとか対応できるのではないかと思います」

「わかりました」

冴子は頷いて、佐古に視線を戻した。

「追跡班は、喜んで猿芝居を演じる所存です」

作り笑いとともに切り返したとたん、会議室に小さな笑いが起きる。仲村も吹き出しそうになったようだが、こらえていた。

「猿芝居の自覚はあるわけだな」

佐古は負けじと切り返したが、皮肉や嫌みの応酬になると思ったのか、

「取り込み詐欺犯へのアタックについてはまかせた。方法などが決まった時点で知らせてくれ。それから『オーディション商法事件』では、覚せい剤の使用が顕著であり、売買も行われていたようだ。田中郁弥は売人としても、そこそこ知られる存在だったと、今朝、仲村課長から連絡を受けた」

あらたな話を返した。

初耳ですと冴子は喉まで出かかったが、仲村に仕草で止められた。話す時間はあったはずなのに、なぜ、会議前に伝えなかったのか。冷ややかな視線の訴えをスルーして、仲村は立ち上がる。

「今、佐古課長が伝えた件は、早朝、マトリから来た連絡です」

マトリの部分で、右隣の伊都美が小さく震えて俯《うつむ》いた。おそらく警視が昔、交際したであろう男は、厚生労働省地方厚生局麻薬取締部に所属している。なるほどと遅ればせながら、冴子は報告が会議の場になった理由を知った。

（本郷警視の気持ちを、慮《おもんばか》るがゆえでしたか）

佐古であれば動揺する様子見たさに、わざと事前に伝えたかもしれないが、仲村は底意地の悪い性格ではない。

「おわかりのように、刀根事務所は芸能界と繋がっています。どうやらマトリは大物

を釣り上げる覚悟を決めているらしく、被疑者の深澤将雄を泳がせて監視しています」

「クリーン・コントロールド・デリバリー捜査か」

受けた佐古に頷き返して、仲村は続けた。

「深澤将雄は、シンセミアという最高級の大麻を扱う売人のようで、芋づる式に大物を釣り上げ、一網打尽にしようと考えているのは確かですね。もしかすると、深澤だけでなく、刀根康介や田中郁弥も覚せい剤や大麻の売人として、重要な駒なのかもしれません。深澤と親しい関係にあることも考えられます」

「マトリから田中郁弥に関する新たな話は？」

佐古が問いを投げる。陰湿な光を宿した目が、俯いたままの伊都美に真っ直ぐ向けられていた。彼は他者の恐怖や嫌悪感、怯えといったものを、鋭く読み取る能力に長《た》けていた。理由まではわからないかもしれないが、伊都美の様子に異変を感じているのかもしれなかった。

「刀根については話に出ましたが、田中郁弥の詳細については、まだ、ありません。もっとも伝える必要はない、伝えてはいけないと上から命じられているためかもしれませんが」

不意に扉がノックされて、警察官が入って来る。佐古に書類を渡して足早に出て行った。新しい情報ではないだろうか。

「えー、オーディション事件の被害者女性の尿からは、睡眠薬の一種であるニトラゼパムの代謝物が検出された。覚せい剤だけでなく、睡眠薬も併用していたんだろう。薬漬けにして輪姦《まわ》していたわけだ。刀根事務所は覚せい剤、睡眠薬、大麻となんでもござれの薬屋だったことがわかる。マトリの目の色が変わるのも、無理からぬことかもしれないな」

相変わらず佐古の目は、伊都美に向けられていた。毅然《きぜん》と顎《あご》をあげて睨み返せばいいものを……。

「仕事に戻っても、よろしいでしょうか」

冴子の申し出を、佐古は受けるしかなかった。

「ちょうど終えるところだった。忙しいのに、お呼びだてしてすまなかったな」

解散。と、告げられて、捜査1課の警察官たちも次々に立ち上がる。冴子は伊都美や仲村とともに会議室を出た。

「本郷警視。念のために伺いますが、動物衛生研究所へは連絡を入れたんですよね」

冴子の確認に、伊都美は硬直する。

「あ」

「連絡をお願いします。仲村課長、追跡班は千葉県の農場へ行き、家畜の不審死を急いで確かめたいと思います。並行して、取り込み詐欺事案の具体的な潜入方法を決めたいと考えています。潜入案がまとまりましたら……」

冴子は会議室の戸口に現れた佐古に目をとめる。仕草で呼んでいた。どうせ、ろくな用事ではないだろうが、仕方なく底意地の悪い実父に歩み寄る。

「登美子《とみこ》が、ちょっと具合が悪くてな。たまには顔を出してやってくれないか。晴彦《はるひこ》と咲子《さきこ》も待っているようだ。もっとも、二人は小遣い欲しさかもしれないがね」

皮肉な笑みを滲ませて、らしくない台詞を口にした。登美子は言うまでもない、冴子の母親であり、晴彦は大学生の弟、咲子は高校生の妹だった。

「わかりました」

「本郷警視だが」

佐古は、伊都美にちらりと目を走らせる。

「マトリとなにかあったのか？」

あまりにもストレートすぎる質問であり、これまた、らしくない質問であるともいえた。理由を知っていたとしても、冴子は言うわけがない。

「なにもありません」

「しかし、ずいぶん顔が変わったように見える。自然な美しさと若さというか、綺麗になった。あの変貌ぶりも、特殊メイクとやらの成せる技なのか」

佐古にしては、意外な質問に思えた。およそ女性の変化に関心を持たない男であり、特殊メイクのことも厚化粧だの、妖怪メイクだのと悪口雑言の限りをつくしてきた。その感覚をもってしても、伊都美の自然な美しさは無視できなかったのかもしれない。

「現代の魔術を用《もち》いました」

短い返事で終わらせた。一礼して、伊都美たちの方に戻る。警視は携帯の画面を冴子に向けた。

「牛が一頭、羊が二頭、死んだそうです。鑑識が到着したらしいので、防護服を着用した方がいいと助言しました」

「適切な助言だと思います」

冴子は素早く気持ちを切り替える。携帯の画面には、地面に倒れた牛が映し出されていた。死因はなんだろうか。もしや、逃げた家畜人工授精師の伴野辰治が、なにかしたのか。まさか、毒物を飼料に混ぜて……仮にそうだったとしたら、目的はなんだろう?

険しい表情をしていたのかもしれない。

「あの、片桐巡査長」

伊都美がおずおずと話しかけてくる。仲村と若い相棒は片手を挙げて、離れて行った。男性コンビは泳がせ捜査の深澤将雄を担当しているため、現場に行く段取りになっていた。冴子は仲村たちに会釈して、警視に視線を戻した。

「はい。なんでしょうか」

「この近くに、新しい花屋さんがあるのです。五分だけ、寄り道させていただいてもよろしいでしょうか」

申し出は、心あたたまるものだった。ともすればギスギスしがちな捜査に、伊都美は彩《いろど》りやなごみを与えてくれる。

（追跡班の責任者は、わたしではなく、警視なんですけどね）

と、思いつつ答えた。

「いいですよ。その代わり、お昼は車で移動しながら、コンビニのおにぎり、もしくは、サンドイッチになりますけど」

「コンビニのおにぎりやサンドイッチ、大好きです」

一礼した上司に笑みを返して、いっとき物騒な事案を遠くへ追いやる。そういえば、と、思い出していた。

自分たちを警察官として育ててくれた恩師のひとりも、花が大好きだった。遅ればせながら母の日が近いことを思い出している。たまには母親に花でも買って行くかと、妙に里心が湧いていた。

4

伊都美が案内した店は、アフリカ産のバラだけを売る花屋だった。ケニア産だと勧められたのは、黄色やオレンジ色の大輪のバラで、日本産に比べると薫りはほのかだが、茎が太くて長持ちするという説明を受けた。

「アフリカの花を日本で売りたいと思ったんです」

四十前後の女性店主は言った。伊都美とは顔なじみの様子だったことから、冴子は大学の同期、あるいは以前からの知り合いではないかと推測している。

「クラウドファンディングで資金を募《つの》り、店の内装も駆けつけてくれた知人がペンキを塗ってくれました。日本への販路を通じて、現地では二十人から三十人の雇用がつくれています。まだまだですけどね」

笑顔で告げた言葉を胸に、冴子と伊都美はバラを買い求めて、面パトの中で遅い昼食を摂《と》ることにした。所轄近くの四台しか停められない小さな駐車場に面パトを停車させ、窓と扉を思いきり開け放している。花束が車内にあるだけで自然と心がなごむから不思議だ。

「花には、人を元気にさせる力がありますね」

伊都美の言葉を受けた。

「はい。柄にもなく、花束を買ってしまいました」

おにぎりを食べながら後部座席の花束を見る。冴子は花びらの縁だけが赤で、あとはピンクというバラをひと束、伊都美は赤がひと束と、ピンクやオレンジ、黄色が混じったひと束を買っていた。

「わたくし、花屋さんになりたかったんです」

伊都美はぽつりと言った。

「でも、とんでもないと父に反対されました。せめて大学は農学部にと言ったのですが、それも駄目となって……それならと生物学部に進みました。とにかく動植物に関係した勉強がしたかったので」

問わず語りの呟きは、説得力を持っていた。冴子たち三人は一度だけ伊都美の父親に会っている。昔ながらの家父長意識にとらわれている家という印象を受けた。叱責《しっせき》の呼び出しだったことから、あまり良いイメージは持っていない。

（あたしの友達は子どもの頃からの夢をかなえて、盆栽業者に弟子入りしましたけど）

ふと浮かんだ友人の笑顔を遠くへ追いやる。

「今はどうなんですか」

冴子の問いに、「え？」と目をあげた。

「花屋さんですよ。警察官を辞めた後、退職金を資金に充《あ》てて、いずれやるという選択肢は残されているんじゃないですか。それとも諦めてしまったんですか」

「ああ、そう、ですね。まだ、可能性は消えていませんね」

言われて初めて気づいたのかもしれない。伊都美は少し遠い目をしていた。冴子は素早く昼食を終わらせてエンジンをかける。

「とりあえず、一度、本庁に戻りましょうか」

「追跡班、近くにいるか」

仲村から無線連絡が入った。

「はい。ちょうど短い昼休みを終えたところで、港区の所轄近くの駐車場にいます。なにかありましたか」

冴子は訊いた。助手席の伊都美もまた、急いで昼食を終わらせる。ウエットティッシュで手を拭いていた。

「深澤将雄に荷物の受け取りを頼まれた女性——沢口《さわぐち》美波《みなみ》、二十五歳が、一昨日、目的の荷物を受け取ったらしいんだが、マトリの話によると、彼女にも薬物使用の疑いがあるようだ」

「ガサ入れですか」

先んじて言った。

「そうだ。深澤や他の人間が沢口美波の家を訪問した形跡がないのはすなわち、彼女がマトリや所轄の尾行に気づき、深澤に連絡をしたことも考えられる。すでに令状は取った」

「きわめて可能性は低いかもしれませんが、沢口美波と深澤の会話に、家畜人工授精師・伴野辰治が出ていたかもしれません。沢口美波が伴野の行方を知っていることも考えられますね」

「ゼロとは言えないだろうな。深澤は今、成田空港に近いホテルに宿泊しているんだが、まったく動かない。高飛びを企てているのかもしれないため、監視役を増員しているそうだ。沢口美波に任意同行を求めるのは、やはり、女性警察官がいいだろうとなったわけだが」

「マトリや所轄は、だめなんですか」

冴子の脳裏に、ちらりとマトリの男がよぎる。伊都美は落ち着いているが、現場で会ったらどうなるか。が、私情を仕事に持ち込むほど愚かではないはずだ。

「マトリは女性捜査官は他の事案で動いているため、手配に時間がかかると言っていた。所轄には対応できる女性警察官がいないとのことだ」

「わかりました。すぐに向かいます」

冴子は答えて、面パトのエンジンをかける。赤色灯を載せるかどうか、一瞬、迷ったが、騒ぎ立てない方がいいと判断した。

「本郷警視。大丈夫ですか」

運転しながらルームミラー越しに問いかけた。

「お気遣いはありがたいのですが、わたくしは、追跡班の責任者です。一度目は不意打ちだったので驚きましたが」

佐古であれば、また腰をぬかすんじゃないかと皮肉る場面かもしれない。が、しっかりした受け答えを聞き、冴子は段取りを手短に告げた。

「すでに捜索令状がおりているため、沢口美波には任意同行を告げて室内の捜索に取りかかります。深澤とは親しい間柄ですし、薬物使用の疑いもあることから、やつが三流の詐欺師であることは知っているでしょう。薬の使用はまだ不確定ですが、付き合ううちに覚えたのか。もしくは、彼女自身もまた、売人なのか」

「女性の売人ですか」

「はい」

事前に伝えたのは、伊都美が驚いて腰をぬかさないようにするためだ。意図を察したに違いない。

「狼狽《うろた》えないよう、腰をぬかさないように気をつけます」

自虐ネタを口にして笑った。冴子も笑みを返して、監視役や仲村たちが待つ裏道に入る。一階にバーや居酒屋といった店が軒を連ね、二階以上はマンションという細長いビルが林立している区域だった。

「ご苦労さん」

　仲村が面パトのドアを開けてくれる。

「二人のやりとりは聞いていた。沢口美波の住まいは、表通りのマンションの三階だ」

　と、先に立って歩き出した。ビルとビルの間の細い道や、オープンカフェになっている場所に、捜査員がさりげなく配置されている。

（マトリの男）

　赤坂大樹の顔も見えたが、伊都美は会釈することなく通り過ぎた。女性も混じっていたが、実践経験の浅い年代層に思えた。

（あたしも他から見れば、そうか）

　思わず苦笑いする。ときに二十三という自分の年を忘れてしまうのは、さまざまな経験をしてきたからだ。師匠や恩師と呼ぶ二人に出会ったのは、冴子たち三人が中学生のとき。彼女たちに憧れて、警察官になるための特訓を積んできた。

「思い出し笑いですか」

　歩きながら伊都美が訊いた。

「そんなところです」

「こういうときに笑えるのが、羨ましいです。でも、勇気づけられますね。震えそうになる気持ちが、こう、しゃきっとします」

「大丈夫です。機転を利かせる点は、わたしも見習わなければと思っているぐらいですから。状況を読むのが、上手いですよ」

「巡査長は他者を持ち上げるのが上手いですね」

話しているうちに、沢口美波が住むマンション三階の通路に来ていた。まさか飛び降りるような真似はしないだろうが、エントランスホールはもちろんのこと、ベランダ側の道にも捜査員が詰めている。三階の通路には、冴子たちと仲村を含めて六名が顔を揃えていた。

「つい今し方、聞いた話では、沢口美波は勤めていた会社を辞めて、深澤が取り引きしたバーの店員をしているらしい。出勤前の支度をしている時間帯だろう。昼間、買い物に出た後は、外に出ていないのでいるはずだと」

仲村が小声で言った。冴子は手袋を着けて、インターホンを押した。伊都美も手袋やマスクを着けている。

「はい」

「警視庁特殊詐欺追跡班の片桐と申します。深澤将雄の件で少しお話を伺いたいのですが」

　画面付きのインターホンに向けて警察バッジを示した。すぐに扉が開いた。

「将雄、逮捕されたんですか」

「沢口美波さんですね」

　念のための問いを投げる。

「はい」

　答える顔には、接客業らしい化粧が施されていた。長袖《ながそで》のブラウスとスカート姿は、水商売よりも大人ブランドのマネキンといった感じがする。新宿や渋谷よりも落ち着いたメイクに思えるのは場所柄だろうか。隣にいた仲村が捜索令状を出して、室内を調べると告げた。

「え、あの」

「深澤将雄に頼まれて、荷物を受け取りましたね」

　仲村が訊いた。他の部屋から住人が顔を出したので、冴子は伊都美とともに中へ入る。マトリの捜査員たちが見当たらないのは、家宅捜索は所轄にまかせることにしたからだろうか。

「もう一度、伺います。荷物を受け取りましたか」

　冴子は靴を脱ぎ、玄関にあがって同じ問いを投げた。もっとも受け取った荷物の中身は、すでに無害物にすり替えられており、麻薬の類は入っていない。しかし、美波が受け取り役になった証《あかし》である。押収しなければならなかった。

「はい。受け取りました、けど」

怪訝な表情は無視して、仲村たちとともに室内に入る。十畳ぐらいのワンルームには、セミダブルのベッドとサイドテーブル、ドレッサー、リビングボードといった家具が、うまく配置されていた。どれも量販店の安価な品ではないように見えた。

(リビングボードに宝石箱か)

少し引っかかる。ベッド脇のサイドテーブルやドレッサーに置くように思えたが、まずは身体検査をして、聴取を始めた。仲村はすでに中身をすり替えた受取品を押収していた。

「薬物は持っていませんか」

冴子の問いに、美波は一瞬黙り込む。

「…………」

視線を追うと、伊都美がリビングボードの上の宝石箱を手に取っていた。冴子と同じ印象を持ったのかもしれない。美波は止めたかったのかもしれないが、不審をいだかれるのを懸念したのか。見つめるだけだった。

「これは」

伊都美は、宝石箱を開けて周囲に中を見せる。ビニール袋に入った大麻と思しき乾燥したものや吸引器、あとは家の鍵だろうか。キーホルダーをつけた鍵が入っていた。

「将雄のです」

美波は掠《かす》れた声で告げた。青ざめた顔で、下唇を噛みしめている。所轄の警察官が鞄から検査キットを出して調べた。

「大麻ですね」

それを聞いて、仲村が立ち上がった。

「大麻所持で逮捕する」

時間を告げ、手錠を掛ける。美波は無言で虚空《こくう》を見つめていた。

5

沢口美波の宝石箱の中にあったのは、最高級品の大麻『シンセミア』だった。

入手先は深澤将雄であり、自分は二、三度、試しただけだと供述。薬物検査は結果待ちとなって、冴子たちは、いったん本庁に戻った。

その夜。

「姉貴」

弟の晴彦が、自宅マンションの扉を開けた。冴子の後ろには、本庁で落ち合った千紘と春菜が立っている。伊都美は遅くなると父親がうるさいことから、いつものようにクロノの端末を携えて帰った。

「うわぁ、似合わねえな、花束。宇宙一、花束の似合わない女だね。今さら言うまでもないと思うけどさ。うちは花より団子だぜ。わかっているだろうに、なにか悪いものでも食ったのかよ」

大仰に顔をしかめて、冴子が差し出したバラの花束を受け取る。口の悪さは父親譲りだろうか。

「うるさい」

冷ややかに告げ、押しのけながら家に入る。江東区のこのマンションは、父親の佐古光晴が買い求めた。京葉道路に面した大手不動産会社の分譲マンションで、まだたっぷりローンが残っていることから、母親の登美子もパートに出ている。3LDKの造りだが、余裕のある広さではない。冴子は警察官になった時点で妹に自室を譲り、警察の独身寮に入居した。

ベランダに面した二部屋のうちの一室は両親、もうひと部屋は弟、玄関脇のもとは冴子の部屋だった四畳半は妹の自室である。十二畳程度のリビングルームには、大勢が集えるようにと頑丈なリビングテーブルが置かれていた。

片隅には二人掛けのソファが設置されており、冬には炬燵も用意されるが、冴子はこの大きめのリビングテーブルが気に入っていた。

「はい、花より団子」

千紘がエコバッグごと渡した。中にはスーパーで買い求めた焼き肉用の牛肉や野菜がぎっしり詰まっている。春菜は無言で片手を挙げ、彼女なりの挨拶を終えた。

「冴子。どうしたのよ、急に。『今夜、行くからご飯だけ炊いておいて』と連絡が来たから驚いたわ」

登美子が自室から出て来た。年は五十、思っていたより顔色はいいが、正月に来たときよりも痩せたように見える。痛みや辛《つら》さを口にしない性格なので不安は残った。

「母の日が近いからさ。たまには親孝行をと思って」

冴子は答えて、玄関脇の部屋を振り返る。

「咲子は？　部活？」

妹は部活よりもアルバイトをしたいようだが、高校生は禁止されているので、学生らしい放課後を過ごしているのかもしれない。憎まれ口をたたく弟は、合間を見てバイトに勤《いそ》しんでいるはずだ。冴子もわずかばかりだが、毎月、いくばくかの金を入れている。

「そう。綺麗なバラねえ。ありがとう」

「どういたしまして」

「花を活けるのなんか、ひさしぶりだわ」

登美子はさっそく大きな花瓶を出してきた。勝手知ったるなんとやら、千紘と春菜はホットプレートを出したり、肉や野菜を切ったりして、手際よく焼き肉の準備を始めている。

冴子も手伝おうとしたが、

「ちょっと、ちょっと」

晴彦に呼ばれて、弟の自室に足を向けた。

「茉林《まりん》からさ。一昨日《おととい》の夜だったかな、おふくろの携帯にメールが来たんだよ。姉貴たちは忙しいのかどうかって訊いてた」

小遣いをくれと、右手をこれみよがしに突き出していた。渡辺《わたなべ》茉林は中学の同級生で、彼女を加えた四人でよく遊んでいたのだが、卒業と同時に埼玉に越してしまい、たまにしか会えなくなっていた。

(急に思い出したのは、これだったのかな)

伊都美と話をしていたとき、盆栽師をめざす茉林がふと浮かんだ。あれはこのことだったのかもしれない。

「それで?」

急《せ》く気持ちを抑えつつ促した。

「そのときは、うちにも来ないから、たぶん忙しいんじゃないかなって答えたんだよ。でも、さっき電話くれたじゃないさ。で、おれからメールしておきました。今夜、来ると思うよってね」

「年のせいで携帯の画面を見るのが面倒くさくてね。晴彦に頼んだのよ」

花を活けた登美子が補足した。リビングルームに大輪のバラが飾られただけで、いつもとは異なる豪華な空間になっていた。花より団子の晴彦はまだ、右手を差し出していた。

「そういうわけなんで、よろしく」

「惜しいな。この右手がなければ、小遣いが出たかもしれないのに」

強く叩いて、終わらせる。

「えぇ〜っ、なし？」

「なし」

答えて、腕時計を見た。七時を少しまわっていたが、弟の部屋からベランダに出て電話を掛ける。しかし、留守電になって茉林は出なかった。メッセージを入れて、リビングルームに戻る。

早くも千紘と春菜が、牛肉や野菜を焼き始めていた。晴彦はグラスを出して並べたが、缶ビールを示されて要《い》らないと頭を振る。もう一度、本庁に戻って、新たな潜入捜査の段取りを詳細に詰める仕事が残っていた。

「ご飯だけ炊いておいてと言っていたから、本当になにも用意していないけど、味噌汁と漬物はあるからね」

登美子は漬物の入った丼を置いて、座る。やはり、多少、動きがぎこちなく思えた。

「体調はどう?」

冴子は隣に座って、さりげなく訊いた。

「まあまあよ。健康診断で子宮頸《けい》がんの検査数値だけ引っかかっちゃってね。再検査したの。結果待ちよ。年だから色々出るわね」

「出血とかはあった?」

「姉貴。そういう生々しい話は、あとにしてくれないかな。せっかく久しぶりに上等な肉が食えるってのにさ」

「おお、生意気な口をきくようになったね」

千紘の言葉を、春菜が受ける。

「小遣いをもらえなかった怨《うら》み」

「いつもながらの地獄耳、よく聞こえたな。焼き肉の準備してたから、気づかなかったと思っていたよ」

「聞いていたんじゃなくて、見えた」

春菜は掌《てのひら》を上に向け、差し出す仕草をした。だれが見ても小遣いの催促だろう。

「貧乏大学生だからカンパをお願いしただけさ。どうでもいいけど、この牛肉。サシがない赤身肉だな。オーストラリア産だろ」

「わかっているなら言うな。だいたいが、サシ入りの牛肉は、焼き肉には向かないんだからね。脂がすごいから、あれはすき焼き用なの」

千紘の反論に、冴子の携帯のヴァイブレーションが重なる。

「茉林だ」

冴子は素早く受けた。千紘と春菜が、それぞれ斜め後ろに来る。

「ひさしぶり。今、自宅に来ているんだよ。千紘と春菜もいるからさ。テレビ通話にしてもいいかな」

「もちろんよ」

切り替えると、元気そうな茉林の顔が出た。肩までの長い髪や薄化粧が、年頃の娘らしさを表していた。忙しくてもお洒落《しゃれ》には気を遣っている様子に見えた。

「ひさしぶり、茉林」

「元気？」

千紘と春菜が、手を振りながら挨拶する。

「元気だよ」

「髪が肩まで伸びたね」

千紘が言うと、はにかんだような笑みを浮かべた。

「あたしは髪が伸びるの、遅いからさ。やっと肩まで伸びたんだ。あたしも行きたかったな。冴子が来るとは聞いていたけど、三人とも集まるとは思わなかったから」

「焼き肉パーティだよ」

声を大きくした千紘を、春菜もまた、大きな声で継いだ。

「あたしも茉林に逢いたかったな」

「逢いに行くよ。ちょっと相談したいことがあるんだ。そこに泊めてもらえれば、土曜日の夜、仕事が終わった後に行けるんだけどな」

茉林は大宮の盆栽業者に、弟子入りして学んでいる。事情を知っている母親が、横から口をはさんだ。

「大歓迎よ。咲子の部屋に泊まればいいわ」

「ありがとう、おばさん。それじゃ、また、連絡するからさ。なんか、バタバタしちゃって、ごめんね。修業中の見習いには、まだ、後片付けがあるんだ」

「わかった。いつでも連絡して。逢えるの、楽しみにしてるからさ」

「あたしも」

弾む声を聞いて、冴子はテレビ通話を終わらせる。焼きあがり始めた肉や野菜を、春菜が銘々皿に取り分けていた。晴彦は喋《しゃべ》るのも忘れて、貪《むさぼ》るように食べていた。

「まるで餓鬼《がき》だね」

千紘の苦笑いを、ふたたび春菜が受けた。

「そもそもガキだから」

「おれと三つしか違わないくせに」

二度目の反論を、冴子を含む三人娘がいっせいに遮る。親のすねかじりと一緒にするな、一番食べているくせに身の程をわきまえろ、三つの差は天地の差、等々、晴彦は黙り込むしかなかった。

「茉林ちゃんのお父さんは、変わった仕事に就いていたわよね。お米だかなんだかの原種を守るための検査技師だったかしら。そういう関係で、茉林ちゃんは盆栽に興味を……」

登美子の言葉を遮ったのは、携帯のヴァイブレーションだった。三人同時に出そうとしたが、冴子がいち早く確かめる。

「クロノだ」

「落ち着かねえな。飯ぐらい、ゆっくり食えよ」

晴彦は、反論できなかった意趣返しとばかりに文句を言ったが、取り皿に分けようとしていた肉を春菜が宙で止めると、すぐに謝罪の仕草で応じる。冴子はそのやりとりを横目で見ながら、弟の部屋へ行き、メールを見た。

「牛や羊の変死事案は、全国で十六件か。十年ぐらい前から起きている、か」

そのうちの四件は、十年ほど前からBSEを発症して死んでいた。伊都美の話では、現在でもごく稀《まれ》にBSEを発症するということだったが、四件は多いのか、はたして……。

「クロノ。六カ所の畜産農家や牧場で、水素を利用しているところはある？」

電話で確認する。

「はい。六カ所すべてが、農場や農業、あるいは併設した飲食店で水素ボンベを使っています。取り入れたのは、二、三年前からのようです」

「逃亡中の伴野辰治が立ち寄った形跡は？」

話しているうちに、千紘と春菜も来ていた。こうなるパターンが多いため、あまり自宅には寄らないようにしているのだが、家族は慣れているので気にしていなかった。

「それについては調査中です」

「早く調べてください」

手短に終わらせる。

「伴野辰治が、牛や羊の変死事案に関わっていると？」

春菜の問いに、首を傾げて答えた。

「わからない。ただ、今回の千葉の農場は、気になっているんだ。死因はまだ判明していないけどさ。口から血の泡を吹くなんて、あきらかに異状だからね」

「一服盛ったか」

　春菜の呟きを、すぐに継いだ。

「なんのために？」

　そこで疑問の嵐になる。仮に伴野辰治の仕業だったとした場合、なぜ、家畜を殺害したのかがわからない。

「ただいまー。大急ぎで帰ってきたよ。お姉ちゃんたち、まだ、いる？」

　妹・咲子の明るい声が、玄関先でひびいた。それを機に三人は、リビングルームに戻る。束の間の家族団欒《だんらん》を楽しみつつも、冴子の頭では伴野辰治の不可解な行動が渦巻いていた。

　十六件の家畜不審死事案。

　そのうちの四件は、ＢＳＥを発症している。

　たまたまなのか。偶然、だろうか？

　終わりのない自問が続いていた。

第3章　事件の鍵

1

千葉の農場で死んだ牛や羊を解剖した結果、毒物を摂取したことによる死と判明した。おそらく青酸カリ系の毒と思われたが、現場は鑑識係が感心するほど綺麗に清掃されていたため、飼い葉からは発見できずに終わっていた。

家畜に毒物を与えたのは、伴野辰治なのか。そうだとしたら、なぜ、そんな真似をしたのか。逃げた伴野の行方は摑めないまま、追跡班は新たな潜入捜査の準備を進めた。

「今回は、父子家庭に育った二十一歳の女性、上野和美《うえのかずみ》という設定にします。高校を卒業後、荒川区内の小さな会社に事務員として勤めたけれど、その会社が倒産したため新たな職場を探して就職、みたいな感じですね」

千紘はいつものように、現実にはいない人物像を創りあげる。物語性をもたせるのは、冴子がイメージを描きやすくするためだろう。

「父親もまた、荒川区内の会社勤め。税理士としてそこそこの収入を得ていることから、娘の和美には多少、自由に使えるお金がある。ただし、家にも月々、三万円を入れているのでそんなに贅沢はできない。でも、たまには自分へのご褒美もいいかなー的な感じで、ヴィトンのポーチを購入。大切に使っている」

話しながら特殊メイクを真剣な顔で施していく。

「素顔をわからなくさせるため、両頬をふっくらさせた丸顔に仕上げます。ふだんの冴子はそぎ落としたようなクールフェイスでしょう？　両頬に手を加えるだけで、かなり印象が変わるんだよね。簡単に言うと平安時代の平坦なおかめ顔。全体的には自然な薄化粧、最後に丸い眼鏡をかければ完成です」

警察官の冴子から、父親と二人で地味に生きる上野和美へと変化した。

「性格設定は、そうだな。お笑いタレントを目指す平安美人といきますか。服装はごく普通、大型量販店の品物をうまく組み合わせて彼女なりにお洒落を楽しんでいる。敢えてヴィトンのポーチを加えたのは、やはり、少々山っ気《け》というか。できればお金がほしいというような願望を表した結果です。さあ、これで完璧。なりきってください」

焼き肉パーティの三日後。

冴子は、上野和美の偽名を使い、荒川区の〈刀根興業〉に事務員として勤め始めた。会社名でわかるが、驚いたことに若き社長の刀根優介《ゆうすけ》は、『オーディション商法事件』で逮捕された刀根康介の息子だった。年は冴子たちより二歳下の二十一。おそらく刀根が出資して、別の詐欺を行わせている可能性が高かった。

「上野さんは、田中郁弥から話を聞いて、うちのことを知ったと言っていたよね」

刀根優介が問いかけた。興味津々という表情をしていた。刀根が大学生のときに生まれた息子は、目元や顔立ちが意外にもマトリの男——赤坂大樹にどことなく似ている。が、時々ちらりと窺《うかが》うように目を走らせる仕草は、父親を想起させた。

「はい。わたし、お笑いタレントになりたいんです。それでオーディションに応募しました。刀根社長は、いけるんじゃないかと言ってくれまして。アルバイトを探していると言ったら、田中さんにこちらを紹介されたんです」

冴子はにこやかに応じる。ふくらませた頰が、笑うときに強張《こわば》るような感じがした。皺が寄りすぎているのではないかと妙なことが気になっていた。

机に置いたショルダーバッグの側面には、高性能の超小型マイクと隠しカメラを仕込んである。裁判のとき、証拠品としては使えないが、冴子の危険を察知した場合は、近くに待機している追跡班や本庁、そして、所轄の警察官が踏み込む手筈《てはず》になっていた。

「ああ、なるほどね。お笑いタレントか。おれは、また、社長の女の趣味が変わったのかと思ったけど……それなら納得できるな」

　優介は父親を社長と呼んでいた。冴子が会得した相貌心理学で判断すると、正面から見たときにまったく見えない両耳が特徴的だった。耳だけはマトリの男と異なる点かもしれない。事なかれ主義で現状に妥協している、もしくは現状に満足しているという様子に思えた。

「念のために訊くけどさ。うちがなにをしている会社か、郁弥から聞いてる？」

　窺うような目に、いっそう探る感じが加わった。

「はい。問屋から品物を仕入れて、ネットで売る会社だと聞きました。要するに通販会社ですよね」

　真実は仕入れた品物の代金を支払わず、たたき売って行方をくらます詐欺師だが、どう動くのかはわからない。警察の監視を察して、まともな商いをすることも考えられた。事前調査では、優介名義の会社は過去に何度か問屋から仕入れてネット販売している。大きな詐欺を仕掛ける相手を、探している可能性も捨てきれなかった。

「そう、通販会社。今は店なんかなくても稼げるんだよね。儲けは薄いけど、確実に売れるからさ。薄利多売で頑張っているんだよ」

「お若いのにすごいです」

「いや、まあ、それほどでも……あるかな？」

笑った優介に合わせて笑みを返した。

「パソコンの操作、わからなかったら訊いて」

「はい。ありがとうございます」

冴子は捜索願いが出された女性、秋吉麻里の記録がないか、パソコンに不得手なふりをして探している。それらしい画面が出たときには、間違えたと言ってごまかすつもりだった。

（取り込み詐欺には、二種類ある）

頭の中でとりとめのないことを考えている。ひとつは成行型取り込み詐欺で、これは正規の業者が業績悪化により、経営破綻に追い込まれながらも、自己用途に充《あ》てる目的や特定の取引先への弁済目的などで商品を取り込んで投げ売りする形態のことだ。

二つ目は計画型取り込み詐欺で、職業的詐欺師が休眠会社などを利用して、実体のない会社名で商品を取り込み、支払い期日前に会社を畳んで逃走する悪質な方法だ。

刀根優介が後者であるのは、ほぼ間違いないだろう。冴子は出勤したときに渡されたプリントを入力しているのだが、狙っている会社ではないだろうか。鞄や財布といった革製品、洋服関係のアパレル会社、陶器類を扱う店等々、さまざまな業種の問屋が、名を連ねていた。

「ええと、上野さんだっけか」

優介は提出した履歴書を見て言った。名前をなかなか憶えられないのは、頻繁《ひんぱん》に事務員が代わるからではないだろうか。

「はい」

「六本木の刀根事務所に、警察の捜査が入ったのは知ってるよね」

口調はやわらかいが、両目は探るように忙《せわ》しなく動いている。本当は雇いたくなかったのかもしれない。しかし、田中郁弥の名が出たため、仕方なく短期雇用を決めたように思えた。

「知っています。ネットで見ました」

あくまでも明るく装っている。ネジが一本ゆるんでいるぐらいの天然キャラという部分を、冴子は千紘の人物像に加えていた。

「ヤバい会社とか思わなかったの」

「思いませんでした。だって、刀根社長は無実なんでしょう?」

どの件とは敢えて入れずに訊き返した。刀根は覚せい剤使用、オーディション商法事件、複数の強姦容疑、さらに殺人とまさに犯罪のオンパレードという状況だが、あまり頓着《とんちゃく》しない大雑把《おおざっぱ》な性格をわざと出していた。

「あたりまえじゃないか、無実だよ。ただささ、やっぱり、世間は色々言うでしょ。おれは下手《へた》すりゃ殺人犯の息子じゃないか。そんな男が社長の会社に、上野さんはよく勤める気になったと思って」

ふたたび窺うような視線を投げる。訊きたいことがあるのに、言うのを躊躇っているような印象を受けた。とはいえ、鋭すぎる質問は禁物である。

「田中さんに、お給料が手取りで二十万円と聞きました。今時は、なかなか二十万の大台を超えるところってないんですよ。同じ事務員なら、一万でも二万でも多い方がいいなと思ったんです。それに」

と、冴子は口ごもってみせる。

「なに？」

「いえ、あの、若社長は悪い人には見えません。それで決めました」

恥ずかしそうに俯いて、一目惚れしたお笑いタレント志望の冴えない事務員を演じる。優介は「ふぅん」と満更でもない顔をしていた。

「まあ、いいや。言い忘れたけど、いちおう三カ月は見習い期間だからさ。三カ月は手取り十八万、で、その後が二十万になるから」

若くてもさすがは詐欺師と言うべきか。はじめに告げた額をすぐに給料として出すわけじゃないと言い出した。

「二十万になるのは、三カ月後ですかぁ」

冴子はさもがっかりした様子で呟く。

「田中さんの言葉を鵜呑《うの》みにしたのがいけなかったですね。きちんと確認するべきでした。でも、ちょうど警察が踏み込んできちゃって……」

餌を投げてみた。

「えっ」

優介は腰を浮かせた。

「なんだ、それ、ほんとなのかよ。ネットでニュースを見たんじゃなかったの？」

「ごめんなさい。ネットでも見ましたけど、わたしは現場にいたんです」

「親父じゃなかった、社長たちといたときに警察が来たのか？」

「そうです」

真面目な顔で答えた。別に嘘を言っているわけではない。ただし、あのときは上野和美ではなく、伊都美とコンビを組み、女子高生に化けていたが……。

「それを早く言えよ。ひとつ、訊きたいんだけどさ。踏み込んだ瞬間、社長か田中になにか渡されなかったかな？」

引っかかった。

冴子は気持ちが昂《たか》ぶるのを感じたが、あくまでも天然のお笑いタレント志望という気持ちで首を傾げた。

「なにかって？」

「たとえば、ほら、鍵。鍵だよ、部屋のさ。警察官にわからないように、上野さんに手渡したとか。そういうこと、なかったかなと」

「鍵」

冴子は考えるふりをした。沢口美波の家のリビングボードに置かれていた宝石箱が、いやでも甦っている。中に収められていたのは、きらびやかな宝石ではなく、最高級の大麻シンセミアと、優介が言うとおりの鍵だった。

（でも、鍵があったのは、刀根事務所じゃない。泳がせ捜査中の深澤将雄の交際相手、沢口美波の部屋だけどね。なるほど。わたしを事務員にすぐ雇ったのは、そういう事情を知るためか）

一瞬、躊躇《ちゅうちょ》したが、思い切って第二弾を投げた。

「あぁ、そういえば、見た憶えがあります。小物入れだったかな。その中に入っていたような……」

「それだ！」

優介は大声をあげて人差し指を立てた。冴子はとっさにアレンジして、宝石箱を小物入れに変えている。殺風景な刀根事務所に宝石箱があるのは不自然に思えたからだ。

「くそっ、押収されちまったのか。社長と郁弥はなにしてたんだろうな。いち早く上野さんに渡せばよかったんだ」

なんという幼稚な考えなのか。こういうところに若さというか、幼さが出るように思えた。冴子はなかば呆れている。たとえ刀根事務所に件の鍵があったとしてもだ。捜索の場にいた人間は、すべて身体検査されて持ち出すことなどできない。だいたいが、刀根や郁弥にしても、会ったばかりの冴子――上野和美に、重要なものを預けるわけがなかった。

（詐欺師としては、まだ、半人前か）

家庭環境が影響して、大人になりきれないことも考えられた。刀根康介が父親では、まともな育てられ方をしていないのではないだろうか。

「大事な鍵なんですか」

とぼけて訊いた。

「大事も大事、ないと困るんだよ、あの鍵は。くそっ、押収されたら、もう駄目か。いや、待てまて。鍵はひとつじゃない。どこかに予備キーがあるはずなんだ。訊いていないかな、上野さん」

逆に訊き返されたが、わかるはずもなかった。

「知りません。わたしは面接を受けに行っただけなので」

「そうだったな。お笑いタレント志望だったよな。それにしても、だ。悔やまれるよ、あの鍵は、億の金を生み出す打ち出の小槌《こづち》みたいなものだったのに」

「すごいですね。億ですか」

「そうだよ。億どころじゃないかもしれない。なんとなく、いやな予感がしたんだよ。おれが預かっておけばよかった。勘働きが鈍ったたな、社長も」

悔しそうな言葉に、インターホンが重なる。

「わたしが出ます」

冴子は立ち上がって、扉を開けた。

2

「若社長はいるか」

通路に立っていたのは、泳がせ捜査中の深澤将雄だった。『ブランド牛詐欺事件』と覚せい剤使用、おそらく売人の可能性もある。冴子はどきりとしたが、千紘の並外《なみはず》れた技を信じていた。

「います」

おります、と、答えたかったが、それほど出来たキャラではない。瞬時にそう判断して上野和美らしい答えを返した。振り返るとすぐ後ろに、優介が来ていた。

「深澤さん。まずいですよ、ここに来ちゃ」

　事務所は雑居ビルの二階にあるのだが、通路に顔を突き出した後、腕を引くようにして深澤を中に入れた。

「尾行されているんでしょ？」

　優介の問いに、深澤は真面目な顔で頷いた。

「ああ。隙を見て成田から東南アジアに逃げようとしたんだが、手続きに動いたとたん、これだろうぜ」

　両手を前に出して手錠を掛けられる仕草をした。そこで冴子に目を向ける。

「新しい事務員か」

「はい。彼女、ガサ入れされたときに居合わせたらしくてですね。親父の事務所に、どうやら例の鍵があったと」

　肩越しに優介は後ろを見やる。

「そうだよな」

　素直に「はい」とは言えなかった。鍵があったのは沢口美波の家であり、入っていたのも小物入れではなく、宝石箱だ。

「鍵は見ました」

　慎重に言葉を選び、続ける。

「でも、社長が言っている鍵かどうかはわかりません。よくあるタイプの鍵に見えましたから」

「黒かったか、それとも銀色っぽかったか」

今度は深澤が訊いた。

「さあ……よく憶えていません」

曖昧な答えにとどめた。本当に見たのか、試す問いに思えたからだ。

「鍵があったのは、刀根事務所なのか」

「そうです」

「おかしいな。鍵を管理しているのは、美波なんだが」

「細かいことは、どうでもいいんだよ」

優介が強引に割り込んできた。

「とにかく、ここに来たせいで、刀根グループと深澤さんとの繋がりを知られちゃいましたよ。まったく、もう、やつらの思うつぼじゃないですか。何度も、来ちゃ駄目だって言ったのに右から左だもんな」

「刀根グループときたか」

深澤は唇をゆがめて言った。

「その刀根グループにお願いだよ。三十万ぐらい、用意できないか。ホテル暮らしで手持ちが底をついてな。知ってるだろうが、さっき話に出た美波も挙《あ》げられた。覚せい剤使用で逮捕だとさ」

「ネットのニュースを見ましたよ。だから、よけいに注意しなきゃいけないんじゃないですか。そうだ。適当な半グレの名前を教えて、しばらくムショ暮らしをしてきたらどうですか。クズでも、だれかを挙げれば警察は納得するかも……」

「クズ?」

深澤は鋭く切り返した。

「おまえのことか?」

「………」

優介は黙り込み、睨みつける。一触即発、危険な空気が高まった。仲間割れは大歓迎だが、こんなところで喧嘩されるのは歓迎できない。巻き込まれかねなかった。

「や、やめ、やめてください」

冴子は携帯を握り締めて座り込んだ。伊都美の十八番《おはこ》の腰ぬかし作戦であるため、これらの会話を受けている場所では、失笑が起きているかもしれない。男たちはばつが悪そうな顔になっていた。

「牛の先生はどうしたんですか」

優介は露骨《ろこつ》に話を変えた。牛の先生とはすなわち、獣医で家畜人工授精師の伴野辰治を指しているに違いない。

「さあ、どこに行ったのか。おれよりも逃げ足は速かったな。やつも常に金欠病だから、刀根に連絡するかもしれないと思ったんだが」

金の無心だけでなく、それもあって来たのだと告げたように感じられた。

「親父は取調中ですよ。うちは人身御供《ひとみごくう》というか、すでにノルマは果たしました。ボスは納得しているはずです。深澤さんは深澤さんで、やってください。おれだったら出頭して、牛の先生についての情報を教えますけどね」

ノルマは果たした、ボスは納得、牛の先生の情報を教える。取り仕切っているのは刀根康介ではないようだ。

「ありがたすぎて涙が出そうなアドバイスだぜ。ご意見は承りました。というわけなんで、よろしく」

と言いながら、深澤はまた、右手を差し出した。冴子は座り込んだまま、心の中でのみ苦笑いする。まるで先日の弟みたいだと思った。

「うちも楽じゃないんですよ」

文句は出たが、机の引き出しを開けて金を出した。渡されたそれを深澤は、目の前で数える。

「なんだ、十五万かよ」

「今はそれが精一杯です。ほら、早く帰ってください。二度と来ないでくださいよ。おれは深澤将雄を知らないし、深澤将雄は刀根優介を知らない。警察に訊かれたときは、前にいた女性事務員の彼氏だと言いますから」

強い口調で告げ、なにか言い返そうとする深澤を、なかば強引に廊下へ追い出した。扉を閉めて鍵を掛ける。

「ふぅ。まさか、オマケを引き連れて、ノコノコやってくるとは」

優介は吐息の後、

「おい、大丈夫かよ」

慌て気味に、冴子のところへ来た。差し出された手を握り締めて立ち上がる。机を支えにして、持って来たペットボトルの水を飲んだ。

「すみません。吃驚《びっくり》しちゃって」

「当然だよ、まっとうな感覚だよ。あいつは普通じゃないからさ。親父はけっこう買っていたけど、おれはただの半グレだと思ってたからね。はなから相手にしていなかったんだけど」

窓のブラインドを広げて、外の様子を覗き見ている。深澤が本当に帰ったのか、尾行の警察官はまだいるのか。確認しているように思えた。

「ここも監視されているだろうけど」

独り言のように呟いた。渡されたプリントを入力し終わった冴子は目をあげる。

「終わりました」

「じゃ、プリントアウトして」

「はい」

印刷しようとしたときに、ちょうど優介がトイレに行ったので、入力したデータを素早く追跡班に送る。この事務所は狭いことから、階ごとに設けられたトイレを利用するしかないのだった。

「どうぞ」

戻って来た優介に、印刷した数枚を渡した。深澤の訪れで警戒心が強くなっているだろう。しばらく動かないのではないかと思ったが……。

だれかと電話でやりとりした後、

「ここに電話して。繋がったら代わるから」

優介は渡したうちの一枚を冴子に返した。革製品を製造・販売している浅草の問屋にマーカーで線を引いていた。度胸がいいのか、なにも考えていないのか。たぶん後者だろうと思いつつ訊いた。

「浅草の〈TO《ティオー》皮革〉ですね」

大きな声になったのは、待機している仲間に一刻も早く知らせるためだ。

「そう。バッグや靴を大量に仕入れたいんだよね。詳しい話はおれがするからさ。とりあえず、電話して」

「わかりました」

　言われたとおり電話をして、優介にまわした。それにしても、と冴子は思っている。ここに来たと思われる秋吉麻里は、どこにいるのか。もしや、風俗関係の店に売られてしまったのか。

（夜の世界に入っていたら、見つけ出すのはむずかしくなる）

　本人が保護を求めない限り、秋吉麻里の行方はわからないことも考えられた。逃げ出せればいいが、薬漬けにされて軟禁状態だった場合は……。

「はい。午後、伺いますので、よろしくお願いします」

　優介が電話を終わらせた。

「上野さん、車の運転、できるよね」

「あまり得意じゃないですが、できます」

「よかった。おれ、駐車違反で免停くらってんだよね。だから、秘書兼運転手役がいないと困るんだ。あとで商品の仕入れに行くからさ。運転、頼むよ」

「はい」

　午後までなら時間がある。追跡班と所轄は、どうにか準備できるだろう。お茶でも

淹《い》れようかと冴子が立ち上がったとき、

「優介、いる？」

扉がノックされた。ドアを開けようとしたが、鍵は閉められている。急いで優介が開けた。

「麻里ちゃん」

満面の笑みで出迎えた。両手を大きく広げたオーバーリアクションで軽く抱き締めたようだが、扉に隠れて相手は見えなかった。

「なに？　鍵なんか、掛けて」

女性がいぶかしげな表情で入って来る。冴子に冷ややかな目を向けたのは、鍵を閉めていたことに対する抗議かもしれない。おかしなことをしていたんじゃないでしょうね、というような嫉妬まじりに感じられた。

（秋吉麻里）

冴子は緊張する。優介が麻里と名前を呼んでいるにもかかわらず、ぴんとこなかったのは、あまりにも雰囲気が変わっていたからだ。写真では地味で真面目な女子大生という感じだったが、今はセレブな山の手のお嬢様に変貌している。すごい美人ではないものの、充分すぎるほどに可愛らしく、清楚《せいそ》な雰囲気を持っていた。

彼女の母親から借りた写真よりも少しほっそりしていたが、顔色はよく、目にも力が満ちていた。綺麗になったように感じるのは、恋をしているからだろうか。

「お弁当を持って来たんだけど」

麻里は冷たい眼差しを向けたままだった。相当、のぼせあがっているのがわかる。着ている服は優介の趣味ではないだろうか。ブランド品のワンピースに、ネックレスやピアス、高級腕時計、指輪と、装身具だけでも軽く二百万を超えるだろう。冴子の鑑定では、すべて本物に思えた。

「誤解するなよ、新しい事務員の上野さんだよ。少し前に面倒なやつが来てさ。やっと追い返したとこなんだ。また、戻って来られるといやだからね。それで鍵を掛けたってわけ」

「ふーん。あたしはまた、優介が事務員さんと変なことしているんじゃないかと思ったわ。そうやって、そうやって、あたしのことも……」

「そうやって、二人は恋に陥《お》ちましたとさ」

優介は両手を握り締め、熱い眼差しを向けた。冴子がいなければ、ここで事に及んでいたかもしれない。お邪魔虫なのは百も承知だが、今の雰囲気も優介が飽きるまでの話だ。

（飽きたら風俗に売って、おしまい。その前に仲間を呼び、彼女を輪姦《まわ》して、薬漬けにする）

仮に優介が本気だった場合は、籍を入れて結婚となるかもしれないが、しょせんは詐欺師である。まともに働かないことから家庭生活はうまくいかず、不幸な結果になるのは目に見えていた。

（詐欺師だから口が巧《うま》い）

麻里は、イチコロだったのではないだろうか。質素な暮らしぶりだったのは、まず間違いないはずだ。とうてい手が届かなかったブランド品の服や貴金属類に目が眩《くら》み、まわりが見えなくなっている。拉致監禁や軟禁ではなく、麻里の意思で優介と一緒にいるのは確かだった。

（かれらはまず、パートナーを騙して自分の思いどおりに操る）

結婚した後も夫が詐欺師とは気づかずに、暮らす場合が少なくなかった。家庭を持ち、普通を装うのが、詐欺師《かれら》の策なのは言うまでもない。

「弁当、ありがとね。一緒に食べたいけど、おれ、これから仕事なんだよ。夕方までには戻るからさ。麻里、美容院にでも行ってな」

ズボンのポケットから、これまた、ブランド品の財布を出して数万を渡した。財布の膨れ具合だけでも、三十万ぐらいはあると思われた。深澤将雄には十五万しか渡さなかったところに、優介のしたたかさが浮かびあがっていた。若さばかりに目が行くと、正しい判断ができなくなる。

「えー、美容院、行って来たばかりだもん。せっかくお洒落して来たんだから、あたし、優介と一緒に出かけたいな。お弁当を食べた後、銀座に行ってウインドーショッピングがしたいの」

甘えたように鼻声で駄々をこねた。麻里の母親がこの姿を見たら、ショックを受けるのではないだろうか。あるいは、つましい生活が窮屈だったのか。生真面目な女性ほど詐欺師の罠に陥ちやすかった。

「んじゃ、エステ。おれのために綺麗になってよ」

唇に軽くキスをして、弁当を受け取る。扉を開けて見送る間も、名残《なご》惜《り》しそうに指をからめたり、抱き寄せたりと熱々だった。

(真実を伝えるのが、わたしたちの役目)

冴子は気合いを入れる。

逆ビッグ・ストアの始まりだった。

3

「可愛らしい方ですね」

冴子はさりげなく言った。浅草に向かう乗用車を運転しながら、雑談の流れという感じで口にした。待機中だった追跡班や所轄の警察官は、すでに罠の準備を整えている。メールで確認したうえでの出発になっていたが、渋滞のせいでなかなか車が進まないのは幸いといえた。追跡班と所轄は、打ち合わせに時間をかけられる。

「え？」

助手席の優介は、とぼけようとしたようだが、すぐにニヤけた顔になる。あまり似ていないと思った父親の刀根康介に、そっくりだった。

「そうなんだよ、初《うぶ》で可愛いんだ。おれは一目惚れでさ。同棲し始めたってわけ。毎日、美味《うま》い飯を作ってくれるのは嬉しいんだけどね。ひと月足らずで、体重が五キロも増えちゃったよ」

ワイシャツの上から腹をつまみあげる。確かに、かなり窮屈そうだった。

「幸せ太りですね。若社長は、セレブなお嬢様がタイプなんですか」

「あ、読まれちゃったかな。そうなんだよ。生活感があまりない感じというか。おっとりして、天然ボケぐらいの子が好きなんだよね」

冴子が扮しているのも天然ボケまじりだが、容姿の点で不合格なのだろう。話を続けた。

「あの熱愛ぶりを見ていると、ご結婚間近かなと思いましたけど」

「うーん、そこまではまだ考えていないな。やきもちが、すごいんだよね。それが少し鬱陶《うっとう》しいというか。おれは二十一歳だし、彼女は現役の大学生。一度、家に帰れと言っているのに離れたくないとか言われてさ」

　鬱陶しいと言いつつ、デレデレの表情になる。聞いているだけで馬鹿らしくなっていたが、麻里にはできれば警察の保護ではなく、自分の意思で家に帰ってもらいたかった。

「彼女の親御さんは、若社長と暮らしているのを知らないんですか」

　通常であれば訊かない事柄だが、お笑いタレント希望の上野和美は、そこまで細かい気配りをしない性格だ。

「さあ、どうなんだろ。おれは気にしていないんだよね。麻里が一緒にいたいって言うから、いいよとなっただけで」

　優介は曖昧にごまかした。麻里の母親には伊都美から、無事の知らせがいっているだろう。今日、彼女を保護するかどうかは流れ次第だが、刀根優介の逮捕は時間の問題だった。

（深澤との会話に出た『ボス』とはだれなのか）

　優介も少しの間、深澤と同じように泳がせることになるかもしれない。鍵にこだわっていたのも引っかかっている。

「なぜ、今回の仕入れ先は〈ＴＯ皮革〉なんですか。洋服関係の方が、売りやすい感じがしますけど」

一歩踏み込んで訊いた。また、ごまかすかと思ったが、

「今はどこも資金繰《ぐ》りに四苦八苦だけどさ。〈TO皮革〉もご多分に洩れず、厳しいらしいんだよ。うちで大量に仕入れれば、急場をしのげるんじゃないかと思ったんじゃないのかな。おれらのボスは、人助けの商いを目指しているから」

ボスと聞いて浮かんだのは――。

（天下人《てんかびと》）

というハンドルネームだった。三月に検挙した容疑者に、もしやの疑いはあるのだが、決定打の証拠が見つかっていない。思い切って口にした。

「ボスって、だれですか」

「それは言えない。言ってもわからない話だし、上野さんが知る必要のないことだ」

早口で遮る。正面を向いたままの横顔には、強い拒絶の色が見えていた。天然ボケを装って再度、訊こうかと思ったが、やめた。優介とは今少し若社長と事務員の関係を続けなければならない。

「午前中、来た恐い人との話で」

冴子は話を変えた。

「若社長、牛の先生と言っていましたよね。あれって、動物の牛ですか」

「そうだよ。牛の先生は獣医なんだ。これも詳しくは言えないけどね。あの恐い人は、

相当ヤバい人でさ。憶えていても役に立たないから忘れた方がいいな」

口調は軽いが、有無を言わせぬ含みが感じられた。極端な横目で冴子を見つめている。若さに似合わない老獪《ろうかい》さが滲《にじ》んだように思えた。

「わかりました。忘れるの、得意なんで」

「おれと同じだ」

「若社長は冗談ばっかり」

「あ、そこを左ね」

優介は、背筋を伸ばして指さした。浅草と言っていたが、最寄り駅はＪＲの浅草橋だろう。昔は靴問屋が多い地区だったが、最近はどうなのだろうか。代替わりの時期を迎えている影響なのか、建物を建て替えた会社も多いようだった。

脇道に面した五階建ての真新しいビルが、目的の〈ＴＯ皮革〉だった。

「渋滞のせいで約束の時間より遅くなったな。先に挨拶をしておくよ」

降りた優介が、一階の受付に足を運ぶ。ほどなく、ビルの地下駐車場を指し示した。冴子は言われたとおり、乗用車を地下の一隅に停める。ショルダーバッグを持って受付に向かった。

「渋滞に巻き込まれたとか。遅いので、どうしたんだろうと思っていたんですよ」

一階の受付で五十前後の男が待っていた。声で仲村だとわかったが、罠の段取りを知らなければ、気づけなかったかもしれない。千紘に特殊メイクを施されて、やや肥満気味になった仲村が、スーツ姿で立っていた。ふくよかな顔や、さがり気味の眉毛が、温厚そうな人柄を表している。身長があるので、よけい大男に感じられた。

彼の斜め後ろには、中年女性に化けた秘書役の千紘が控えていた。

ビッグ・ストア。

これは詐欺師が、なにも知らないカモを引っかけるため、周到に準備された暗黒街の劇場だ。お人好《ひとよ》しのカモは誘い込まれたことにすら気づかず、大金を巻き上げられて放り出されるのが常。しかし、今回、追跡班は、逆ビッグ・ストアとも言うべき罠を整えた。

引っかけるのは警察であり、カモは刀根優介である。

冴子が行く会社を大声で告げた時点で、追跡班と仲村コンビを含む所轄は動いていた。会社となれば男性社長や取締役が必要となって、急遽《きゅうきょ》、仲村が騙し役に加わったのだろう。裁判には採用されない囮捜査だが、被害を防ぎつつ犯人逮捕に繋げるための窮余《きゅうよ》の一策だった。

優介は仲村とあらためて挨拶をかわし、名刺交換する。冴子のことは秘書と紹介した。短時間のうちに事務員から秘書に出世していた。

「まずは商品の見本を、ご覧いただきたいと思います」

仲村の言葉に合わせて、千紘がエレベーターのボタンを押していた。四人で乗り込み、最上階へと行く。本物の役員や社員は加わらない方がやりやすいが、商品の説明などでスタッフとして立ち会うかもしれなかった。

冴子は大雑把な流れしか摑んでいない。仲村が取締役として対応する件も、今、初めて知った。

四人は五階でエレベーターを降りる。

「どうぞ、こちらへ」

ふたたび仲村の言葉で、千紘が会議室の扉を開けた。中では伊都美と本物の女性社員と思しき二人が待っていた。春菜はおそらく仲村の若い相棒や所轄の警察官と、ビル内の別室でやりとりを聞いているに違いない。ここにはいなかった。

「うちのデザイナーです」

仲村が伊都美を紹介する。警視は、上品な色合いのスーツをまとい、アクセントとしてブランド物のスカーフを首元にあしらっていた。髪は自然なウエーブを活かし、化粧もまた、素肌の美しさを大切にしたメイクになっていたが、冴子はいささか不満を覚えている。

（素顔がわかっちゃうよ。千紘はなにをやっているのか）

不満は胸におさめて、成り行きを見守る。

「よろしくお願いいたします」

伊都美は淑《しと》やかに一揖《いちゆう》して、会議室の長机に並べられた女性用のバッグや男性用のビジネス鞄、靴、ベルトなどを指した。

「見本を揃えておきました。夏から冬にかけての新作です。決して活況とは言えない市場のことを考えて、今回は長く使えるスタンダードな飽きのこないデザインを主体にしました。ご説明いたします」

長机のところへ歩き、向こう側に立って商品を手に取る。商品の真ん中あたりに置かれたパソコンが、別室に偽りの商談の様子を映像と音で伝えているだろう。冴子も近づこうとしたが、優介が動かないことに気づいた。

「若社長？」

肩越しに見やると、優介は口をわずかに開けたまま、伊都美を凝視《みつ》めている。それはまさに一目惚れした瞬間に思えた。秋吉麻里もそうだったようだが、麻里のときとは違う雰囲気、本気の一目惚れのように見えた。

（そうか。それで、わざと素顔に近い薄化粧にしたのか）

遅ればせながら、千紘たちの意図を読み取っている。隠しマイクで会話を聞いていた追跡班は、仲村と相談してセレブなお嬢様が地の伊都美を、デザイナーに仕立てたのだろう。秋吉麻里には可哀想だが、惚れやすい優介の性癖を知らせるにはいいように思えた。

（こいつ、本物の詐欺師だ）

つくづく思い知らされていた。彼は詐欺師の直感で、伊都美がまごうかたなきセレブと察したに違いない。

偽物か、真実《ほんもの》か。

見分ける目を持っているようだった。

「どうしたんですか、若社長。デザイナーさんが美人なんで、見惚《みと》れていらっしゃるんですか」

冴子はからかうような言葉を投げた。はっとしたように優介は瞬きをする。照れたような笑みを浮かべた。

「あ、いや、なんというか、その……失礼しました。商品を拝見させていただきます」

長机のところへ行き、伊都美と目を合わせる。商品の説明を始めると、彼女の隣に立つ女性が時折、補足して進めた。が、優介の耳に届いていたかどうか。長机をはさんで間近に迫った伊都美に、熱い眼差しを向けるばかりだった。

当の警視は気づかないのか。直前で憶え込んだであろう商品知識を、必死に披露《ひろう》していた。

「今年の秋から冬にかけての流行色は、芥子色《からしいろ》に近い微妙な色合いの茶色です。名刺入れなどは黒が多くなっていますが、女性にもアピールしたいと思い、茶系を試作してみました」

こういう一生懸命さが、詐欺師をも虜《とりこ》にするのではないだろうか。演技ではない自然な熱意は、見習わなければならなかった。

（なまじ本物がわかるだけに、本郷警視のセレブ度を感じてしまったのかもしれない）

真贋《しんがん》を見極める詐欺師の目が、今回は皮肉な結果を招いたように思えた。小物類の説明を始めたのを見て、冴子は「ちょっと失礼します」と化粧室に行くふりをして、会議室を出た。やりとりに集中していたのだろう、春菜が別室から顔を覗かせる。五階に本物の社員は、いないのかもしれない。

冴子は急いで春菜と一緒に、臨時の捜査室に入った。

4

ふだんは商品を置く場所なのか、端に段ボール箱が積み上げられていた。空いていた場所に長机を設置し、二台のパソコンとプリンター、プラスチック製の書類ケースなどを置いてある。

中にいたのは春菜と仲村の若い相棒・愛川、所轄の私服警察官が二人だった。狭い空間なので、ギリギリの人数に思えた。

「秋吉麻里の母親に、娘の無事は伝えましたか？」

冴子は訊いた。

「伝えました。あたりまえですが、喜んでいました。早く逢いたいとのことです」

春菜が答える。いつものように、必要最低限の言葉しか口にしない。

「本郷警視は、逆ハニートラップ状態ですよ」

と、冴子は一台のパソコンを覗き込む。優介は相変わらず伊都美に熱い眼差しを向けていた。受け答えも「いいですね」を繰り返すばかりで、完全に恋に陥ちた男という感じがした。

対する伊都美は、必死に商品の説明をしている。なりきるのが上手いというよりは性格なのだろう。与えられた役柄をこなそうとするひたむきさが、よけい心にひびくのかもしれなかった。

（あるいは、マトリの男に似ているのを映像で見て、なにか思うところがあったのか）

赤坂大樹とうまくいかずに別れていた場合は、最悪、復讐心に燃えていることも考えられた。

「気づいたと思いますが、片桐巡査長と刀根優介の事務所でのやりとりを聞き、小野巡査が地のままでいこうと決めました。仲村課長は素顔だと後々面倒が生じるんじゃないかと言いましたが、取り調べや対応は本郷警視を外せばいいとなりまして」

春菜の説明は、冴子の推測を証明するものだった。正真正銘のセレブである伊都美の魅力を、最大限に利用したわけだ。

「逆ビッグ・ストアに、逆ハニートラップですか。追跡班はますます胡散《うさん》臭い部署になりますね」

苦笑いして、話を変える。

「沢口美波の部屋で発見された鍵、宝石箱から発見された鍵についてはどうですか？　家の鍵でしたか？」

「家の鍵であることは判明しましたが、どこの家のものなのかはわかりません。ですが、深澤将雄も気にしていましたからね。相当、重要な鍵であるのは確かだと思います」

「まさに事件の鍵になるか」

冴子は呟いて、続けた。

「話に出た深澤将雄だけどさ。泳がせ捜査は、まだ、続いているのかな。刀根たちとの繋がりはわかったから、そろそろ逮捕とか？」

くだけた口調に変える。深澤の捜査にはマトリも関わっていることから、本庁や所轄だけでは決められなかった。春菜は仲村の若い相棒を促した。

「愛川巡査。お願いします」

「はい。仲村課長がマトリの田宮課長と話したのですが、深澤将雄の泳がせ捜査は、続けるとのことでした。やつが金銭面だけでなく、精神的にも追い込まれているのは間違いありません。自首して大物の名前を挙げてくれればいいんですが、なかなかそうはいかないだろうと課長たちは話していました」

「それは、会話に出たボスが恐いから？」

「たぶんそうではないかと思います。これは仲村課長の考えなんですが、マトリは『薬屋』を突き止めようとしているのではないかとのことでした。大物たちの逮捕はもちろんですが、どうせならと肚《はら》をくくっているのかもしれない、と」

薬屋とは、闇でさまざまな薬を扱う者たちの呼び名だ。ダーク・ショップとも言われるが、警察官や半グレの間では、薬屋で通るほど知れ渡っていた。最近では危険ドラッグに始まり、覚せい剤、大麻、さらには正規の医薬品を模した偽造医薬品まで、ありとあらゆる薬剤を売り捌《さば》いていた。

「闇の薬屋を一掃する考えですか」

冴子はパソコンの画面を見ながら、会議室に戻るタイミングをはかっている。優介は伊都美に夢中という様子なので、まだ大丈夫だろうと読んだ。

「喜多川巡査。伴野辰治の情報は？」

自分たちの事件に切り替えた。

「新たな目撃情報は入っていません。ただ、伴野の自宅周辺で聞き込みをした所轄の警察官から、少し気になる話が届きました。去年の十二月頃、近所の住人が伴野の妻を見かけたようなのですが、足下《あしもと》がおぼつかない状態だったとか。具合が悪そうだったとのことでした」

「入院したのかもしれないな。それで今年になってからの目撃情報がないのかも」

「いずれにしても、もう一度、聞き込みをした方がいいかもしれません。伴野の自宅の鑑識作業をする際、わたしと小野巡査で付近への聞き込みをしましたが、洩れたようですので」

「わかりました」

「片桐巡査長。本郷警視の説明が、終わったようです」

愛川の言葉で、冴子は急いで廊下に出る。会議室へ戻る前に、優介が姿を見せた。少し遅くなりすぎたかもしれない。

「すみませんでした。ちょっとお腹《なか》の具合が……」

冴子の言い訳は完全に無視された。優介は振り返って、深々と辞儀をする。伊都美が彼を見送るために廊下へ出て来た。

「ご注文、ありがとうございました。今期のコレクションは、今までの中でも自信作揃いです。もし、追加などがあれば、遠慮なく連絡してください」

にこやかに告げられると、優介は蕩《とろ》けそうな顔になった。

「また、必ずご連絡します。近いうちにランチでも、ご一緒できないかと……あ、いや、失礼しました。売れ行きを見て、追加注文いたしますので」

自分の会社に事務員として雇い入れた女性を、おそらく片っ端から食べていたであろう男は、いまや恋に陥ちた初《うぶ》な若者になっていた。誘いを途中で諦めたあたりに、優介の気持ちが表れているように感じられた。

「ランチ、いいですね。是非、ご一緒させてください。納品のときに時間が取れればと思います」

対する伊都美は、らしからぬ計算高さを覗かせる。新しい情報を仕入れつつ、逮捕を画策《かくさく》する女性警視といった役どころは見事に押し隠していた。むろん優介に真意がわかるはずもない。

「そうですか。楽しみにしています」

破顔して、何度も辞儀をしながら、名残惜しそうにエレベーターに乗る。見送るために付き添って来た千紘と仲村は、これでもかと伊都美を褒めあげた。

「うちのデザイナーは、仕事一筋で男っけがないんです」

「そうなんですよ。彼女、いくつになったんだったたか」

仲村の問いに、千紘が答えた。

「今年で二十七です。純粋ですからねえ、主任は。考えるのは、バッグや靴のデザインだけで」

ちょうど一回り、さばをよんでいたが、皺とシミがなくなって、つるんとした童女のような美肌を持つ伊都美は、二十歳《はたち》といっても通るのではないだろうか。優介は真面目な顔で頷いていた。

(詐欺師、恋に陥ちる、か?)

地下駐車場に着いたエレベーターを、冴子は先に降りて、会社の乗用車に走る。少しの間、優介は千紘と立ち話をしていたが、深々と一礼して車の助手席に乗り込んだ。

「会社に真っ直ぐ戻りますか」

念のために訊いたが、答えは返らない。前を向いたまま、ぼんやりしている様子が見て取れた。

「若社長。会社に戻りますか。それとも他に寄るところがあるんですか」

声を大きくして訊き直した。

「あ、会社に戻るよ」

やっと気づいたという感じで答える。取り込み詐欺のことも彼方《かなた》に消えていればいいのだが、はたして……冴子は車をスタートさせた。

「どれぐらい買ったんですか」

運転しながら訊いた。

「ええと、バッグや靴、ベルト、財布、小物入れ、男性用のビジネスバッグ等々、全部で二百点ぐらいかな。どれも素晴らしいデザインだったんで、買いすぎたかもしれないけど、まあ、うまく宣伝すればね。母の日間近だし、父の日も来月に控えている。大丈夫だよ、うん」

上の空なのか、自分に言い聞かせているのか。前者のように思えた。携帯を受けたが、気のない生返事だった。

「うるさい女だ。偽物は、しょせん、偽物だな」

すぐに終わらせて意味ありげに呟く。

「本物が持つオーラというか。上品な美しさにはかなわない」

早くも秋吉麻里からは、気持ちが離れているように見えた。彼女が嫉妬深いのは、事務員に手を出す性癖を知っているからに違いない。優介はこうやって次から次へと女性遍歴を繰り返してきたのではないだろうか。刀根康介のような父親を見て育ったのだから、当然かもしれなかった。

「今の電話、彼女ですか」

冴子はまた、とぼけて確認する。やや鈍いぐらいの天然という人物像どおりに演じていた。

「そうだよ」

さも不機嫌そうに答えて、言った。

「上野さんさ。女性の方が年上のカップルって、どう思う？」

ストレートすぎるほどの質問だった。警戒心の強い詐欺師にしては、珍しい問いといえた。短時間のうちに優介がここまで惹《ひ》かれたのは、育ちの良いセレブが放つ魅力であろう。なまじ真実《ほんもの》がわかるだけに始末が悪かった。もっとも、警察にとっては、プラスに働く可能性が高かったが……。

「いいんじゃないですか。一つ年上の女房は、とか言いましたよね。もらった方がいいとかなんとか」

「へえ、そうなんだ」

嬉しそうな笑顔は、年相応に感じられた。そういえば、と、冴子は淡い記憶を探る。調査では確か刀根は三度、離婚して、三度目に一番最初の妻と再々婚したが、結局、別れて今は独《ひと》り身となっていた。

優介の母親は、一度目の妻なのか、二度目の妻なのか。

（母への思慕が、裡《うち》にひそむマザコンに火を点《つ》けたか）

冷静に分析する。しかし、麻里への気持ちが冷めてくれれば、彼女も目が覚めて、すんなり家に帰るかもしれない。

「もう、二十一だしなあ。そろそろ堅気になるか」

独り言のような呟きに、冴子は驚愕《きょうがく》したような演技を返した。

「えっ、堅気って、今も堅気じゃないんですか。それとも若社長は、よく言うところの半グレなんですか」

「堅気だよ、おれは。ただささ、親父があんな感じだろ。中学生のときから手伝っていたというか。手伝わされていたから、簡単に儲けられる方に、つい、頭がいっちゃうんだよね。でも、相手が堅気となれば、いつまでも半端な暮らしはしていられないからさ」

あとは黙り込み、移り変わる窓外の景色を見やっていた。その沈黙を良い結果に導けるか否か。追跡班の腕の見せどころだった。

5

「あの家です。昨日は不在だったのですが、先程、自宅に戻ったのを確認しました」

所轄の私服警官が言った。中年と若手のコンビで、若手は本庁の追跡班に興味津々の目を向けていた。

時刻は午後七時。伴野辰治の妻を見かけたという目撃情報を確認するため、冴子は春菜とともに住人の自宅に向かっている。昨日、今日と恙《つつが》なく事務員の仕事を終えていたが、会社が引けてから直行したので、お笑いタレント志望の天然女性・上野和美のメイクをしたままだった。

「すみません。警察です。伴野さんの件で少しお話を伺いたいのですが」

中年警官がインターホン越しに挨拶する。ほどなく、二階建ての一軒家から、主と思しき初老の男が現れた。

短く挨拶をかわして、冴子は口火を切る。

「伴野辰治さんの妻、知世さんを見かけたと伺いました。間違いなく、知世さんでしたか」

「はい。伴野さんの奥さんとは、毎朝のように顔を合わせていましたから間違えようがありません。わたしの出勤時間と重なるらしくて、駅までうちの車に乗せてあげることもあったんです。バスに一台、乗り遅れると電車にも乗り遅れるじゃないですか。うちの妻とも、けっこう親しかったので」

肩越しに振り返り、出て来た妻を仕草で呼んだ。

「奥さんを見かけたのは、妻なんですよ。わたしは聞いた話を伝えただけなんです」

主はそこからの話を妻に譲る。互いに会釈して話を始めた。

「伴野さんの奥様は、体調が悪い様子だったとか」

冴子の問いに頷き返した。

「ええ、急になんです。足下がおぼつかない状態になりました。話していても、ぼんやりすることが多くなって……わたしは夫の両親を介護して看取《みと》ったのですが、義父は認知症でした。ちょうど、そんな感じがしましたね」

「いつ頃の話ですか」

「去年の十一月か、十二月頃だったと思います。ちょっと記憶が曖昧《あいまい》で」

「他にはいかがですか。気になった症状は、ありますか」

「顔面のけいれん、でしょうか」

妻は少し自信がなさそうな様子になる。

「こう、ヒクヒクと頬がけいれんしていましたね。奥さんは気がついていない様子でしたので、わたしもふれませんでしたけど」

「伴野さんは、いかがでしょう。知世さんの変化に、気がついていた感じですか」

「はい。どうも認知症らしいと話していました。今年に入ってからは、ご夫婦ともに見かけなくなったんです。そうそう、夫が二月ぐらいでしたか。伴野さんに会ったと言っていましたが」

そこで今度は妻から夫に替わる。

「会いました。でも、伴野さん、すごく急いでいたんですよ。着替えを取りに来ただけとかなんとか言って、待たせていたタクシーに乗り込み、すぐに行ってしまいました。かろうじて奥さんはどうしたのかと訊いたとき、知世さんの郷里の介護施設に入所させたと」

「奥さんのお姉さんだったか、妹さんだかがいるんですよ。ご実家を継いでいると聞いた憶えがあります。伴野さんは、ほとんど家にいない方でしたからね。とても介護は無理となって、ご姉妹にお願いしたんじゃないでしょうか」

継いだ妻に、念のための問いを投げる。

「その郷里がどこか聞いたことはありますか」

「長野です」

妻は即答した。

「よくリンゴやブドウなんかをお裾分《すそわ》けしてくれたんですよ。毎年のように送って来ていたと思います。親戚が果樹農園を営んでいると仰っていました。美味《おい》しくてねえ。家族で楽しみにしていたんです。ところが、去年の秋は、そういったお裾分けがなくなりまして、ああ、奥さんの具合が悪いんだなあ、と、思っていたんです」

伴野の妻が出勤するとき、車に乗せてやったお礼の意味もあったのだろう。伴野は近所づきあいがなくても、妻の知世はそれなりに親交を深めていたに違いない。友人と思しき夫妻は、心配そうな表情をしていた。

「確認なんですが、伴野さんたちには、お子さんはいませんよね」

実子を授からなかった場合は、養子という選択肢もある。そういった相続問題がらみの揉《も》め事も昨今は少なくない。これまた、念のために発した問いだった。

「ええ」

妻は、暗い表情になる。

「あれは知世さんが三十八歳のときでしたから、そう、今から十年ぐらい前になりますね。やっと妊娠したと喜んでいたのに、流産したらしくて……最後のチャンスだったのにと目を潤ませていました」

確かに三十八というのは、出産を考えたときには微妙な年齢である。四十前にと焦る気持ちがあったのは否めない。

「知世さんは、子どもが好きだったので辛かったと思います。うちには三人いますからね。よく預かってもらいました」

妻の言葉を、夫が受けた。

「末っ子を特に可愛がってくれまして」

振り返った先には、玄関扉から顔を覗かせる末っ子の女性がいた。伴野夫妻の話と知って気になったのだろう。会釈しながら母親の隣に来た。

「流産が原因だったのかどうかはわかりませんが、その後、よく喧嘩するようになったと思います。時々、伴野さんは殴ることもあったらしくて、顔が腫れあがっていたときもありました」

妻は感情をこめないように配慮しているのかもしれない。どちらかと言えば淡々とした口調だった。

「そこからは、知世さん、仕事一筋でした。スーパーの店長をしながら会計士の資格を取ったんです。すごいねえと、わたしは彼女を褒め称《たた》えましたよ。仕事と家事をしながらですからね。伴野さんは、ほとんど家事は手伝わない様子でしたから大変だったと思います」

「繰り返しになるかもしれませんが、伴野さんの奥様を、最後にご覧になったのはいつですか」

冴子は再確認する。話しているうちに曖昧だった記憶が、はっきりすることもあるからだ。

「去年の十二月頃です。突然、姿を見なくなりました。心配していたんですけど」

と、妻は二軒先の伴野家を見やる。軽く四十年を超えていそうな小さな古い建て売り住宅で、リフォームなどはまったくしていないように思えた。あるいは中古で買い求めたのかもしれない。こまめに手入れをしていない点に、不安定な伴野の暮らしぶりが表れているように思えた。

「夜分に申し訳ありません。ありがとうございました」

冴子が締めくくって、面パトに足を向けたとき、

「あの、刑事さん」

妻から声がかかった。

「はい？」

「もし、伴野さんの奥さんの入院先がわかったら、教えていただけますか。お見舞いに行きたいんです。長野であれば、ドライブがてら行けますから」

「わかりました。お知らせします」

答えて、今度こそ面パトに向かった。所轄の私服警官が、自分たちの面パトに乗り込む前に小さなビニール袋を取り出した。

「伴野辰治の自宅を捜索したときに、発見されたものなんですが」

渡されたそれを、冴子は春菜と見る。黒っぽい粉状の物質は、薬物のように思えた。合成麻薬の類だろうか。

「なんですか」

冴子の問いに、中年警官が答えた。

「まだ、わからないんですよ。台所の冷蔵庫の中にあったんですが、瓶詰めにされていたんです。けっこうな量でしてね」

と、両手で三十センチぐらいの瓶の大きさを示した。

「鑑識で分析しているんですが、覚せい剤や合成麻薬でないことだけはわかりました。現在は毒物検査をしています」

見本を渡したのは、本庁でも調べてほしいからではないだろうか。

「本庁でも調べてみます。よろしいですか」

冴子の確認に、口もとをほころばせる。

「もちろんです。結果がわかったときは教えてください」

「わかりました」

小さく会釈し合って、それぞれの面パトに乗り込む。春菜と一緒のときは、彼女に運転をまかせることが多いので、冴子は楽だった。

「なんだろう？」

春菜はエンジンをかけて、ちらりと小さなビニール袋に目を走らせる。私的な口調に戻っていた。

「さあね。磨り潰した大麻に見えなくもないけど」

「けど？」

語尾に込められた微妙なニュアンスを、鋭く読み取って訊き返した。車をスタートさせながら、先に動き出した所轄の面パトに、二人は片手を挙げた。

「認知症らしき症状が、ちょっと引っかかっているんだ。他の病気でも似たような状態になるからさ。それよりも、このメイク。早く取りたいよ。顔の筋肉を動かしにくくてかなわない」

答えて、バッグから化粧セットを取り出そうとしたとき、私的な携帯に親友の渡辺茉林からのメールが届いていることに気づいた。冴子は仕事用と私的な携帯、さらに潜入捜査用の三つを使い分けていた。

「茉林からだ。週末に来るってさ」

冴子は告げて、素早く返信する。

「楽しみ」

短い呟きに、春菜の喜びが凝縮されているように思えた。いつ連絡が来るかと、心のどこかで待っていたのは確かだろう。メールを打ち終わる間もなく、今度は潜入捜査用の携帯が鳴った。

「若社長だ」

刀根優介の名前を見て受けた。

「はい」

「上野さん？」

「そうです」

答えつつ、携帯をスピーカーホンに変えた。

「あぁ、よかった。連絡がついて、よかったよ。すぐに会社へ来てくれないかな。いや、もちろん夜間の残業手当は出すから」

やけに慌てているように思えた。声が少し上ずっていたことに加えて、よかったを二度繰り返した点にも、動揺ぶりが感じられた。

「いいですけど」

曖昧に答えたのは、相手の不安を掻き立てる意味があった。時刻は八時近くになっている。上野和美はお笑いタレントを目指しているものの、普通の家庭に育った女性だ。残業手当に釣られて安易な行動を取る性格ではないと思ったからだが、春菜はすでに進路を刀根興業に取っていた。

「とにかく、来てよ。待ってる」

短く告げて切った。

「どうしたんだろう。ずいぶん焦っていたな。狼狽えていた感じがした」

冴子の呟きを、春菜は継いだ。

「昼間は熱心に仕事をやっていたんだよね」

「そう。今朝、〈TO皮革〉から届いた荷物、これは在庫があった分で、注文した品物全部じゃないけどさ。それを借りている倉庫に収めて、さっそくネットの広告を考えていたんだよね。若社長が自分でネット広告をデザインするらしくて、あれやこれやと案を練っていたんだけど」

　遣り手の起業家といった感じになっていたのを思い出している。中学生のときから父親に仕込まれて詐欺に手を染めてきた男だ。頭は悪くないのだろう。

「その調子だと、まっとうな商いになりそうだな。本当に足を洗うつもりなのかな」

　春菜は半信半疑という顔だった。伊都美の影響だとすれば、たいしたものだが、喜んでいいのやらという状況でもある。

「まずは、なにが起きたのか。様子を見に参りましょうか。ここでいいよ」

　冴子はビルのかなり手前で面パトを停止させた。〈刀根興業〉は、伴野辰治の家と同じ区内とあって、さほど時間はかからなかった。

「バッグに仕込んだ隠しカメラと高性能マイクは？」

　案じるような問いを受け、冴子はマイクを叩いた。春菜は受信機に耳をつけて音を確かめる。

「大丈夫です」

「では、行きますか」

面パトから降りて、ビルの二階を見上げる。明かりは点いていたが、優介は顔を突き出していなかった。春菜が面パトを少し離れた場所へ移動させるのを見て、冴子はビルのエレベーターホールに向かった。いったい、なにが起きたというのだろうか。

階段で二階へ行き、いちおうノックした。

「若社長。上野です」

答えはない。

「若社長？」

そっと事務所の扉を開ける。まず目に飛び込んできたのは、床に広がる鮮血だった。座り込んだ優介は腹を押さえて呻《うめ》き声を洩らし、冴子がふだん使う椅子には、秋吉麻里が座っていた。デスクに血の付いた包丁が置いてある。

麻里は、茫然《ぼうぜん》自失といった表情で、宙を見据えていた。

「わ、若社長」

冴子はいたって冷静だったが、驚愕して立ちすくむ上野和美を装った。呻いていた優介が、顎をあげる。

「そこ、閉めて」

苦しげに顔をゆがめて、腹から流れ出る血をタオルで押さえていた。すぐに救急車や警察を呼ばなかったのは公にしたくないからだろう。意図は察せられたが、納得できる状況ではなかった。

「警察、呼びます、救急車もすぐに」

　冴子は扉を閉めて携帯を取り出したが、

「だめだ、やめてくれ」

　案の定、優介は止めた。

「たいした、た、たいした怪我じゃない。悪いけど、ドラッグストアに行って、し、消毒薬や包帯を、それ、それで傷の手当てをしてくれれば」

　痛みで意識が遠のいたのか、目をつぶる。怪我を見慣れている冴子は、外科に連れて行く必要があると判断した。手術をしなければならないだろう。

（どうする？）

　通報するか、内々でおさめるか。

　優介は失神し、麻里はショック状態。よくある刃傷沙汰《にんじょうざた》だろうが、内々で片付けられれば、優介の信頼感が高まるのは間違いない。しかし……命を優先するべきか、仕事に重きをおくべきか。

〝なによりも大切なのは命です〟

　裡《うち》でひびいた声に、冴子は従った。

第4章　追跡劇

1

「別れようって、言われたの」

秋吉麻里は言った。

「あたしは、絶対にいやだった。そうしたら、とにかく一度、家に帰った方がいいって。『お母さんが心配しているから、まずは安心させてあげなよ。失踪届けが出てるらしいぜ。おれは堂々と付き合いたいんだ。すぐに挨拶に行くからさ』なんて」

こらえきれずに涙があふれ出した。

「嘘に決まってる。別れようと最初に言ったあれが、本心なんだと思った。新しい女ができたのよ。一昨日は一昨日で夜、家に戻って来たときから様子が変だったの。話しかけても上の空だった。時々、ニヤニヤしてたから」

恋する女子大生を、ごまかすことはできない。とはいえ、刀根優介が心を奪われたのは、アラフォーの警視。罪作りな男だが、伊都美もまた、罪作りな女なのかもしれなかった――。

「秋吉麻里を訴えますか」

仲村課長は、優介の病室で取り調べを行っている。特殊メイクを落とした素顔で対面することに、課長は強い不安を覚えたようだが、大丈夫だと背中を押してこの場に臨《のぞ》んでいた。冴子もまた、警察官の顔で後ろに控えている。

〝なによりも大切なのは命です。万が一、迷うような場面に遭遇《そうぐう》したときは、まず命を最優先にしなさい〟

迷った刹那《せつな》、浮かんだのは、恩師の言葉だった。知り合いのもぐりの医者に頼む手もあったが、傷口から腸が飛び出しているのを見て、冴子は上野和美として警察に通報。優介は病院に運ばれて緊急手術を受けたが、面会許可が得られたのは二日後だった。

「いいえ」

刀根優介は、力なく答えた。今朝、一般病棟に移されたばかりで、顔色からも恢復《かいふく》していないのが見て取れる。持ち前の若さでこの後は元気になるだろうが、今は手術後の痛みと、どうやってこの場を切り抜けようかという焦りにとらわれているのではないだろうか。言葉少なだった。

「訴えない？」

　仲村は耳を近づけて訊き返した。腹に大きな傷を負い、優介は声を発するのが辛いに違いない。天井を見つめたままの横顔は、伊都美の元カレと思しき赤坂大樹によく似ていた。

（正面顔よりも、横顔がそっくりだな）

　冴子は、そんなことを思っている。伊都美に訊いたわけではないが、警視もそれに気づき、いちだんと気合いが入ったことも考えられた。あるいは無意識のうちに行動しているのか。

「はい。訴えません」

　優介は答えた。

「〈TO《ティオー》皮革〉については、どうですか。大量に商品を仕入れましたよね。支払い期日は来月の末らしいですが、払えますか」

　そもそも払うつもりがあるのか、取り込み詐欺で踏み倒すつもりだったんじゃないのか、と挑発しているように思えた。気づかないほど鈍くないだろう。

「払いますよ」

　かちんときたらしく、そこで優介は仲村と目を合わせた。

「買った商品の代金を支払うのは、あたりまえでしょう。詐欺師みたいな言い方をしないでください。父も『オーディション商法事件』とは無関係ですから。あれは田中郁弥が勝手にやっていたことです」

と、睨みつける。確かに優介は商品をネットにアップするためのデザイン画を必死に考えていた。描いた女性の絵に、写真に撮ったバッグを持たせたり、財布や小物入れといった品物をアレンジしたりして合成していた。抜群に上手いとまではいかないものの、ある程度のセンスは持っているように思えた。

(本気で本郷警視を好きになり、まっとうな生き方をしなければと考えた)

秋吉麻里に別れを切り出したのは、身辺整理をするつもりだったとも考えられる。いいように弄《もてあそ》ばれた麻里には気の毒だが、ひと月足らずの交際をむしろ喜ぶべきかもしれなかった。

「そうですか。では、この鍵はいかがですか。家の鍵であるのはわかっていますが、どこの鍵なのか、わかりませんか」

仲村は沢口美波の部屋で発見された鍵の写真を見せる。リビングボードに置かれていた宝石箱から見つかったものだ。

優介は気のない目をくれた後、

「『薬屋』の鍵かもしれない」

ぼそっと呟いた。冴子は緊張が走るのを感じたが、仲村も同様だったのだろう。

「場所は?」

両肩に力が入る。後ろから見ていても、背広の肩に表れた緊張感がわかるほどだった。

「港区のどこかとしか聞いていません。薬関係には関わったことないんですよ。尿検査で判明したと思いますが、使っていませんしね。恐さを知っているんで、絶対にやるまいと決めていますから」

お説ごもっともな答えであり、確かに尿検査では陰性であるのが判明していた。薬物で人格が変わるのを、間近に見てきたのかもしれない。嘘ではないだろうが、真実だけを話しているとは思えなかった。

「では、これに見憶えはないですか」

次に仲村は、小さなビニール袋を見せた。所轄から渡された黒っぽい粉状のものだが、三分の一程度の量しか入っていない。残りは本庁の鑑識係に検査を依頼していた。冴子は自分の疑問点を解明するべく、毒物以外の検査も頼んでいた。

「磨り潰した大麻かな?」

優介は答えた。使っていないからこそ、迷うことなく口にしたように思えた。とぼけたり、ごまかそうとしないのは、堅気になるつもりだからなのか。

（予期せぬ客だった深澤将雄が来たとき、ノルマは果たした、ボスは納得というような話をしていた）

優介と深澤将雄の会話をいやでも思い出している。刀根親子のうちのどちらかが捕まったことにより、ボスから無理難題を突きつけられる懸念がなくなったのか。そんな意味に感じられたが……。

「もういいですか。傷が痛むんですよ」

辛さを口にした。その訴えを無視するほど非情ではない。

「お大事に。また、来ます」

仲村は手帳を懐に入れて立ち上がる。今回は十五分までと主治医に釘を刺されていた。冴子はいち早く個室の扉を開けた。

「あの」

優介が遠慮がちに声をあげる。

「上野さん、うちの事務員さんに『ありがとう』と伝えてください。手術をした主治医は、あと五分遅れていたら助からなかったかもしれないと言っていました。今、こうやって話ができるのは、彼女のお陰なんです」

神妙な顔をしていた。いっとき意識不明だったときに、あの世を垣間見たのだろうか。印象が変わっていた。

「伝えておくよ」

仲村は答えて、冴子とともに廊下へ出る。待合室に近い病室だったことから、待っていた千紘が立ち上がるのが見えた。春菜と伊都美は、伴野辰治の妻の件で昨夜から長野に行っているのでいない。

優介の監視役として私服警官が目立たないように何人か配されている。そのうちのひとりは、仲村の若い相棒、愛川巡査だった。

「いや、ばれるんじゃないかと、ヒヤヒヤしたよ。彼が気づかなくて、ほっとした」

課長は告げて、待合室のソファに大きな身体をあずけた。幸いにも見舞客や入院患者はいなかった。

「飲み物、買って来ます。なにがいいですか」

気を利かせた千紘に、仲村は「缶コーヒー」と答えて額の汗をハンカチで拭《ぬぐ》う。疲れているのが、傍目《はため》にも見て取れた。

「片桐巡査長たちは、いつもこんな緊張感を味わっているわけか。簡単に見えるが、なかなかどうして、神経を使うな」

「慣れですよ。すぐにドキドキ感を楽しめるようになります」

「それはむずかしいだろう」

笑って、続けた。

「〈TO皮革〉の取締役のときは、わざと声を抑えて低くしていたが、声で気づかれるんじゃないかと思ってね。ふだんの調子にしようと思うんだが、『あれ？　ふだんの声ってこんな感じだったたか？』なんて次から次へと不安になって……お、ありがとう」

千紘に硬貨を渡して、缶コーヒーを開け、飲む。相棒の愛川が近くに来て、手帳を広げた。優介に顔を憶えられると色々面倒なため、同席しなかったのである。仲村は缶コーヒーを一気に飲み終えるや、ふーっと大きな息をついた。

「やっと人心地がついたよ」

視線を千紘に向ける。

「長野の本郷警視たちから連絡は？」

「ありました。伴野知世さんの実家に行ってみたようですが、知世さんが認知症で長野県内の介護施設、もしくは病院に入院した事実はないとのことでした。ちなみに実家を継いだのは、知世さんの上の姉らしいです」

「伴野や知世さん自身からの連絡もないのか」

「はい。実家のお姉さんの話では、知世さんが認知症らしいという話は、去年の十二月頃にかかってきた伴野からの電話で知ったとか。リンゴを送ったときに、伴野がお礼の電話をしてきたらしいんですよ。意外に律儀な一面があるんだなと、個人的には思いました」

律儀なだけではない別の理由があるのではないかと、冴子は思ったが黙っていた。推測を口にする段階ではないと判断したからだ。

（伴野辰治は、妻が認知症だと思わせたかったのかもしれない）

自分の記憶にのみ刻みつける。伴野は獣医で家畜人工授精師、妻の知世は認知症の症状を見せていた。冷蔵庫に入っていた瓶の中身はなんなのか。毒物の可能性はないのだろうか。

「つまり、伴野辰治の妻は、今も行方不明ということか」

仲村が言った。近所の夫婦の話では、歩くのもおぼつかない有様だったらしい。となれば、伴野と行動をともにするのは、むずかしいのではないだろうか。

「あるいは、長野ではない病院に入院させたのか。伴野が通いやすい距離にある都内の病院かもしれません」

千紘が考えを口にする。ゼロではないが、可能性としては低い感じがした。あまり仲がよくなかった夫婦の、妻の方に認知症の症状が表れた場合、夫が献身的に世話をするとは思えなかった。

「仲村課長」

冴子は目顔でエレベーターホールを指して立ち上がる。マトリコンビが姿を見せた。

課長の田宮はすぐに気づき、赤坂大樹と一緒にこちらへ来た。

　挨拶の後、

「刀根優介ですか」

　仲村が口火を切る。

「はい。田中郁弥が、刀根優介の名前を出しましてね。彼は『天下人』の連絡役であり、直属の配下であると言うんですよ。薬屋についても詳しいはずで、さまざまな薬の管理もしていたはずだと」

『天下人』の件《くだり》で、冴子は千紘と顔を見合わせる。三月に担当した事件で出たハンドルネームだが、どこの、だれなのか、男なのか女なのか、若いのか年寄りなのか。皆目見当がつかないままだった。

（マトリにも『天下人』の悪名が、轟《とどろ》いているわけか）

　冴子は素早く手帳に記した。バラバラだった半グレをまとめて、リーダーになったと言われているが、組織化された場合、反社会的勢力と同じか、それ以上に恐ろしい存在になるのは確かだろう。

「刀根は刀根で、田中郁弥こそが『オーディション商法事件』の主犯だと言っていました。なすりあいの様相を呈してきましたな」

　仲村の答えを聞き、田宮は病室を目で指した。

「聴取できますか」

「主治医は反対すると思いますが」

立ち上がった仲村に、冴子は申し出る。

「わたしたちは、一度、本庁に戻ります。本郷警視たちと合流する予定ですので」

「わかった」

答えた後、

「本郷警視に、その、なんというか。刀根優介の見舞いに来てもらうなんていうことはできないか」

小声で囁いた。優介にとっては女神のようなデザイナーに再度、ご登場いただき、固く閉ざした心と口を開かせようと思っているのかもしれない。

「は？」

冴子は、露骨なほど不快感を示してみせた。伊都美の一生懸命さを知っているからこそ、無理をさせたくなかった。それに素顔に近い姿を曝《さら》すのは、あまり名案とは思えない。特殊メイクをしたときも、冴子がその場にいたら反対したかもしれなかった。

「ついさっき、刀根の母親が面会に来たんだよ。刀根は嬉しかったらしくてな。驚きながらも涙ぐんでいた。もうひと押しだと思うんだがね。お見舞いビデオレターなんていうのはどうだ？　直接、会わなくてもすむ」

仲村は珍しく食いさがる。刀根親子と田中郁弥、深澤将雄と沢口美波、そして、伴野辰治の六人は、いくつかの事案に深く関わっていたことが考えられた。だれかひとりを切り崩せれば、そこから一気に捜査が進む可能性もある。

「…………」

冴子が答えないのに焦《じ》れたのだろう、

「追跡班のモットーは、『嘘を騙らせるな、真実を語らせろ』だったと思うが」

奥の手を口にした。

「わかりました。ですが、決めるのは本郷警視ですので」

「引き受けてくれるのを祈っているよ。刀根が堅気になれるかどうかの分岐《ぶんき》点に差しかかっているように思えるんだ。父親の影響を受けて詐欺道に足を突っ込んだんだろうが、まだ二十一だしな。いくらでも、やり直せる。個人的には、堅気になってほしいと思っているんでね。手助けしてほしいのさ」

言うだけ言って、マトリの男たちとナースセンターの受付に足を向けた。冴子は肩をすくめてエレベーターホールに歩いて行った。

「片桐巡査長は、本郷警視の母親みたいですね。少し過保護のように感じます。かわいい子には旅をさせよ、と、言うじゃないですか。本郷警視の意思を尊重してあげてください」

千紘の言葉に答える。

「ビデオレターが引っかかるんだよ」

「あ……まあ、それはそうかもしれないけど」

やりとりが終わらないうちに、携帯がヴァイブレーションした。千紘もそうだったのだろう。ほとんど同時に受けた。

2

「緊急要請」

警視庁の通信指令センターからの連絡だった。

「職務質問中に、伴野辰治の免許証を持つ男を発見。車で靖国通りを市ケ谷方面に向かって逃走中。近くを走行中のパトカーは追跡してください」

「伴野が東京に？」

冴子の自問に、千紘の言葉が重なる。

「面パトのエンジンかけておくから」

いち早くエレベーターに乗って、降りて行った。仲村課長が慌てふためいた様子で病室から飛び出して来る。若い相棒の愛川巡査も駆け寄って来た。

「仲村課長」

走り寄った冴子と一緒に、三人はエレベーターに乗り込む。念のためにと思い、部署のクロノに命じた。

「伴野辰治に関するデータを、USBメモリに複製。あと、ついでにプリントアウトしておいて」

「バックアップか。若いのに、アナログな方法を取るんだな」

仲村は笑っていた。らしくないやり方だと思ったのかもしれない。

「いざというとき役に立つのは昔ながらの方法です。災害時に携帯は使えませんでしたが、電池式の小型ラジオは大活躍しました。わたしは常に持ち歩いています」

バッグの中の小型ラジオを見せながら、伊都美と春菜コンビにも連絡を入れた。長野から東京に向かっているはずだが、どこかでうまく合流したかった。

「わたしたちは後ろから追いかけます。可能なようであれば、仲村課長たちは先回りしていただけると助かります」

指揮を執るのは上司の仲村だが、

「了解。ヘリの要請がまだであれば、しておく」

気分を害したふうもなく答えた。三人は競い合うように、エレベーターを飛び出した。地下駐車場ではすでに千紘が、スタンバイしている。冴子が助手席に乗り込むのを待って、スタートさせた。

「今、やつはどこ？」

カーナビを食い入るように見る。

「市ヶ谷橋を渡って、外堀通りを右に進みました」

千紘は声を張り上げた。そうしないと、パトカーのサイレン音に掻き消されてしまう。二人が乗っている面パトだけでなく、ありとあらゆる方角からサイレン音がひびいていた。

「車の色と車種はわかってるの？」

「色は黒、セダンですが、車種までは判明していません」

答えの途中で冴子の携帯に、伊都美から連絡が入る。

「わたしたちは高速を降りて、一般道に入りました。現場に到着する前に、追跡劇が終わっているのを祈ります」

「事故に気をつけてください」

自戒を込めて告げ、マイクで周囲を走行中の車に警告を発する。まるでドラマのようなカーチェイスに、運転手たちは例外なく驚きの表情を返した。

「通信指令センターより連絡。銀座で職務質問中、伴野辰治の免許証を持つ男が車で逃走。赤いクーペタイプの外車。付近を走行中のパトカーは追跡してください」

「なんだって!?」

慎重な性格の冴子は、いちおう確認を取ったが間違いなかった。追いかけている黒いセダンとは、あきらかに違う一台が逃げている。強い不審感が湧いた。

「おかしいな。伴野は単独行動だったはず。でも、ひとりでこんな行動はできない。だれかが手を貸している」

思いつくまま口にする。要請を受けたヘリコプターが、出動したに違いない。独特の爆音が、頭上で鳴り始めた。

「だれかって、だれ？」

運転しながら千紘が訊いた。

「わからない、けど」

浮かぶのは、何度も聞いたハンドルネームだ。まさかとは思うが、ありえないとは言い切れなかった。

「どっちが本物なんだろ」

千紘の問いに早口で告げる。

「どっちも偽物かもしれない」

「外堀通りを走行中の黒いセダンは、神楽坂《かぐらざか》交差点近くで停車させた。これから運転手と話をする」

仲村からの無線連絡だった。いち早く先まわりして、停めたのだろう。前方に何台かのパトカーと白バイが停まっていた。千紘がパトカーの後ろに停めるやいなや、冴子は飛び出して走った。腰ポケットから特殊警棒を出している。

「降りて来い」

仲村もまた、特殊警棒を構えていた。黒いセダンの前後と右側に、面パトとパトカーを停めて逃げ出せないようにしている。運転席の男は、まず扉を開けて、両手を挙げた。なにが楽しいのか、ニヤニヤしていた。唇の端から流れる涎が、異常な心理状態を表している。制服警官は携えていた銃を構えていた。

(伴野辰治じゃない)

冴子は仲村たちに向かって小さく頭を振る。これは伴野を逃がすための策ではないのか。東京に潜んでいた伴野が、だれかに助けを求め、カーチェイス作戦が実行されたのではないか。

「出て来い。ゆっくりとな」

仲村は告げ、偽伴野を仕草で呼んだ。相変わらず不気味な笑みを浮かべたまま、男は車から降りる。いっせいに警察官が動いた。

「確保!」

声をあげた仲村と、千紘の声が重なる。

「渋谷で同事件が発生しました。三件目の伴野辰治事案です」

「わたしたちが行きます」

冴子はすぐ面パトの助手席に戻った。しかし、飯田橋駅付近には、パトカーが集まってしまい、渋滞を招いている。野次馬の数もみるまに増えて、歩道を埋め尽くしていた。

「動かせません」

千紘の弱音に、「どいて」と応じた。冴子が運転席に着き、千紘は車から出て助手席に座る。なかば強引に面パトとパトカーの間を通り、停止している車の隙間を縫うように走らせた。

「錦糸町駅周辺で、伴野辰治の免許証を持つ男を職務質問。検問を破って逃走」

またもや無線が伴野の件を告げた。

「四件目だよ。ずいぶん大がかりだね」

千紘が言った。

「つまり、都内のどこかに伴野辰治がいる可能性が高い。あちこちで騒ぎを起こし、攪乱《かくらん》しておいたうえで、本人は悠々と電車で逃亡。それが敵の考えたシナリオかも」

無視したかったが、もしかしたらという疑問が残る。車で逃走する中に、本物の伴野辰治がいるかもしれない。消せない疑いがある限り、警察は追いかけるしかなかった。

「飯田橋、銀座、渋谷、錦糸町」

千紘はカーナビで検索している。いったい、何人の伴野辰治が用意されているのだろう。とりあえず渋谷に向かっていたが、無駄足に終わるかもしれない。

「千紘、クロノに連絡して。都内の駅やコンビニ、銀行や郵便局のATMを顔認証システムで監視。生きていくためにはお金が必要だからね。伴野はどこかに必ず現れるはずだから」

「了解です」

「それから、クロノの顔認証システムで伴野だと確認できた場合は、画像をプリントアウトしておくように伝えて。それをすぐに流してくださいと」

「わかりました」

「伴野辰治は」

冴子は呟いた。

「今回の協力者に、どんな報酬を支払ったのか」

思いあたるものは浮かんでいたが、口にするのは控えた。あまりにも恐ろしくて考えたくなかったからである。

「報酬を支払うのは無理でしょ。伴野にはお金ないもの」

千紘の反論を即座に否定した。

「お金はないかもしれないけど、金に換えられるものはあると思う。協力者はそれを手に入れたくて、話を持ちかけたのか。あるいは伴野の方からコンタクトを取ったのか」

「ものって、なによ。片桐巡査長の言葉は、曖昧《あいまい》なのが多くて、わかりにくいんだよね。あたしが二人より鈍いのは知ってるでしょ。わかりやすく説明してほしいな」

「開き直った」

　無線機から春菜の声が流れた。

「わたしたちは、銀座の騒ぎに合流予定。終わっていた場合は、他の応援に向かいます」

「了解しました。なお被疑者は、覚せい剤などを使用しているかもしれません。車が停止しても、少し様子を見てください」

「わかりました」

　混戦してしまい、聞き取るのがやっとだった。かつてないほど数多くの面パトとパトカーが、都内を走っているのは間違いない。隙間を縫って走る白バイも時間ごとに増えていた。

「片桐巡査長、聞こえるか」

　仲村から無線連絡が入る。

「はい」

「飯田橋事件の被疑者の車からは、覚せい剤と大麻を発見した。男は意味不明のことを呟いているが、時々、『天下人』というハンドルネームが聞き取れる。どうやら自分こそが、『天下人』だと言っているようだが」

言わされているに違いないという含みが感じられた。偽伴野事件の被疑者すべてが、『天下人』を名乗る懸念《けねん》もあった。

「長い一日になりそうですね」

冴子は答えて、運転に気持ちを向ける。前方には先程と同じような面パトとパトカーの風景が出現していた。

3

騒ぎが落ち着いたのは、二日目の午後だった。

その夜。

「偽伴野辰治は、七名、出現しました」

冴子は言った。本庁の会議室に、偽伴野辰治事件が起きた所轄の刑事課や交通課の課長クラス、そこに追跡班と本庁の幹部クラスが何名か顔を揃えている。むろん仲村と愛川も、一番後ろの席に控えていた。

追跡班を含めて総勢、二十五名。ちなみに追跡班以外の女性警察官は、ひとりしかいない。慌ただしい追跡劇の結果、都内各地で起きた事故の後始末に、所轄の警察官たちは追われていた。

「いずれも伴野ではありませんでした。七名は全員、覚せい剤や大麻の使用で逮捕されています。なかには公判中の被疑者もいました」

冴子の右斜め後ろには春菜が立ち、ホワイトボードに書く役目を担っている。そして、左斜め後ろには、伊都美と千紘が立っていた。

「伴野辰治と知世夫妻の行方は、今もってわかりません。おそらく伴野が関連しているであろう事案――牛や羊の変死事案から始めたいのですが、その前に昨夜、部署に起きた異変をご報告します」

顔をあげて告げた。

「昨夜、まだ追跡劇を続けていたときですが、留守番役のヒト型ロボット・クロノのハードディスクに入っていた伴野辰治のデータが消滅しました」

小さなどよめきが起きた。座ったまま挙手した仲村を指した。

「どうぞ、仲村課長」

「データは復元はできるのか。また、伴野のデータを印刷したものはあるのか」

簡潔に訊いた。

「ハードディスクに残っていれば復元はできますが、少し時間がかかると思います。こういった場合を考えて、伴野辰治のデータは、プリントアウトしておきました。入力し直さなければなりませんが、要はその手間だけで済むと思います」

「アクセスできるはずのない重要データが記録された追跡班のパソコンに、だれかがアクセスして、データを消去させた。由々《ゆゆ》しき事態ですが、これは記憶の隅に留め置いてほしいと思います」

仲村が補足する。複雑に絡み合ういくつかの事件が、思いもかけない推測を生み出したことから、冴子はあらかじめ仲村コンビに説明しておいたのだった。

他に質問はないか見まわした後、

「クロノ。お願いします」

会議室に持って来たチビクロに言った。

「はい。伴野辰治は獣医として、関東近県の牧場や畜産農家と契約していたようです。契約していたのは、全部で二十九件。片桐巡査長にＢＳＥが発症していないか、調べるように言われましたので、すでにご報告いたしました」

「会議が始まる前にお配りしたプリントをご覧ください」

冴子は手元のプリントを仕草で示した。

「過去十年間の記録です。変死事案は全国で十六件ですが、鳥インフルエンザなどは除外した数です。原因がはっきりしているので入れていません。十六件のうちＢＳＥを発症していたのは、四件。十年ほど前から起きていました。ここ、テストに出るので要チェックです」

冗談だったのだが、斜め後ろに控えていた千紘は「えぇーっ」と大仰な声をあげた。生真面目に身構えていた警察官たちの口もとがほころぶ。張り詰めていた空気が、いい意味でゆるんだ。ムードメーカーの異名どおりといえた。

「テスト、いやだなぁ。聞いただけで気持ちが沈みます。確認ですが、要チェックは四件ですか。それとも十年ほど前からですか。もしくは両方ですか」

「両方と言いたいですが、十年ほど前からが重要事項です。クロノに再確認してもらったところ、ＢＳＥを発症したのは、すべて伴野辰治と契約している牧場や畜産農家の牛でした」

「日本にＢＳＥを発症する牛がいることだけでも驚きですが、たまたまでしょうか。あと、四件というのは、数的に多いんでしょうか。少ないのでしょうか」

所轄の眼鏡課長が挙手して訊いた。ＢＳＥの話が出ること自体、理解不能といった表情をしていた。事前にある程度、話していた仲村コンビの愛川巡査でさえ信じられないという様子だったのを思い出している。

〝ＢＳＥ、牛海綿状脳症でしたか。本当に自分が住む現代の日本に、患者さんがいるんですか〟

日本国民を代表したような感想だったかもしれない。

「生物学に関係した事案は本郷警視が得意なのですが、今の質問に関しては現在、調査中です。後で詳しくご説明いただきます」

冴子は答えた。

伊都美には、仲村課長から提案された刀根優介への『お見舞いビデオレター』の話をして了解を得、すでに製作を終えていた。メールで仲村に送ったので昨夜、見せたかもしれなかった。

深澤将雄の泳がせ捜査は進展が見られないうえ、優介の父・刀根康介や田中郁弥たちは、のらりくらりとかわす食わせものばかりで、捜査は膠着《こうちゃく》状態に陥っている。だれかを切り崩して、突破口を開きたかった。

「まずは、伴野辰治の逮捕理由ですが、『ブランド牛詐欺事件』です。直接、取り引きをしたのは深澤将雄であり、伴野はこのときすでに逃げていました。彼の自宅からはブランド牛の種牛の、偽造精液証明書が発見されています」

プリントを掲げて、続ける。

「伴野は獣医として働く傍《かたわ》ら、受精卵などの採取や販売が許可される『家畜人工授精所』を営んでいましたが、これは許可証を知人の授精所に貸し出していたようです。

不動産会社の宅建免許のように、月々いくばくかの金を得ていたのかもしれません。その会社には姿を見せていないとのことでした」

「『ブランド牛詐欺事件』に関わったのが、深澤将雄ですか」

所轄の眼鏡課長が、引き続き確認の問いを投げた。

「はい。冷凍した和牛精液、ブランド牛ではない和牛の精液が入ったストロー十数本を、液体窒素を充填した保存容器『ドライシッパー』に入れて渡しました。買い求めた農場主のもとに伴野辰治が行く手筈になっていたようです。ドライシッパーは特殊な容器なので、開けるには知識が必要ですから」

「農場主は、伴野たちにいくらぐらい支払うんですか」

と、代表するように訊き役を務める。

「日本国内なら一度に十五万前後、支払うのがスタンダードとされています。外国への持ち出しとなれば、リスクと手間がかかりますからね。これの十倍と言われています」

「俗っぽい質問で恐縮ですが」

所轄の眼鏡課長は苦笑いしていた。

「十五万、出して、元が取れるんでしょうか」

「わたしも聞きかじりですが、和牛は、生まれてから二年以上、育てられた後に出荷されるそうです。餌代がそれだけかかるわけですね。鶏肉の四倍、豚肉の三倍はかかると言われているようですが、経営上の問題でサシの入った和牛の方が高く売れると聞きました。それでブランド牛にこだわるのではないでしょうか」

「うちはもっぱら安いオーストラリア産の和牛ですが」

発言した女性警察官は笑っていた。

「わたしの家も同じです。今ではもうＷＡＧＹＵと言えば、オーストラリア産という現状があるとか。おわかりかもしれませんが、この場合の和牛はローマ字です」

冴子も笑みを返して言った。

「なかには、赤身のオーストラリア産の牛に方向転換しようと考える経営者もいるようですが、やはり、売値がサシの和牛よりも安いということで挫折してしまうそうです。話が逸れました。牛と羊の変死事案に戻します」

手元のプリントに目を向ける。

「先日、伴野が働いていた千葉の農場に、追跡班の課員が行ったとき、牛が一頭と羊が二頭、血の泡を吹いて倒れました。三頭はこの後、死亡。解剖した結果、青酸カリ系の毒物を投与された可能性が高いことが判明しました」

二度目のどよめきは、少し長く続いた。伴野が起こした犯罪であれば、「なぜ？」という疑問が最初に浮かぶだろう。あらかじめ渡されたプリントを読み直している警察官もいた。

「追跡班は、伴野辰治が犯人だと考えているんですよね」

件《くだん》の眼鏡課長は訊き役に徹している。冴子は小さく頷き返した。

「おそらく、そうではないかと思っています。ここからは仮の話として進めますが、伴野の仕業だった場合、彼はどうやって毒物を牛と羊に与えたのか。参考までに申しあげますと、飼い葉からは発見されていません。さらに不可解なのは、伴野はたぶん前夜か当日の未明に姿を消したのですが、牛や羊が死んだのはその後なのです」

「時間があれば考えるが、それが今はむずかしい。答えられない言い訳に聞こえるかもしれないが、時間を短縮するためだ。先に答えを教えてくれないか」

仲村が申し出た。冴子は千紘を指名して、隣に来させた。

「小野巡査。追跡班の考えを言ってください」

「はい。伴野辰治がいなくなった後に、牛や羊は死にました。通常であれば与えられた時点ですぐに死ぬはずですが、不自然な時間差が生じたわけです。胃に爛《ただ》れた痕が見られたのは、口から飲ませたためでしょう。ですが、口中や舌に胃のような爛れは見られませんでした」

いったん区切って握り締めていたメモを見る。冴子ほど記憶力がよくない千紘は、メモなしでは話ができなかった。苦手なのはわかっていたが、冴子になにかあった場合、他のメンバーが説明しなければならない。全員が同じことをできるようにしておきたかった。

「今まで起きた毒物関連の事件を参考にした結果、伴野はおそらく青酸カリを入れたカプセルを二重、あるいは三重にしたのではないかという結論にいたりました」

一礼して、千紘はさがる。

「なんのために、伴野辰治はそんなことをしたのでしょうか」

女性警察官が小首を傾げつつ問いを投げた。自問まじりのように思えた。

「事件の経過だけをざっとご説明しました。追跡班の見解を述べますが、あくまでも仮説ですのでご了承ください」

冴子はあらためて告げた。ここからが本筋であり、背筋が凍るほどの恐ろしい話になるのはわかっていた。

「喜多川巡査が渡すものをご覧ください」

黒っぽい粉を入れた小さなビニール袋を、春菜が一番端の警察官に渡した。一列目から二列目へと移動していく。本庁の鑑識係に調査を頼んでおいたものだが、昨夜、千紘の交際相手・竹内勇《たけうちいさむ》が結果を告げに来た。当然、所轄にも知らせたし、その所轄の課長は二列目に座していた。

「それは、伴野辰治の自宅から押収された瓶に入っていたものです」

「牛の骨や内臓、脳などを磨り潰した粉だと聞きましたが」

二列目の課長が先んじて言った。結果が違っていたのかと思ったのかもしれない。確かめるような含みが感じられた。

「お伝えしたとおりです。正しくは、食用肉を取り去った残りの部分の廃物やクズ肉などを集めて、加熱・脱脂し、これを乾燥させて粉末にしたものです。レンダリングと呼ばれるやり方で、イギリスを中心にした国では、家畜飼料として乳牛などに与えていました。以後、肉骨粉《にくこっぷん》と呼ばせていただきます」

冴子は一語一語、意識してはっきり告げた。

「非常に残念なのですが、伴野辰治の自宅の冷蔵庫の中から発見された肉骨粉は、BSE――牛海綿状脳症に侵された牛のものでした」

「これですか」

女性警察官が、回ってきた小さなビニール袋を眼前に掲げた。

「そうです」

「記憶があやふやですので、間違っていたら、すみません。BSE騒ぎが起きたのは、イギリスだったと思いますが」

女性警察官の問いに同意する。

「詳しい説明は後に譲りますが、大きな騒ぎが起きたのはイギリスでした。BSEに侵された牛の肉骨粉を家畜に与えていたうえ、肉も売っていたのです」

「今の話は、ちょっと信じられません。危険な肉骨粉や肉を売るなどありえないと思います。ましてや、国外にBSEを引き起こす牛の肉骨粉が流出するとは思えません。イギリス政府が止めるんじゃないですか」

女性警察官には、おそらく子どもがいるのではないだろうか。母親として我が子に危険な食品を与えたくないという想いが、男性警察官よりも強いように感じられた。ゆえにBSEの知識を、ある程度、持っていたに違いなかった。

「ここからの説明は、本郷警視にお願いしたいと思います」

冴子は場所を譲って、横に移動する。牛海綿状脳症の話が出たことに、警察官たちは意外さを覚えているようだったが、まだ驚きや恐怖の表情ではなかった。

「僭越《せんえつ》ながら、説明役を務めさせていただきます」

伊都美が一礼して、冴子の隣に立った。

4

「イギリス政府の話は、もう少し後にまわします。まずはBSE――牛海綿状脳症を簡潔に説明いたします」

伊都美の横顔には、強い緊張感が浮かびあがっていた。冴子は警視がいつ腰くだけ状態になってもいいように、気にかけていた。

「ＢＳＥは、もともとスクレイピーと呼ばれる羊の風土病でした。イギリスではかなり昔から、行動や反射、運動に変調をきたす羊が現れていたのです。つまり、脳や神経が侵されていたわけで、主要な病巣は脳でした」

伊都美はプリントを見ながら説明する。

「ＢＳＥに罹《かか》った家畜の八割近くは乳牛です。大量の牛乳を最大最速の効率で産生させるため、現代では高栄養価の強化動物性タンパク質飼料が与えられるのです。売り物になりにくい肉や骨、内臓や脳といった部位は最適でした」

警視の隣で冴子はプリントの一枚を掲げた。そういった説明が記された一枚であり、頭に入れてほしい内容だった。

「先程、片桐巡査長が言いましたレンダリングですが、一九七〇年代に起きたオイルショックで、方法が大きく変更されました。加熱、抽出、濾過《ろか》といった多くの工程で大量の燃料、すなわち石油を必要とするためです。オイルショック以降、石油を節約するために加熱処理などが充分には行われなくなったことが考えられます」

当然、完全には汚染物質を除去できなくなる。石油を節約するために変更されたレンダリング産業。が、この時点では、それがどんな結果をもたらすのか、関係者たちは知る由《よし》もなかった。

「一九九四年から九五年にかけて、イギリスで若者の間に、原因不明の病が広がりました。本来、発症することがほとんどないはずなのに、十例ものクロイツフェルト・ヤコブ病、現在では新型ヤコブ病と呼ばれる病気が発生したのです」

気持ちを落ち着かせるためなのか、時折、間を空けて深呼吸した。座り込むのではないかと気が気ではなかったが、口をはさむことなく見守っている。

「ちなみに、羊の場合はスクレイピー、牛の場合はBSE、そして、人間の場合は新型ヤコブ病と呼び名が変わります。色々呼び名はありますが、わかりにくいのでここからは、ヤコブ病と言わせていただきます」

「呼び名は変わっても、同じ病気という認識でよろしいですか」

眼鏡課長が訊いた。

「はい。呼び名は変わりますが、すべて同じ病気です。つまり、羊から発生したスクレイピーに、牛が感染してBSEとなり、それらを食べたヒトに感染して新型ヤコブ病となった。この意味が、おわかりになりますでしょうか」

答えを求めるように、ふたたび間を空けた。重要なポイントであるのは間違いない。おそるおそるという感じで、女性警察官が挙手した。

「お答えください」

「すべて同じ病気と、本郷警視は仰いました。ですが、最初に発症したのは羊ですよね。ええと、スクレイピーでしたか」

プリントを確認して目をあげる。

「そうです、スクレイピーです」

「でも、それは牛に感染し、牛からヒトへと感染した。よくわからないので伺うのですが、動物とヒトとの間にあった壁でしたか。ヤコブ病はそれを越えてしまったのですか」

「はい。ヤコブ病は、種の壁を乗り越えた人獣共通感染症です」

話しているうちに落ち着いてきたのかもしれない。声がよくとおるようになっていた。

「しかも、スクレイピー病原体は、三十分間、煮沸しても死にません。二カ月間、凍結してもまだ生きている。ホルマリン処理も然《しか》り、実験当時、消毒に有効とされていたフェノールやクロロホルムで処理した組織サンプルにも病原性が残りました。人間がほっしてやまない、まさに不老不死の病原体なのです」

笑みを浮かべようとしたのだろうが、うまくいかなかった。引き攣《つ》るような顔になっていた。

「ここで話を先程のイギリス政府に戻します。危険な病原体に汚染された肉骨粉を、イギリス政府が輸出するわけがない。そんなご質問でした」

冴子は言い、続けてくださいと目顔で伊都美を促した。

「イギリス政府は、輸出したのです」

警視は小さな声で告げた。大声をあげない点に、厳しい状況が浮かびあがっているように思えた。

「確かに国内に向けての販売は禁止しましたが、使用禁止に伴《ともな》ってだぶついた肉骨粉がありました。レンダリングは大きな産業になっていたことから、イギリス政府は販路を国外に求めたのです」

「そんな馬鹿なことが」

眼鏡課長は否定しかけて、止めた。伊都美が冗談を言うタイプではないことを、この場にいる全員が知っているのだろう。犯罪と呼ぶべき過ちは、時を経てなお普通の人々を苦境に追いやる。

「一九九〇年代には、ターゲットを無警戒の国、これは日本を含むアジア諸国ですが、あたりまえのように輸入されていました。そして、使われていたのです」

「代わります」

冴子は言い、場所を入れ替わらずに続けた。

「伴野辰治の自宅の冷蔵庫からは、ＢＳＥを引き起こす牛の肉骨粉、瓶に詰められた汚染された肉骨粉が発見された。そうですね」

戻って来た小さなビニール袋を持ち、二列目の所轄の課長に問いかける。無意識のうちに肉骨粉を二度も繰り返していた。

「はい。これぐらいの瓶に」

二列目の所轄の課長は、両手で三十センチほどの高さを表した。

「ぎっしり詰められていました。はじめは大麻じゃないかと思ったのですが、うちの鑑識からは植物ではないと言われまして。追跡班に見本として、あの小さなビニール袋を渡したんです」

目で冴子が持つ小さなビニール袋を指した。

「ここで話を少し戻します。ついさっきまで、警察は偽伴野辰治に振りまわされました。騒ぎを起こしている間に、本物の伴野は電車で悠々と逃げたかもしれません。個で活動していた今までとはまったく異なる動きです」

説明に従い、春菜がホワイトボードに書き記した。これらはまだ、プリントに記されていなかった。

「他者の関与が、疑われます。陽動作戦、攪乱《かくらん》作戦のように思えなくもありません。さらに連動するように、追跡班のパソコンから伴野辰治のデータだけが消滅しました。いずれも、ひとりで行うのは無理だと思います」

「他者とは、だれですか。すでにわかっているのですか」

眼鏡課長が挙手して問いを投げた。

「あくまでも推測ですが、追跡班は『天下人』ではないかと思っています。伴野の方から働きかけたのか、逃亡中の彼の動きを見た『天下人』の方から接触したのか。なんらかの交流があったのではないかと」

「ちょっと、その、なんというか。追跡班はやけに伴野を恐れているようですが、それが今ひとつ、理解できません。逃亡中の五十二歳の中年男ですよ。『天下人』もまた、正体不明の人物でしょう。幽霊を恐れるような……」

「伴野辰治は、どこかに牛の肉骨粉を隠していたのかもしれません。だれかに与えれば、そのだれかは、BSEに罹《かか》って死ぬ可能性が非常に高まります」

冴子の反論を、眼鏡課長が継いだ。

「それもまた、正体不明の恐れですよね。その小さなビニール袋に入っている肉骨粉とやらが、人間を殺せるのか。死に至らしめられるのか。定かではないように思いますがね。少し神経質になりすぎているんじゃないですか」

「伴野辰治は、去年の十二月。妻の実家からリンゴが届いたとき、わざわざ電話をして妻の姉にお礼を言いました。そのとき『どうも知世が認知症らしい』という話をしたようです。わたしはこれが引っかかりました。認知症だと思わせたいがために、自《みず》ら電話をかけたのではないか、と」

「症状が表れていたのですか」

眼鏡課長の問いが続く。

「はい。伴野辰治の妻は、行方不明になる直前、認知症によく似た症状を見せていました。近所のご夫婦から伺った話が、プリントに記してありますので、ご確認ください」

告げながらプリントの一枚を掲げた。

〝ええ、急になんです。足下がおぼつかない状態になりました。話していても、ぼんやりすることが多くなって〟

他に気になった症状があるか訊いたときは、

〝顔面のけいれん、でしょうか〟

と、答えた。

異常を見せていた伴野知世は、本当に認知症なのか。なにか別の病気の可能性はないのだろうか。

5

「あまり訊きたくないのですが」

女性警察官が挙手した。

「認知症とBSE、牛海綿状脳症の症状は、似ているのですか」

「はい。非常に似ていると思います」

伊都美が答えて、続ける。

「BSEは、精神荒廃やけいれんといった多様な神経症状が、急速に進行して痴呆状態に陥り、発生後、数カ月で死に至るとされています。ただ、発症するまでの時間は、個人差があることもわかっています。ある者は数カ月後、ある者は五年後、または十年後というように違いが出ます」

「ワクチンは、開発されていますか」

と、女性警察官は不安げに問いを投げた。だれもがいだく不安であり、考えたくない流れだった。

「…………」

伊都美は沈黙を返した後、小さく頭を振る。溜息《ためいき》をついたのは自分だったのか、他のだれかだったのか。

「今までの流れからわかるのは」

冴子は意を決して言った。

「もし、伴野辰治が汚染された肉骨粉を悪用した場合、日本は恐慌状態になるでしょう。テロ行為と言えるかもしれません。ワクチンのない病を引き起こす『毒』。解毒剤のない毒を、彼の意思で使われたら」

すでに使われた可能性がある。伴野は妻の知世に、汚染された肉骨粉入りの料理や飲み物を与えたのではないか。サプリメントと偽って、カプセルに入れた肉骨粉を飲ませたのではないか。

だれにも気づかれることなく、密《ひそ》かに死を招《よ》び寄せる黒っぽい粉。静かに、だが、確実に死に神へと誘《いざな》う危険な毒物。

「サイレント・ポイズン」

冴子の口から出た造語に、警察官たちは青ざめた。しかし、まだ核心にはふれていない。真実の恐怖はこれからだ。

「伴野は」

眼鏡課長はいったん口を開いたものの、あまりにも口中が乾き過ぎていたのかもしれない。配られていたペットボトルを開けて飲んだ。

「失礼しました。あまり考えたくないことですが、伴野は自分の妻を実験台にしたのでしょうか」

あらためて発せられた質問を、冴子は受けた。

「あるいは、妻に対して強い殺意をいだいていたのか」

プリントに記された一部を告げる。

「近所のご夫婦によると、十年ほど前、妻の知世は妊娠したらしいのです。待望の赤ん坊だったのかもしれません。喜びも束《つか》の間、流産したと聞きました。以来、夫婦仲が悪くなったとも話していましたね。年齢的なことを考えると、ラストチャンスだったようですので」

肩越しに振り返ると、春菜が打ち合わせどおり、ホワイトボードに必要な事柄を記していた。

「ここで一連の伴野の動きを再確認いただきたいと思います」

冴子はホワイトボードの近くに行って説明を続ける。

「足取りが摑めた千葉の農場までは、個で動いていたような印象を受けます。妻の知世と同世代の女性が一緒だったらしいのですが、だれなのかは不明です。そして、いきなり『偽伴野辰治事件』が発生しました」

『天下人』と伴野辰治をホワイトボード上で結びつけた。ホワイトボード上であればいいが、実際に手を組んだ場合は……。

「わたしは伴野辰治が都内にいて、陽動、もしくは攪乱作戦の最中、地方に逃亡したのかもしれないと考えました。これは追跡班ではなく、あくまでもわたし個人の考えです。なんらかの理由があって伴野は都内に潜伏していた」

「妻のお見舞いに、行っていたのでしょうか」

女性警察官が投げたのは、そうであってほしいという願いだったのか。同意したかったが、冴子は別の意見を敢えて口にする。

「もしかすると、妻を殺害する機会を狙っていたのかもしれません」

「え」

言葉を失った女性警察官を、眼鏡課長が継いだ。

「そうか。羊や牛への青酸カリ投与が、そこで繋がるわけか！」

どうだ、というような表情になっている。冴子は苦笑を浮かべて同意した。

「追跡班も同じ考えに至りました。仮に都内の病院、もしくは介護施設に入所していた場合、費用がかかります。『ブランド牛詐欺事件』の片棒を担いだ被疑者としては、かなりの負担ではないでしょうか」

「なるほど。それならいっそと思ったか」

またもや眼鏡課長が継いだ。

「はい。七件の偽伴野辰治事件には、彼に関するデータだけが消滅という事案が重なります。偶然とは思えません。伴野辰治は『天下人』と取り引きをしたのかもしれません。ＢＳＥに汚染された肉骨粉を渡す代わりに、海外への逃亡と多額の金銭を要求したか」

「まさか、そんな」

声をあげたのは、女性警察官だった。

仮に昼間、食べた食事に汚染された肉骨粉が混入していたら？　買い求めたサプリメントの、カプセルの中身が汚染された肉骨粉だったらどうなるか？　無作為に殺人行為が行われたら……？

「………」

会議室は不気味な静寂に包まれた。

我が身に起きるかもしれないという想像力が働いたとき、瓶に詰められていた黒っぽい粉の恐ろしさが実感できる。自分事《じぶんごと》としてとらえられる。いつ発症するかわからない毒。ワクチンのない静かな毒《サイレント・ポイズン》は、間違いなくＢＳＥという病を連れてくるだろう。

「テロが起きるかもしれない」

仲村が言った。ゆっくり立ち上がる。酷《ひど》い結果が表れるのは、数カ月後か、十年後か。テロかどうかも気づかないまま、認知症として亡くなる人が出るかもしれない。静かな毒は、静かなテロをも引き起こすかもしれなかった。

「伴野はやらないかもしれないが、『天下人』の手に渡ったら、テロの危険性は限りなく高まるだろう」

前に出て、冴子の隣に並んだ。

「伴野辰治は重要参考人として指名手配する。また、彼の妻・知世は、生きているとすれば病院や介護施設に入所している可能性が高い。守秘義務を持ち出して難色を示すかもしれないが、伴野知世は本名を使っているはずだ。足で探すしかない。一刻も早く伴野夫妻の身柄を確保するのが我々の使命だ」

締めくくって解散となる。全国レベルの捜索になるのは確かだった。他の警察官は会議室を出て行ったが、冴子たちは仲村に呼ばれて、彼と若い相棒のまわりに集まる。

「伴野辰治のデータが消滅した件だがな。身内に『天下人』の協力者がいるかもしれないという推測に行き着くんじゃないのか」

仲村は会議では口にしなかった話を告げた。身内というのは言うまでもない、警視庁や警察庁、所轄などである。冴子は否定しなかった。

「ありうると思います。三月に起きた詐欺事件の何人かの被疑者が、取調室でこういう仕草をしました」

手話で「よろしく」と動かした。

「だれかに向けたものだったのかもしれません。現に被疑者たちは、全員が不起訴。釈放されましたから」

「あれは、わたしも気になっていた。伴野辰治が、ＢＳＥに侵された牛の肉骨粉を隠し持っていなければいいんだが」

「顔認証システムをフル稼働させます。人間には限界がありますが、クロノは大丈夫ですので」

「頼む。すまないが、追跡班の力を貸してもらえないか。刀根優介に本郷警視のビデオレターを見せたところ、大きく心を動かされた印象を受けたんだよ。また、昨夜もいいタイミングで母親が見舞いに来てくれたんだ。差し入れを持ってな。あとひと押しだと思う。病室での取り調べに、立ち会ってもらえないか」

昔ながらの情に訴える手法が、奏功《そうこう》してくれれば多少なりとも苦労が報われる。とはいえ、冴子は伊都美を同席させたくなかった。

「本郷警視は、無理です」

「片桐巡査長。わたくしは……」

「これ以上、素顔を曝すのは危険です。二人はどうですか」

千紘と春菜にも意見を求めた。

「反対です」

「右に同じ」

「そういうわけですので、わたしと喜多川巡査が立ち会います。たまたまなのですが、明日は刀根優介の誕生日なんですよ。行くなら明日ですね」

「明日が誕生日なのか？」

怪訝《けげん》な顔の仲村に、千紘が顎をあげて答えた。

「はい。刀根の誕生日は、明日です。情に訴えるのであれば、徹した方がいいんじゃないですか」

「まかせる。明日の午前中だ」

「わかりました」

　明日の夜は、ひさしぶりに親友の渡辺茉林が江東区の実家に来る。相談事が気になるものの、それよりも喜びの方が大きかった。

6

「こんにちは、刀根優介さん。今回は〈TO皮革〉の商品を、大量にお買い求めいただきまして、ありがとうございました」

　伊都美のお見舞いビデオレターを、冴子は優介の病室で一緒に観ていた。扉の近くには、仲村課長が控えている。伊都美と千紘は、本庁の部署でクロノとともに伴野夫妻を探しているので同席していない。春菜は、仲村の若い相棒と廊下で待っていた。

「お怪我をなさったと聞きましたが、大丈夫ですか。一度しかお目にかかったことのないわたくしなどが、お見舞いなどおこがましいと思うのですが……具合はいかがでしょうか、大丈夫ですか。面会謝絶と伺い、こういう形になりました。退院してお元気になられたら、ランチをいたしましょう。約束ですよ」

小指を立てて指切りの仕草で終えた。内容や細かい点までも、すべて伊都美本人が考えたものだ。

(やっぱり、本郷警視は罪作りな女かもしれない。ほとんど演技はしていないのに、自然でありながら心を打つ映像を生み出せるとは)

演技をするのが、あたりまえになってしまった自分を顧《かえり》みている。緊張していた仲村を見たとき、新鮮な気持ちを覚えた。いつ頃からだったろう。真実の片桐冴子がどんな感じだったか、気にしなくなったのは……。

「あ、ありがとうございます。もう一度、観せていただけて嬉しいです」

優介の声で眼前のことに気持ちを戻した。彼が観るのは二回目だが、それでも感極まっている様子が窺えた。冴子は伊都美の代弁者となって、赤いチューリップの花束を花瓶に活けた。

占い好きの千紘のアドバイスであるのは言うまでもない。

「今日は、刀根さんのお誕生日だそうですね。赤いチューリップは誕生花だそうです。今朝、わざわざ届けてくださったんですよ。お預かりして、まいりました」

誕生花であるのは偽りであるうえ、花言葉は『永遠の別れ』とも聞いたが、よけいな話はしなかった。

「綺麗ですね」

優介は、唇を噛みしめてチューリップを見つめている。一筋の涙が頬を伝い落ちた。冴子はティッシュを取って渡した。

「す、すみません。こんなに心のこもった誕生日プレゼントは、初めてなので」

感激した様子で涙を拭いていたが、冴子には皮肉っぽい考えしか浮かばなかった。今までは気づかなかっただけではないだろうか。秋吉麻里への対応を見ればわかるが、飽きたら次の女というように、物と同じ扱いだったのは確かだろう。

（少ないお給料を貯めて女性が贈ったかもしれないプレゼントに、ほとんど心をとめなかっただけかもしれない）

心を動かされた理想の女性は、十七歳上の警視。真実を知らないのは幸せかもしれなかった。

「ビデオレターを観たとき、やり直すなら今しかないと思いました」

優介は言った。仲村は追跡班がビデオレターを送った後すぐに観せたのだろう。決意を秘めた目をしていた。

「話してくれる気持ちになったか」

こちらに来た仲村に、冴子は椅子を譲って立ち上がる。扉を開けると、廊下に待機していた春菜と仲村の若い相棒・愛川が入って来た。

「自分が知っていることだけですが」

とたんに警戒心を働かせる。仲村は鷹揚《おうよう》に受けた。

「それでいい。質問するから答えてくれ。まずは、鍵のことだ。あれはどこの家の鍵なんだ？　場所を知っているんじゃないのか？」

沢口美波の家の、リビングボードの上におかれていた宝石箱。その中には、最高級の大麻シンセミアと鍵が入っていた。沢口美波は、深澤将雄の交際相手だが、深澤は今も泳がせ捜査から解放されていない。

「あの鍵は」

優介は六本木の住所とマンション名を口にする。聞いたとたん、仲村の若い相棒が飛び出して行った。早急に裏付けを取らなければならない。仲村にはいちだんと気合いが入ったように思えた。無意識だろうが、両肩にぐっと力が入っている。

「『薬屋』の鍵なのか？」

仲村の問いに、優介はかすかに頷き返した。闇であたりまえのように流通している薬屋の全容が、いよいよあきらかになる、のだろうか。ボスはだれなのか。もしや……『天下人』のハンドルネームを持つ人物か。

（以前、刀根優介は、あの鍵のことを『億の金を生み出す打ち出の小槌みたいなもの』だと言っていた）

冴子は、上野和美に化けていたとき、優介が言っていたのを思い出している。ゆえに鍵の行方をかなり気にしていた。招かれざる客だった深澤将雄も然《しか》り、薬屋の鍵となれば執着ぶりも納得できた。

「はい」

答えた優介に、仲村はさらに訊いた。

「だれが薬屋の鍵を管理しているんだ。ボスがいるんだろう？」

質問の後ろには、『天下人』がちらついているように感じられた。仲村もまた、冴子と同じ疑惑をいだいているに違いない。しかし……。

「今、管理しているのは、沢口美波です」

優介は意外な言葉を返した。

「今？」

仲村は一部を問いに変える。今というのは、どういう意味なのか。過去においては違う者が、管理していたということなのか。

「はい」

優介は多くを語ろうとしなかった。いくら伊都美からのお見舞いビデオレターを観たからと言って、なにもかも自白するほどにはまだ、信頼関係を結べていない。仲村は折り畳み椅子ごと、じりっと前に出た。

「今というのは、あれか。過去においては違う人物が、鍵の管理をしていたという意味か。そういう解釈でいいのか」

「そうですね、はい、そうなると思います」

そこでまた、言葉を止める。なにかを恐れているのか。刀根興業にいたときの彼とは違っていた。できれば教えたくないようだったが、警察としてはそうはいかない。

「仮に鍵の管理者と呼ぶが、それは何カ月ごとに交代するんだ？　あるいは、年単位なのか？」

仲村は疑問を投げる。冴子にも同じ問いが浮かんでいた。

「年単位のときもあれば、数カ月のこともあります。決められていません」

肝心な部分を曖昧にしている印象を受けた。鍵の管理者を決めるのはだれなのか。その任務期間の長さは、だれによって命じられるのか。

「取り分は？」

仲村は次の疑問を振る。

「深澤将雄と沢口美波を例に取ると、かれらが十パーセントです」

ここで初めて深澤の名前を出した。おそらく沢口美波は、不在な間の管理者ではないのだろうか。優介は鍵が自分の父親に託されたかもしれないと思い、その在処《ありか》を気にしていたように思えた。

（刀根グループと口にしたのは、父親の刀根康介と優介親子、そこに田中郁弥が加わ

っていたということか）

冴子は手帳に記した。春菜も無言で書き留めている。廊下に出て行った仲村の若い相棒は、所轄に薬屋の所在を確認するよう連絡しているはずだ。マトリも調べているのは確かだろう。大きな動きが出るかもしれない。

「つまり、鍵があったのは沢口美波の家だが、鍵の管理者は深澤将雄だったわけか？」

仲村は念のための確認を取る。ひときわ力がこもっていた。

「はい」

優介は小さな声で答えた。次の質問を恐れるかのように、視線が宙を彷徨《さまよ》っている。

仲村は核心にふれた。

「ボスはだれだ？」

「………………」

返って来たのは沈黙だった。

「もう一度、訊く。ボスはだれだ？」

天下人。

冴子は心の中で答えた。半グレをまとめた人物であり、一大勢力に育てあげようとしている気配が感じられた。三月の事件では、身代わりと思しき男が逮捕、起訴されている。どうにか起訴はできたものの、棄却《ききゃく》されて軽い罪を申し渡されるかもしれなかった。

「刀根」

仲村は辛抱強く語りかける。

「ここまで話したんだ。鍵の管理者の取り分は、十パーセント。九十パーセントをだれかが取るうえ、最悪の場合は服役しなければならなくなる。すべての罪を負わされてな。あまりにも理不尽な話じゃないか。割に合わないだろう?」

いいえ、と、冴子はふたたび心の中で答えた。

(割に合う話なんだと思います。月単位か年単位かはわからないけれど、仮に月に一億儲かれば、鍵の管理者には一千万入る話ですから)

何人かのグループ単位で割り当てられる非常においしい儲け話だ。冴子は、優介と深澤将雄の会話をまた、思い出している。

〝親父は取調中ですよ。うちは人身御供というか、すでにノルマは果たしました。ボスは納得しているはずです。深澤さんは深澤さんで、やってください。おれだったら出頭して、牛の先生についての情報を教えますけどね〟

突き放した言い方だったが、金を与えてやっただけ、ましなのかもしれない。今回の自白で優介の自宅や事務所には、警察の家宅捜索が入るだろう。麻薬や帳簿に載っていない大金などが見つかれば、刑が確定する。

「話せることは話しました」

と、優介は一方的に終わらせた。あとは話す気持ちがないと目で告げていた。仲村は手帳を閉じて立ち上がる。

「話す気になったら、いつでも呼んでくれ」

一緒に出て行きかけた冴子は、春菜の耳元に囁いた。

「監視役として残って」

頑《かたく》なまでの態度や、射るような眼差しが引っかかっている。自死の危険性を感じていた。了解と小声で答えた春菜を置いて、冴子は病室を出た。

「急な話だが、午後から薬屋の家宅捜索だ」

仲村は携帯を見ながら言った。相棒の愛川が本庁の上司に連絡して、すみやかに裁判所へ捜索願いの届けが出されたに違いない。マトリも加わるのは、おそらく間違いなかった。

「ボスには行き着かないかもしれないが、薬屋を摘発できるだけでも大きな一歩になるだろう。うまくいくと顧客名簿があるかもしれない。詐欺事案と重なることも考えられるからな。捜索に加わってほしいんだが」

「わかりました。ですが、今日は」

そう言いかけたが、仕草で止められた。

「夜までには解放するよ」

「お願いします」

親友の渡辺茉林が冴子の実家に来る。暗く重い事件が多い中にあって、ほんのわずかだが、二十三歳の女性らしい一時《ひととき》を持てる。

夜まではと、冴子は集中力を高めた。

第５章　薬屋

1

午前中は曇っていたが、午後は五月晴れになった。

追跡班は、二台の面パトに分乗して、刀根優介が自白した六本木のマンションの家宅捜索現場に向かっている。優介の取り調べに立ち会った後、いったん本庁に戻って簡単な会議を行い、出発したのだった。

「追跡班。現場に向かっているか」

無線から仲村の声がひびいた。

「はい。今、本庁を出たところです」

冴子は運転しながら答えた。助手席には伊都美が座り、後ろには千紘と春菜の面パトが続いている。

「あらためて言うまでもないことだと思うが、家宅捜索にはマトリも加わる。かなりの人数になるだろう。だが、今日は素顔だからな。気苦労がない分、楽だよ」

冗談まじりに言って終わらせた。警視庁だけでなく、マトリにとっても大きな動きが出るかもしれない捜索だ。ともすれば肩に力が入りすぎたりしかねない。仲村なりに気遣《きづか》ってくれたように思えた。

冴子は無言で運転し続けたが、

「片桐巡査長たちは、なにも訊かないんですね」

伊都美がぽつりと言った。マトリの男・赤坂大樹を指しているのは言うまでもないだろう。

「訊いた方がいいですか」

率直な問いを投げた。

「いえ、なんというのか、その」

言い淀《よど》みつつ、続けた。

「赤坂大樹さんとは、五年ほど前に交際したことがあるのです。知り合いのパーティでお目にかかって……でも、わたくしの父が、所轄の署長を務めたこともある警察官だったとわかった後すぐに」

別れたのです、と小さな声で告げた。本郷署長は、数々の手柄をたてた優秀な警察官であり、今ではレジェンドと言われるほどの存在だ。赤坂はおそらく知らずに交際したのではないだろうか。

（あの父親ではね）

冴子は一度しか会ったことはないが、隠退してなお居丈高《いたけだか》な上から目線の言動だったのを思い出していた。伊都美が頼りない点や自己肯定感《こうていかん》が低いところは、支配的な父親の影響だと断言できる。

赤坂と別れた後は、よけいその傾向が強くなったことも考えられた。

「なに、それ。だらしない男」

代弁するような千紘の声が、チビクロから流れた。私的な会話のときは、無線機を使用しないことにしていた。

「交際相手の父親に、恐れをなして別れるなんて考えられません。『おれと一緒になろう』って、強引に家出させるぐらいの男じゃないと駄目ですよ。本郷警視の家は、江戸時代かと思うぐらいの旧《ふる》さですからね」

「そう、でしょうか？」

ルームミラーに向けられた疑問の目を受ける。

「はい。ひとつ気になっているのは、刀根優介です。マトリの赤坂捜査官に似ているなと思いました。まったく意識しませんでしたか」

「え」

「片桐巡査長、踏み込み過ぎ」

すかさず千紘が割って入る。

「すみませんでした。わたしは、似ているように……」

言い訳に携帯のヴァイブレーションが重なる。冴子は上着のポケットから出して相手を素早く確認した。

「茉林」

昼間、電話をして来るのは初めてだ。今夜の集まりに関係する連絡かもしれない。すぐに携帯を伊都美に渡した。

「すみません、本郷警視。代わりに受けていただけますか。スピーカーホンにしていただけると助かります」

「はい」

伊都美が受け、スピーカーホンにする。

「冴子？」

「そう。なにかあった？」

「ごめん。夜に急ぎの仕事が入っちゃってさ。今夜のお喋り会、楽しみにしてたんだけど、行けなくなっちゃった」

「それは残念。急ぎの仕事って、盆栽関係の仕事なの？」

運転しながらも訊き返したのは、名残惜しかったからだ。指折り待っていた親友との楽しい時間が中止になったなら、せめて少しでも長く話していたい。そんな気持ちがあった。

「あ、うん。先月、盆栽展を開催したらさ、思いのほか好評だったんで、急遽、第二弾をやることになったらしいんだよね。あたしの盆栽も出品されるんだ。それで盆栽の手入れや準備をしなきゃいけなくて」

「わかった。仕事じゃ仕方ないよ」

「本当にごめんね。千紘と春菜にもよろしく」

「了解」

切ってくださいと目顔で告げた。伊都美は電話を切って、ルームミラー越しに問いかけの眼差しを向ける。

「なんですか」

質問内容は、だいたいわかっていたが促した。

「お友達は、盆栽屋さんにお勤めなんですか」

案の定という感じの問いが出る。

「はい。大宮の盆栽業者に勤めています。彼女——渡辺茉林というんですが、父親は数年前まで、埼玉県の農業試験場に勤務していたんですよ。種子の厳しい審査指導を行う原種査証の資格を持つ職員だったんです。そういった関係からなのか、彼女は昔から植物女子でした」

「すごい！」

伊都美は珍しく大声をあげた。

「わたくしの憧れの職業です。羨ましいというか、素晴らしい方ですね。原種査証の資格は、簡単に与えられるものではありません。日本の食を守るとても重要なお仕事ですから、当然と言えば当然なのですが」

興奮気味の話を、チビクロで聞いていたに違いない。

「へえ。茉林のお父さん、そんなに偉い人なんだ。知らなかったよ」

千紘が割り込んでくる。

「偉い方です。たとえば、そう、お米ですが、開花と同時に自家受粉してしまうのです。それを避けるために、花が開花する直前にピンセットで雄しべを取り除き、開花した後に交配したい品種、これは寒冷地であれば冷害に強い品種になりますが、そういった品種の雄しべから受粉させて、新しい品種を作り上げていくのですよ」

息継ぎもしないで一気に告げた。

「『すごい！』と、わたしも本郷警視を称賛します。水を差すようで恐縮ですが、息継ぎは忘れないようにした方がいいですよ。酸素不足になって倒れたりしますから」

冴子は言った。

「ご助言、ありがとうございます。気をつけます。渡辺茉林さんのお父上ですが、今はなにをしていらっしゃるのですか」

どうしても気になるらしい。植物や生物関係の話になると、あきらかに目の輝きが違ってくる。

「今は〈列島農林社〉というタネを扱う会社にお勤めしています。日本だけでなく、世界中のタネを仕入れて、野菜や草花の新種を生み出しているみたいですよ」

「そそられます。主要農作物種子法は、二〇一八年四月一日に廃止されましたが、どうも問題が起きているようです。安い野菜や果物、花を生産するためには、安くて良質のタネを仕入れられるのが必須条件だと、わたくしは思うのですが」

助言どおり、時々息継ぎしながら話していた。こういうところが、じつに素直で可愛らしいと思ってしまう。

「同感です。それにしても、本郷警視は本当にすごいですね。BSEの説明のときも驚きましたし、感心しましたが、生き物や植物のことに精通していらっしゃるんですね」

「いえ、わたくしなど……なにもできません。片桐巡査長たちが、いとも簡単にこなすのを見るたび、落ち込む日々です。三人ともすごいですが、特に片桐巡査長は完璧じゃないですか」

「完璧？」

冴子は皮肉っぽく唇をゆがめた。

「そんな人間、世界中、探してもいませんよ。本郷警視のお父上は、レジェンドと呼ばれる元警察官ですが、いかがでしたか。なにひとつ、欠点はありませんか」

「ない、ように思います」

「朝起きるのが苦手、妻がいるのに浮気、暴言、パワハラ、モラハラ。当てはまる欠点はないですか」

「……一番はじめ以外は、すべて当てはまります」

「ですよねえ」

と、ふたたびチビクロから千紘の声が流れた。

「あたしたちだって、欠点だらけですよ。喜多川巡査は無口でなに考えているのかわからないでしょう。いきなり拳《こぶし》が飛んで来るんじゃないかって、ドキドキするときがあります」

「そのドキドキを楽しんでいたりして」

今度は春菜が言った。

「小野巡査の私服は、趣味が悪いことこのうえないし」

「んもう。だから、仕事では制服を着ているんじゃないさ。こんなセンスの悪い服、本当は着るのいやなんだけど」

「よくお似合いですよ、小野巡査。とても魅力的だと思います。警察官になりたい方々の憧れになりますからね。制服はやめないでほしいです」

伊都美は受けて、ルームミラー越しに冴子を見やる。

「やはり、片桐巡査長は完璧なのですね。わたくしよりも、一回り以上、お若いのに老成《ろうせい》した賢人のようです」

「小野巡査が言ったように、わたしも欠点だらけです。そのうち、わかりますよ」

冴子は言い、面パトのスピードを落とした。目的のマンション手前で駐車場に車を入れる。マトリとの共同捜査の始まりだった。

2

刀根優介が教えた『薬屋』は、六本木の一角に建つ十一階建ての高級マンションにあった。総戸数は百戸ほどだろうか。玄関はもちろんのこと、非常階段や駐車場に続く裏口には、警視庁とマトリ、さらに所轄の私服警官が配されている。俗に言うところの、アリの這《は》い出る隙もない物々しさだった。

「仲村課長」

冴子たちは、駐車場で仲村コンビと落ち合った。

「おう、来たか」

「どんな様子ですか」

上階を目で指した。ぬけるような五月の青空と太陽が眩《まぶ》しくて、思わず目を細めた。

「現場は最上階のようだ。うちの組織犯罪対策課とマトリが、すでに家宅捜索を始めている。人数が多いらしいんでな。現場が落ち着くのを少し待っているわけだ」

警視庁の組織犯罪対策課は、暴力団対策課に加えて、生活安全部の銃器対策課、薬物対策課などの部署を独立、統合させたうえ、公安などからの人員も加えて総勢一千人弱という巨大な部署になっている。さながら足の踏み場もないほどの混《こ》み具合ではないだろうか。

「刀根優介には、監視役がついていますよね」

念のための確認を取る。思い詰めたような表情が、ずっと引っかかっていた。伊都美を含む追跡班の三人は、マンションの玄関前に行っていた。捜索の状況を聞いているに違いない。

「ああ。病室にひとり、扉の外にひとり、監視役がいるはずだ。早ければ明日には退院になると聞いたが、片桐巡査長はなにがそんなに気になるんだ?」

「深澤将雄が事務所に来たとき、刀根優介が告げた言葉です」

冴子は手帳を開いて読みあげた。

〝親父は取調中ですよ。うちは人身御供というか、すでにノルマは果たしました。ボスは納得しているはずです。深澤さんは深澤さんで、やってください。おれだったら出頭して、牛の先生についての情報を教えますけどね〟

目をあげて、続ける。

「だれかが犠牲になれば、そのグループは厳罰、つまり、処分されなくて済むんじゃないでしょうか。ですが今回、刀根優介は薬屋の場所を自白しました。当然、情報はボスに伝わっているでしょう」

処分は言うまでもない、残虐な死の刑罰だ。

「つまり、父親の刀根康介か、刀根優介自身が命を差し出さなければならない、か？」

仲村は継いだ言葉を問いに変えた。

「はい」

刀根グループには、田中郁弥も含まれるが、罪のなすりあいといった感じに思えた。郁弥は刀根親子のために、自分の命を差し出したりはしないだろう。そういった様子から数に入れていなかった。

「そうなると、父親の刀根康介も危ないな。年齢のことを考えれば、息子のためにおれの命を、となるかもしれない」

「刀根康介は、たとえ血をわけた息子であろうとも、自分の命を差し出すタイプには見えません。断定はできませんが、可能性としては低いように思います」

「そうか？」

答えて電話を受けた。二言、三言、話して終わらせる。

「深澤将雄が自首したそうだ。逃走資金が尽きたんだろう」

「あるいは、刀根優介が薬屋の所在地を自白した件について、どこかから話が入ったのかもしれません。で、自分は安全だと思い、出頭した」

「なるほど」

と、仲村の横で頷いたのは、若い相棒の愛川だった。生真面目にメモしている。仲村が苦笑しながら呟いた。

「こいつは、片桐巡査長のファンなんだよ。説明がわかりやすくて、なおかつ鋭い推測を……」

「仲村課長、片桐巡査長」

伊都美に呼ばれて、冴子は仲村コンビと玄関に走った。エントランスホールでは、二基、設けられたエレベーターの一基から、四人の捜査員と五人の白衣姿の被疑者と思《おぼ》しき者たちが出て来る。薬剤師の免許を持っているのではないだろうか。ごく普通の住宅用マンションのエントランスホールでは、白衣姿に違和感を覚えずにいられなかった。

「薬剤師を雇っていたわけか」

呟いた仲村たちと一緒に、入れ替わるようにしてエレベーターに乗る。春菜が先に乗り、ボタンを押して全員が乗るのを待っていた。

「これで薬屋の全容が、あきらかになるな」

仲村は手袋を着け、靴カバーを用意していた。冴子たちも右へ倣《なら》えで頭のカバーも着ける。十一階のエレベーターホールでは、一階へ行く十人ほどの捜査員が、段ボール箱を抱えて待っていた。

春菜が先に降りて、冴子たちが降りるのを待ち、続いて段ボールチームが乗り込むのを手伝った。問題の薬屋は、東南の角部屋。ふたたび薬剤師のグループが、警察官に連れられてこちらに来た。冴子たちは通路の端に寄って、かれらが通り過ぎて行くのをやり過ごした。

十人の薬剤師が、常駐していたようだ。交代要員も入れると、さらに五、六人、増えるかもしれない。

冴子は出入り口で靴カバーを着けて中に入る。その後に仲村コンビと伊都美を含む三人が続いた。

「これは」

家宅捜索に慣れている冴子も、さすがに絶句した。

ゆったりした造りの3LDKだったが、リビングルームはまさに製薬会社の研究室のような感じになっている。整然と並べられたステンレス製の調理台の上には、袋詰めにされた『商品』が、百円ショップで見る高さ十五センチほどのバスケットにきちんと入れられていた。おそらく大麻や危険ドラッグではないだろうか。袋には名前や住所も記されていた。さらにベランダに面した南側の二部屋と、玄関脇のひと部屋は大麻の栽培室と調合室らしく、壁には漢方薬局で見るような薬棚が設置されており、大きな瓶に入った乾燥大麻らしきものが薬棚の上に並べられている。ここでも調合するのか、ステンレス製の調理台と思しきものが置かれていた。

そして、南側のひと部屋とベランダは、大麻の栽培室になっており、広々としたベランダは透明な屋根付きのサンルームにリフォームされていた。大麻を育てるのには絶好の環境といえた。

「どうも」

マトリの田宮課長が奥の部屋から出て来た。相棒の赤坂大樹も一緒で、短い挨拶をかわした。

「こんなものまで、ありましたよ」

田宮が差し出したのは、薬名が書かれた箱だった。中には、薬瓶がぎっしり詰め込まれていた。

「『ハーボニー』ですか」

　仲村が驚きの表情になる。C型肝炎剤の『ハーボニー』は、ひと瓶の薬価が百五十万円相当になる。二十瓶ほど詰め込まれていることから、ひと箱で軽く三千万円ぐらいになるだろう。

「こっちは偽造医薬品です」

　赤坂が開けた箱には、ドラッグストアで普通に見る薬があふれんばかりに入れられていた。正規品を偽造しているが、中身がなにかはわからず、そういう意味では危険ドラッグとなんら変わりないものだ。

「まさに薬屋ですな」

　仲村は、開いた口が塞がらないという感じがした。冴子たちは手分けして、押収品を段ボールに入れていく。名簿も見つかり、口にするのが憚《はばか》られるような有名人の名前も見えた。

「あ」

　冴子は手を挙げて、さがる。クロノからの連絡だった。

「伴野辰治と思われる個体を発見しました。場所は栃木県、畜産農家の防犯カメラに映っていました」

心なしか、声が弾《はず》んでいるように感じられた。個体と表現したあたりにAIらしさが浮かび上がっていたが、人工知能も嬉しさを覚えるのだろうか。

仲村も連絡を受けたに違いない。別の部屋から冴子のところに来た。

「引っかかったな」

「はい。ですが、昨夜の映像ですので」

あまり期待しない方がいいのではないかと暗にほのめかした。しかし、これで伴野の足取りを追えるかもしれない。

『静かな毒《サイレント・ポイズン》』のテロを食い止められるか。

(防いでみせる!)

緊張感が高まるのを止められなかった。

3

関東近県には、畜産団地と呼ばれる区域がある。

敷地内には、いくつもの牛舎が立ち並び、各県では約二千頭の牛が飼われていた。豚舎も設けられているが、今回、盗まれたのは牛舎にいた仔牛だった。昼間はスタッフがいるものの、夜はほぼ無人で、犯人からすれば盗み放題という状況になっている。

「悔しいですよ。先月、仔牛を二頭、盗まれましてね。すぐに防犯カメラを取り付けたんです」

畜産農家の社長は言った。年は五十前後、先代の後を継ぎ、半世紀もの長きにわたって牛の繁殖を手がけてきたと説明されていた。

「夜も見廻《みまわ》りをしていたんですが、とにかく人手不足でして……思うようには見張れません。疲れがたまってしまい、休んだその夜にやられました。連中は毎晩、様子を見に来ていたんですかね」

と、唇を噛みしめる。時刻はすでに午後八時近くになっており、牛舎が立ち並ぶ区域は深い闇に覆われていた。

「他の畜産農家さんの牛舎も、被害に遭ったと聞きましたが」

冴子は問いを投げる。隣には伊都美が立ち、他の二人は周辺の様子を調べていた。到着した時点で県警から話を聞いていたので、確認の質問になっていた。仲村コンビは薬屋の捜索現場から抜けられず、来たのは追跡班だけだった。

「はい。うちを入れて三カ所のファームから、六頭が盗まれました。すべて生後四週間ほどの黒毛和牛の仔牛です。うちの二頭もそうでした」

伴野辰治が現れるところ黒毛和牛あり、だろうか。三人組で盗んだらしいが、出くわさなかったのは幸いに思えた。下手をすれば抵抗されて社長は怪我をしたかもしれない。

「仔牛の体重は、何キロぐらいなのですか」

参考のために訊いた。

「五十キロぐらいですね。ご覧になるとおわかりのように、牛舎は風通しをよくする造りですから、忍び込むのも簡単です」

そう言いながら牛舎を見やる。思い出すたび、やり場のない怒りがこみ上げるのか、大きな吐息が必ず出た。

「ありがとうございました。また、なにか思い出したことがありましたら、何時でもかまいません。連絡してください」

一礼して、伊都美とともに県警のバンに向かった。先に乗り込んでいた千紘と春菜に加わって、担当警察官の話を聞くことになっていた。冴子と伊都美は真ん中の座席、真ん中にいた千紘たちは後ろの座席に移る。

「防犯カメラの映像です」

運転席の係長が、パソコンの画面をこちらに向けた。助手席には相棒と思しき二十代後半の若手が座っている。よくあることだが、追跡班に興味津々という目を向けていた。なかでも現代の魔術で若くなった伊都美が気になるのか。四人を行き来した視線が、最後は警視で止まったままになっていた。

「痛々しいですね」

伊都美は眉をひそめる。パソコンには、仔牛を逆さ吊りにした二人組が、闇にまぎれて運ぶ様子が映し出されていた。さして長くない映像だが、手慣れた様子なのが見て取れる。近くに停めてあった十人乗りぐらいの大型のバンに、投げ込むようにして仔牛を載せた。

「次」

不意に春菜が言った。すでに見ていたのだろう。大型のバンの運転席から降りて、防犯カメラに近づいて来た男が、にやりと不敵に笑った。

「伴野辰治」

冴子は呟いた。まるで「ほら、おれだよ。ここにいるぜ。捕まえてみろよ」と言うように、ふてぶてしい笑みを浮かべている。警察に対する挑戦なのはあきらかだった。

「止めてください」

ふたたび春菜が言い、身を乗り出した。係長は急いで画面を止める。

「防犯カメラに向かって、なにか言っているように見えるんです」

指さしていたが、防犯カメラの映像のうえ、夜間とあって昼間よりも不鮮明だった。

読唇術を用いて読もうとしたが、わからない。

「画像処理を施したうえで、確認してみます。警察を罵倒する言葉かもしれませんが、犯行声明の可能性もありますので」

冴子の言葉を聞き、係長と若手は神妙な顔で頷き返した。伴野辰治が非常に危険な存在になったことは、県警にも伝わっているようだ。

「盗まれた仔牛の耳には、個体の識別番号が付いていますよね」

冴子は話を変える。

「もちろん付いています。正規の売買はできませんが、SNSを通じて売買や手口が広がっているんでしょう。我々は複数のグループによる闇の売買ルートがあると考えています」

SNS、複数のグループ、闇の売買ルートという言葉が、いやでも『天下人』を想起させる。ざわつく気持ちを抑えつけた。

「他の畜産農家では、子豚も盗まれたと聞きましたが」

さらに話を進める。

「はい。いずれもユニット型と言われる高さ六十センチの枠に囲まれた簡易型の豚舎からです。こんな感じですね」

係長は素早くパソコンの画面を変えた。盗まれたとき、防犯カメラは設置されていなかったのだろう。映し出されたのは親豚がいる豚舎だった。

「子豚に関連する先月の累計《るいけい》は、約四百匹になります。五カ所の畜産農家が、被害に遭いました。豚は危険を察知すると鳴いて騒ぐらしいんですよ。おまけに脚も短いので逆さ吊りにしにくいのだと思います。騒がれたんでしょうね。子豚の血痕が落ちていた現場もありました」

　また操作して、その現場を出した。道路に血の痕が確認できることから、犯人はナイフを所持していたのかもしれない。冴子の危惧《きぐ》を証明するような映像だった。

「生産者には注意を呼びかけています。怪しい人影を見たときには、まず警察に知らせてほしいとお願いしました」

　係長も警告したことを告げた。

「子豚は、自分たちで食べるのが目的なのでしょうか」

　冴子の後ろから千紘が問いを投げた。

「いや、県の養豚協会の会長に伺ったんですが、首を傾げていましたよ。食卓に行くような豚と違い、子豚には食べる肉がそんなにないそうです。盗んで別の養豚場、これは近隣のアジア諸国を指しているんじゃないかと言っていましたが、売買目的ではないだろうかとのことでした」

「一番心配なのは、豚熱――ＣＳＦなどの伝染病ですね。生産者の方々は、豚舎への立ち入りは極力制限して、衛生面での管理や警戒を続けてきたはずです。それが、こんな乱暴なやり方で豚舎に忍び込まれたら、どうなるか。ウイルスが蔓延《まんえん》する可能性もあります。畜産農家は、壊滅的なダメージを受けるかもしれません」

伊都美が推測まじりの感想を述べると、係長は驚いたように目をみひらいた。

「お詳しいですね」

「本郷警視は、大学で生物学を専攻していらっしゃいました。勉強熱心な方なので、生物だけでなく、植物にも精通しておられます。わたしたちは非常に頼もしく思っているんですよ」

冴子の称賛に、伊都美は恥ずかしそうに俯いて頭を振る。わたくしなどと、心の中で呟いているのかもしれなかった。

「え、警視なんですか」

若手が間の抜けた疑問を口にする。自分と同い年ぐらいだと思い、見惚れていたのではないだろうか。馬鹿というように、係長が軽く相棒の額を小突いた。

「最初にご紹介いただいただろう。警視庁の本郷警視だよ」

「す、すみませんでした！」

中腰になって一礼する。淡い恋心が消えた瞬間かもしれない。本庁の警視を口説《くど》く勇気はなさそうに思えた。

「伴野辰治の行方は、Nシステムで追っていますよね」

冴子は話を戻した。各所に取り付けられたカメラで、車種や色、ナンバーなどを確認し、犯人の足取りを追うことができる。とはいえ、追えるのは車の行方だけであって、伴野が途中で降りたら、そこからは町中に設置された防犯カメラの映像を精査するしかなかった。

　根気のいる仕事だったが、追跡班には疲れを知らないクロノがいる。

「追っています。そろそろ判明する頃だと思うんですが、まだ連絡は来ませんね。少し時間がかかりすぎているような気がします」

　係長は携帯を確認していた。女性だけの班なので軽く見られることも多いが、比較的、協力姿勢を示しているようだった。

「うちも調べ始めています。ＡＩの得意分野ですので」

　冴子の言葉を受けて、伊都美がバッグからクロノの端末を取り出した。若手が目を輝かせる。

「それが噂のチビクロですか。本庁の部署には、一千万円とも言われるヒト型ロボットがいると聞きました。一度でいいから会ってみたいです」

「嬉しいです。わたしもお目にかかりたいです」

　チビクロが答えた。

「今のは？」

　若手は驚き、信じられないという顔になる。

「はい、わたしはクロノです。会ってみたいとおっしゃるのはすなわち、わたしに興味があるということになりますから、嬉しくなりました」

ふたたびクロノが答えると、これ以上できないほど目を丸くした。

「すごいですね。『ノストラダムスの大予言』は、結局、当たりませんでしたが、その代わりに今度は人工知能、要するにＡＩですね。人工知能が人間を追い越すとされる、ええと、なんだったかな」

「シンギュラリティーですか」

冴子は、さらりと助け船を出した。

「そう、それです。シンギュラリティーは、ノストラダムスの現代版らしいですよね。宗教的な要素は薄まっても、ノストラダムスが広まった構造はさほど変わっていないと、新聞で読みました」

「へえ、新聞、読むのか」

係長は揶揄するように言った後、

「お。伴野辰治たちの車が、発見されたらしいです。ああ、映ってるな。伴野は大型のバンを降りた後、軽自動車に乗り換えたようですね。仲間の二人とは、ここで別れたんでしょう」

パソコンの画面を切り替えた。Ｎシステムから町中の防犯カメラの映像になったのだろう。四台程度しか停められない小さな駐車場に、伴野は白っぽい軽自動車を停めておいたようだ。運転席に乗り込み、スタートさせた場面が確認できた。

「あれ、おかしいな。軽自動車に乗り換えたところまでは連絡が来たんですが、そこから先の映像がありませんね。ちょっと待ってください。確認してみます」

すぐに携帯で連絡したが、腑《ふ》に落ちない様子で終わらせた。

「どうもよくわからないのですが、この白っぽい軽自動車は途中で消えたと言っています。Ｎシステムや防犯カメラに映っていないと」

「空を飛んだか」

春菜が笑った。

「いや、わたしも変だと思います。軽とはいえ、自動車が一台、簡単に消えるわけがありませんからね。署に帰って調べてみますよ。いずれにしても、大型のバンは隣県に移動しました。越境捜査になりますので上司の許可を……」

「本庁や所轄、越境捜査といった概念は、追跡班には存在しません」

チビクロが遮るように言った。

「いつでも、どこでも、自由自在に動いて犯人を逮捕します。それが我々の使命です」

「ごもっとも」

春菜の言葉を、千紘が継いだ。

「だんだん片桐巡査長に似てくるんですよ。可愛げがないというか。ひとりだけでも、持て余し気味なのに」

「小野巡査。正直すぎます」

冴子は笑いながら注意する。

「伴野辰治が乗り換えた軽自動車は、うちでも調べてみます。Nシステムや防犯カメラの死角に移動しただけかもしれませんから」

ヴァイブレーションした携帯を確認する。メールではなく、電話なのは緊急事態だからだろう。失礼と言い置いて、車外に出た。

「はい。片桐です」

苦手な相手なので、よそよそしい受け答えになった。

「渡辺茉林が、事故に遭った」

佐古光晴からの知らせだった。

「え？」

冴子は、しばし絶句する。

告げられた言葉が、耳と心を通り抜けていった。

4

黒いライトバンからマネキンのような物体が落ちた。

後ろを走っていたタクシーは、慌ててハンドルを切る。ほとんど同時にブレーキを踏んでいた。併走していた車も、とっさに同じ行動を取ったのだろう。右の一台は中央分離帯に乗り上げ、左の一台は歩道のガードレールに激突して停まる。タクシーの後ろを走っていた車もまた、急ブレーキを踏んでいた。

京葉道路に投げ出されたのは、マネキンではなく……親友の渡辺茉林だった。

タクシーのドライブレコーダーの映像を、冴子は繰り返し観ている。

「…………」

千紘や春菜と病院の待合室で、手術の終了と茉林の母親——渡辺由加《ゆか》の到着を待っていた。通報者であり、怪我人の救護者ともなった佐古光晴が、いち早く彼女の自宅に連絡し、事故の様子を知らせていた。

「遅いね、茉林のお母さん」

千紘が呟いた。幼子《おさなご》のように心細げな表情をしている。父親の渡辺日明《あきら》は、ヨーロッパに海外出張中だったため、かろうじて連絡はついたものの、すぐには飛行機のチケットが取れず、日本へ戻るのに少し時間がかかると聞いていた。

「大丈夫かな、渡辺さん。無事に戻って来られるかな」

「千紘」

冴子は強い口調で窘《たしな》めた。不吉なことを言うんじゃないと、表情でも告げている。

ざわざわと胸にいやな思いが湧いていた。

「でも……お母さん、どうしたんだろ。遅いよね」

千紘は消えない不安を言動で示している。

「茉林の弟と妹を、親戚に預けてから来ると言っていたから」

春菜が答えた。

「一緒に連れて来ればいいんだっ、茉林が待ってるのに！」

冴子は思わず声を荒《あら》らげた。

「…………」

一瞬、待合室は静まり返る。

「……腰を、ぬかしそうになりました」

伊都美がぽつりと呟いた。笑える場面ではないのに、だれからともなく、苦笑が滲んだ。千紘の言葉であれば、笑いを取ろうとしたと思ったかもしれないが、伊都美だったため、素直に受け入れられた。

春菜は冴子の右手を、さりげなく握り締める。

「その癖」

爪を噛む悪い癖が出ていた。冴子と茉林は家族構成が同じであることから、一番、親《ちか》しい存在だったのは確かだろう。伊都美はなにをどうしたらよいかわからず、右往左往するばかり。千紘は涙が止まらない状態の中にあって、比較的、春菜は落ち着いているようだった。

「なぜ、弟妹は一緒に来ないのか」

投げられた問いに、冴子は胸を突かれた。春菜はときに双子と思えるほど似た考え方をする。冴子は狼狽えるあまり、いつもの鋭い推理力が働かなくなっていた。

「なにか起きているから？」

自問まじりに訊いた。すでに茉林は不可解な事故に遭っている。不用意に弟妹を同道すると、拉致や監禁、あるいは傷つけられる懸念《けねん》があることから、母親は親戚に弟妹を預けたのではないか。

「その可能性は……来た」

春菜がいち早く反応する。母親の渡辺由加を案内して来た佐古が、目顔で伊都美を呼んだ。冴子はそれを横目で見ながら由加に歩み寄る。

「渡辺さん」

「茉林は？」

訊《たず》ねる声が震えていた。年は夫の渡辺日明と同じ五十歳。線の細い華奢《きゃしゃ》な女性で、少女のような頼りなさがある。茉林は小学生のときから自然と母親を助けて、弟妹たちの面倒を見る役目を担《にな》っていた。

「手術中です。頭蓋骨骨折の重傷で」

冴子は言った。

「今夜、わたしの実家に来て泊まる予定でした。でも、行けなくなったという連絡が来たんです。午後の、確か」

急いで携帯を確認する。

「一時五分でした」

「知っています。ひさしぶりに三人に逢うんだと、それはそれは楽しそうに、電話をしてきましたから」

あぁ、と、由加は両手で顔を覆った。

「なぜ、こんなことに」

倒れそうな様子の母親を、冴子は待合室のソファに座らせた。動揺が激しくて、すぐには話が聞けないと思い、冴子が右隣、千紘と春菜の二人は左隣に、それぞれ浅く腰掛けた。

「ごめんなさいね、冴ちゃん。チィちゃんと春ちゃんにまで、心配かけてしまって。忙しいでしょうに」

　ようやく昔の呼び方が出る。

「気にしないでください」

　少し落ち着いたように思えて、冴子は切り出した。

「警察官の業と言いますか。つまらないことが気になるんです。渡辺さんは、なにかトラブルに巻き込まれていましたか」

　冴子の問いには、父親にトラブルがあったのではないかという疑問が込められていた。その含みに気づいたのだろう。由加は、はっとしたように目をあげる。

「いえ、あの」

　言い淀《よど》むその目が、宙を泳いでいた。ふたたび他人行儀な感じに戻ってしまったが、細かいことは気にしていられなかった。

「いかがですか。渡辺さんの身辺で不審な出来事、自宅や会社への無言電話や脅迫状などが、届いたことはありませんか。だれかに尾行された、怪しい人物が自宅に来た等々、なんでもかまいません。気になったことがあれば教えてください」

　冴子の質問に、由加は小さく頭を振る。

「思い当たることはありません。事故じゃないんですか、事故だと聞きましたけど」

問い返す眸《め》が、相変わらず、落ち着きなく揺れていた。言いたいのだけれど言えない、そんな印象を受けた。

「断定はできませんが」

答えようとした冴子を、

「冴子」

春菜が小声で制した。現時点で推測を口にするのは、早計すぎると思ったに違いない。

わかったと、冴子は小さく頷いた。

「事故に遭った場所が、引っかかっているだけです。渡辺さんは、飛行機のチケット、取れたんですか」

渡辺の状況を確かめる。一家の主がいないと困るのは言うまでもないことだ。由加だけでは、とうてい対応できないだろう。

「まだ、だと思います。取れたら連絡をすると言っていましたから」

バッグから携帯を取り出そうとして、落とした。声だけでなく、手も震えてしまい、顔面蒼白《そうはく》だった。冴子は携帯を拾って、由加の両手に持たせた。

「あ、ありがとう、冴ちゃん」

もう一度、懐かしい呼び方になる。小学生のときの呼び方が、せつなく胸にひびいた。冴子と千紘、そして春菜の家は、親子関係がしっくりきていなかったが、渡辺家だけは普通の家庭であり、居心地がよかったことから、三人はよく遊びに行った憶えがある。多少、頼りなげではあったものの、由加はやさしくて、冴子は彼女の裡《なか》に理想の母親像を見ていたのだが……。

「佐古課長」

冴子は、伊都美が佐古とこちらに来たのを見て、立ち上がる。空いた席にそのまま警視が座り、冴子は佐古のそばへ行った。春菜が影のように付いて来る。

「事故当時の様子を教えてください」

「聞き取りか」

いつもの皮肉な調子だったが、それ以上の悪態はなかった。

「わたしは、珍しく早く帰って、家にいた」

「早く帰った？」

冴子はつい冷ややかに訊き返していた。冴子たち三人と茉林が集《つど》い、友が泊まる予定だったその夜に、佐古はわざわざ早く帰って来たのだろうか。ありえないことであり、考えたくもない不愉快なことだった。

佐古をまじえた一家団欒《だんらん》など想像したくもなかった。

「登美子が連絡して来たんだよ。四人の親睦《しんぼく》会は、中止になりましたとね。それじゃ、と、早くあがったのさ。しばらく休んでいないからな。わたしも人間なんでね。疲れたんだよ」

「わかりました。どうぞ続けてください」

「知ってのとおり、わたしはヘビースモーカーだ。せいぜい一時間しか我慢できない。煙草《たばこ》が切れてしまったので、近くのコンビニに煙草を買いに行きがてら、喫煙所で一服しようとしたわけだ」

昔から佐古は、家では煙草をできるだけ喫《す》わないようにしていた。妻や子どもたちの健康を考えてのことと言うよりも、マンションの部屋が煙草臭くなってしまい、売るときに安く買いたたかれるのではないかという、佐古独自の考えに依《よ》るところが大きい。いつもどおりに行動した結果のようだった。

「コンビニから出たそのときだよ。京葉道路を走っていた車が、次々に急ブレーキをかけたのは」

端的な説明には、できるだけ私情をはさむまいという気持ちが読み取れた。一緒に来た春菜はメモを取っていたが、冴子は一言一句、聞きのがすまいと全神経を集中している。

「車が急ブレーキをかけたので気がついたのですか」

「ああ。茉林が、乗っていたライトバンから落ちた場面は見ていない。後ろを走っていた車のボンネットに激突して、地面に投げ出されたようだが、わたしはその場面は目撃しなかった。激突された車は、中央分離帯に乗り上げて急停車したようだな」

「すぐ救護に向かったと聞きましたが」

　型どおりの問いかけ方しか、できなかった。親しい口調で話すことに、強い抵抗感がある。通常であれば負けじと嫌みを返されるのだが、佐古は憎らしくなるほど冷静だった。

「そうだ。所轄に連絡を入れながら、コンビニの店員にいちおう除細動器《じょさいどうき》を持って来るよう告げて、現場に向かったよ。大怪我をしている人がいるかもしれないと思ったからだ。停まっている車の間を走り抜けたとき、地面に倒れている女性を見たんだが、頭から血が流れていた」

「そのとき、ライトバンは？」

　責めるような口調になったかもしれない。佐古の眉毛が、ぴくりと動いた。

「とうの昔に走り去っていた。茉林が飛び出しても、減速するどころか、逆にスピードをあげたようにさえ思えたが」

　嫌みな佐古課長に戻って睨みつける。

「人命救助を優先するのは、人間として当然じゃないのか。それとも走り去るライトバンを追いかけた方がよかったのか。しがみついて振り落とされて、わたしも怪我をすればよかったと？」

いつもの皮肉屋が、顔を覗かせた。冴子は小さく会釈する。

「すみませんでした。正しい行動だと思います。そのライトバンの行方は」

「所轄はもちろんのこと、交通機動隊や白バイ隊、交通鑑識課にも臨場《りんじょう》要請した。車種とナンバーは確認できただろう。事故現場は、うちのマンションの前だからな。わたしは少し引っかかっている。単なる事故とは」

そこで佐古は言葉を切る。現場を思い出すように、宙を見やっていた。冴子は、佐古が同じ疑問をいだいているのを知って、多少、安堵《あんど》した。

「茉林だと気づいたのは、いつですか」

「携帯を確認したときだ。右手にしっかり握り締めていたんだよ。小学生のときの、淡い記憶しかなかったんでね。すぐには結びつかなかったが」

顎で冴子を指して、続ける。

「電話番号が載っていたのと、二、三日前に連絡を取り合った話を、登美子から聞いていたんでな。そうか。小学生のときに同級生だった渡辺茉林かと思い至ったわけだ」

「携帯は？」

「所轄の刑事課の課長に渡しておいたが、まずは、逃走したライトバンを見つけ出すのが先だ。持ち主イコール運転していた者とは限らないが、犯人に近づくのは間違いないからな」

「着用していたハーフコートやジーンズのポケット内は」

「確かめるどころじゃなかった。頭から大量に出血していたんでね。下手に動かすのはまずいと思い、救急隊の到着を待った」

携帯にすぐさま気づき、身許確認をしている間に救急隊が到着していたのではないだろうか。動かすのは危険と判断したのもまた、正しかったように思えた。

「バッグはなかったのですか」

「落ちていなかった。握り締めていたのは、携帯だけだ」

話し終えた佐古は、渡辺由加に目を走らせた。

5

「なにか訊けたか」

佐古の質問に、冴子は頭を振る。

「いえ、動揺が激しくて、だめでしたが」

「気になったことがあるわけだな」

だめでしたが、と切った部分を素早く読み取ったあたりに、親子らしさが表れたかもしれない。認めたくなかったが、似ている部分は確かにある。

「渡辺さんは、なにかトラブルに巻き込まれていましたか、と訊いたとき、狼狽えたように思えました。ですが、ああいう状態ですから」

肩越しに由加を見やって、佐古に視線を戻した。

「ふだんの精神状態ではありませんので、判断しかねます」

「渡辺さんは確か……農業試験場かなにかに勤めていたんだったな」

ふたたび遠い目になる。年のせいなのか、次の言葉がすぐには出なくて、こういうふうに記憶を探る様子をよく見るようになった。

「はい。いつまでだったか、正確にはわかりませんが、数年前まで埼玉県の農業試験場に勤めていらっしゃいました。原種査証の資格を持つ非常に優秀な職員でしたが、今は転職して、〈列島農林社〉に勤めていらっしゃるようです」

「列島農林社」

ぴんとこなかったようなので、素早く補足する。

「タネ屋さんです。学会が開かれたのか、タネの買い付けがあったのか。ヨーロッパに出張しているため、すぐには戻れないと聞きました。チケットが手に入り次第、帰って来るそうです」

「手堅い仕事に就いているわけだな。揉め事とは無縁に思えるが、念のために会社関係を調べてみるか」

「指揮を執るんですか。それなら追跡班も……」

「だめだ」

強い口調で遮る。

「三人の友人じゃないか。こういう場合は、絶対に捜査からは外される。それに、まだ、わたしが指揮を執ると決まったわけじゃない。たまたま非番だった警察官が、たまたま事故に遭遇した結果、怪我をした女性が、たまたま子どもの知り合いだったというだけの話だ」

「ですが」

「伴野辰治を捕まえるのが、追跡班の仕事だ」

佐古は今更ながらの言葉を告げた。

「やつは非常に危険な『サイレント・ポイズン』だったか。〝テロになりかねない毒物同様のものを持っているかもしれないと聞いた。わたしも防犯カメラの映像を観たが、警察に対する挑戦状だろう。ずいぶん、ふざけた態度を取っていたな」

追跡班の現状を細かく把握していることに、内心、驚きを覚えたが口には出さなかった。無作為に使われたらテロになりかねないBSEに侵された牛の肉骨粉。最悪の場合を想定して、頭の片隅にとめているのではないだろうか。

「茉林は、珍しく相談があると言っていました。そのことからも、父親の渡辺さんがトラブルに巻き込まれていたのではないかという推測が成り立ちます」

冴子の推測を、佐古はすぐに継いだ。

「あるいは、茉林自身が騒ぎに巻き込まれていたのか。交際相手だった男が、ストーカーに転じるのは日常茶飯事だ。そうなったときは、警察官の友人に相談したいと思うだろう。にもかかわらず、昨日の午後になって約束を急に取り消した」

昨日の午後という部分で、白々と夜が明け始めているのを知った。茉林の事故を聞いた時点で時間の感覚がなくなっている。起きたばかりの騒ぎのようであり、一週間ぐらい経《た》った感じもした。

「もし、追跡班の捜査内容と、茉林の事故に関わりがあったときは」

春菜が初めて言葉を発した。

「捜査に加わるのを許していただけますか」

「『たられば話』は受け入れられないな。いずれにしても、決めるのはわたしではない。認めたくないだろうが、わたしと追跡班には繋がりがある。私情をはさむのは、なにより嫌われるところだ」

「佐古課長。わたしたちは……」

なおも食いさがろうとした冴子に、「一服してくる」と言い置いて、佐古は背を向けた。まだ残るつもりのようだが、どうしてなのか。後ろ姿を目で追っていた冴子の気持ちを読んだのかもしれない。

「心配なのかも」

春菜が心を読んだように言った。以心伝心、今日は特に共鳴度が高いように感じられる。冴子は苦笑いするしかなかった。

「茉林のことが、心配なのかもね。事故現場に遭遇したわけだし」

「素直になりな」

心配しているのは、冴子のことだよ。そんな目をしながら、口もとに動きかけた右手をまた、握り締めた。

「悪い癖」

「わかってる」

「手術が終わったみたいだよ」

千紘に呼ばれて、春菜とソファのところに大急ぎで戻った。廊下の先にある手術室のランプが消えていた。ほどなくストレッチャーに乗せられた茉林が出て来る。

肩まであった髪は切られて、丸坊主のような頭になり、包帯が巻かれていた。生命維持装置を繋がれた姿はチューブだらけで、見るのも辛かった。

「茉林」

冴子の呼びかけを、千紘が受けた。

「伸びるのが遅くて、やっと肩まで伸びたと言っていたのに」

あとは言葉にならない。冴子と春菜は異口同音に呼びかけた。

「みんな、ここにいるよ。お母さんも」

「大丈夫だから」

茉林は目を開けることはなく、集中治療室に運ばれて行った。

「ご家族の方は」

医師の目顔の問いで、由加が前に出る。予断を許さない厳しい容態とのことだった。何度も座り込みそうになる由加を支えながら、待合室のソファに足を向ける。

町は、すでに夜明けを迎えていた。

「あの、渡辺茉林さんの洋服なんですが」

今度は看護師が、着ていたハーフコートやTシャツ、ジーンズなどを持って来た。手術の際にハサミで切られたため、バラバラだったが、淡い桜色のハーフコートだけは脱がせることができたのかもしれない。頭から流れた血や汚れは付いていたが、いちおうコートの形状を保っていた。

「どうもすみません」

冴子は受け取って、由加に目を向けた。

「ポケットの中を確認してもいいですか」

「どうぞ」

力なく答えた。冴子はハーフコート、春菜は切断されたジーンズのポケットを探る。伊都美は動揺がおさまらない千紘の肩を抱き、作業を見守っていた。ハーフコートの右ポケットにはなにもなかったが、左ポケットに手を入れたとき、指先になにかがふれた。

二つに畳んだメモ用紙とボールペンだった。

開いてみる。

「どちらかが、天下人？」

読みあげた瞬間、冴子は戦慄《せんりつ》が走った。かなり乱れているが、おそらく茉林の字だろう。疑問符はかろうじて、それとわかる形だった。メモ用紙も引きちぎったような感じであることから、バッグからとっさに出して書き、ハーフコートのポケットに入れたのではないだろうか。

「ライトバンに乗っていたのは、運転手役と見張り役。単独犯じゃない。おそらく二人で、ひとりは茉林の隣に座っていた可能性が高い」

春菜が推測を口にする。冴子も同意見だった。

「もしかしたら、茉林の爪に犯人の皮膚片が残っているかもしれないな。飛び降りようとした茉林の腕を隣にいた人物が摑む、茉林はその腕を振り払おうとする」

動きを真似ると、春菜が犯人役になって冴子の腕を摑んだ。離させようとして引っ掻いたかもしれない。

「わたくし、医師と話してみます。ついでに佐古課長にも今の件を知らせて来ますので、メモ用紙をください」

伊都美が申し出た。三人の気持ちを慮《おもんぱか》って、先へ先へと懸命に考えているのだろう。いつになく、素早い動きを示していた。

「お願いします」

冴子が渡したメモ用紙を握り締めて、伊都美はまずナースステーションに向かった。それにしても、と、さまざまな思いが頭を駆けめぐる。なぜ、茉林が『天下人』のハンドルネームを知っているのか。インターネットで知ったのか。

いや、とてもそうは思えない。父親の渡辺日明の身になにかが起きて、その騒ぎに『天下人』が関わっているという伝言ではないのか。

「茉林の事案は、追跡班と関わりがある」

春菜が言った。

「相談があると言っていたのは」

冴子は顔を見合わせる。ハンドルネーム『天下人』のことだったのだろうか。天下人の後に疑問符らしきものがあるのは、確信を持つまでには至らなかったからだろう。茉林は記したメモとボールペンを、ハーフコートのポケットに入れて、走行中のライトバンから飛び出した……。

「佐古課長」

冴子は、喫煙所から戻って来た佐古に気づいた。ナースステーションから出て来た伊都美が、足早に駆け寄る。

「そういえば、本郷警視。昨夜は自宅に戻らなかった」

遅ればせながら、そんなことを考えていた。頭がいつものように働かない。生まれて初めての外泊だろうか。仮眠を取ることもなく、三人に寄り添ってくれた。一瞬、湧いたありがたいという感謝の気持ち……しかし、それを打ち消すように不吉な考えが浮かんだ。

「今回の事案は、追跡班への警告なのかも」

冴子の呟きを、泣き顔の千紘が受けた。

「手を引けってこと？」

「わからない、けど」

その可能性が高いような気がした。むろん父親の渡辺日明へのメッセージもあるのかもしれないが……。

「茉林、あたしたちを巻き込まないために、相談するのをやめたんじゃないかな。もし、そうだったら」

また、泣き出した千紘に、春菜がティッシュを渡した。冴子はもう一度、渡辺由加の隣に座る。

「お母さん。茉林はだれかに拉致されたんじゃないんですか。今日、連絡はなかったんですか。なにかご存じじゃないんですか」

矢継《やつ》ぎ早《ばや》に問いかけたが、由加はうつむいたまま沈黙していた。握り締めていた彼女の携帯に連絡が入ったのだろう。

短いやりとりの後、

「渡辺でした。ようやく今夜の最終便のチケットが取れたそうです。帰れるのは、明日になると」

我慢の限界を超えたのか、由加はとうとう泣き出した。

「茉林、それまで保つでしょうか。主人は娘に逢えるでしょうか」

「大丈夫です。必ず恢復《かいふく》します」

冴子は答えた後、たまりかねて、千紘を離れた場所に連れて行った。由加の隣には、すぐに春菜が腰をおろした。

「あんたが泣いて、どうすんのよ。しっかりしなきゃだめでしょ」

「うん、わかってる、わかってるけど」

そう言いながら泣き続けている。佐古と話していた伊都美が、必死の形相《ぎょうそう》で戻って来た。頬を紅潮させていた。

「追跡班も茉林さんの捜査に参加できると思います。『天下人』という大きな共通点がありますから。佐古課長は掛け合ってくれると約束してくださいました」

おさまりきらない興奮で息がはずんでいる。一生懸命な姿を見て、冴子は少し冷静さを取り戻した。

「ありがとうございます。本郷警視は一度、ご自宅にお帰りください。仮眠した後でまた、部署においでいただければと思います」

「でも、みなさんは？」

「わたしたちは本庁の近くに仮眠所があるんです。着替えもそこにありますし、交代で仮眠を取る予定です」

「そう、ですか」

伊都美はなぜか寂しそうな表情になったが……顎をあげたとき、懸命に笑みを浮かべていた。かなり無理をしているのが見て取れた。

「わたくしは残ります。一晩ぐらいの徹夜は、大丈夫です」

「いいえ、やはり、一度、ご自宅に戻られた方が……」

冴子の言葉を遮るように、佐古が急ぎ足でこちらに来た。

「茉林が乗っていたと思しきライトバンが、千葉県で発見されたようだ」

一瞬遅れたものの、冴子たちの携帯にも仲村からの知らせが届いた。乗り捨てられたライトバンを千葉県の駐車場で発見。運転手や同乗していたかもしれない人物はいなかった。ライトバンの持ち主は、友人に貸したと証言している。

「持ち主の証言の裏付けを取っているところらしいな。こいつが『天下人』という可能性もある」

佐古の推測は、そのまま冴子の考えでもあった。

「追跡班も茉林の事案に参加できるのですか」

「確約はできないが……」

佐古の返事の途中で、冴子の携帯がヴァイブレーションする。伊都美や千紘、春菜にも届いたらしく、四人全員がほとんど同時に携帯を見た。

「クロノ」

休みや着替えが必要のないクロノからの知らせは……。

「シンセミア」

冴子は声に出して言った。

伴野辰治が防犯カメラに向かって告げた言葉であり、画面を鮮明にした後、クロノが読唇術で解明した結果である。高級で稀少な大麻のことだが、その取り引きを伝えているのだろうか。

〝ほら、おれだよ。ここにいるぜ。捕まえてみろよ〟

伴野は、嘲笑《あざわら》うような顔をしていた。

第6章　タネ屋御三家

1

伴野辰治は、一緒に仔牛を盗んだ仲間たちと別れて、白い軽自動車に乗り込んだ。十分ほど走った後、前方の路肩に停車していた大型トレーラーの中に車ごと吸い込まれる。大型トレーラーは板を用意して、あらかじめトレーラー内に入れるようにしておいたのだろう。

「このトレーラーに出くわした瞬間、消えたからね。おかしいと思ったんだ」

冴子の読みを、一般人の投稿動画が後押しした。トレーラーと地面を渡した板を使って軽自動車が中に入る様子が映っていたのである。動画投稿者に確認したところ、面白いと思い、携帯で撮影したとのことだった。

まんまと裏を掻《か》かれてしまい、伴野辰治はまたしても逃走。

すぐにトレーラーの運転手を割り出して、追跡班は茉林の捜査を開始した。

翌朝。

冴子は伊都美と、埼玉県大宮市の盆栽村を訪れていた。さまざまな事柄を調べる作業に一晩かかったことから、渡辺茉林の勤め先を訪れるのは今朝になっていた。千紘と春菜は大型トレーラーの件で動いているため、一緒ではなかった。

ＪＲ大宮駅から東武・野田線に乗り換えて二駅目に、大宮公園駅がある。下車すればそこはもう盆栽ワールドだ。

関東大震災後に、東京の本郷周辺の盆栽業者四人が、盆栽培養の適地を求めて集住したのが始まりとされている。かつては三十を超える盆栽園が軒《のき》を連ねていたようだが、現在は十軒ほどになっていた。減ったとはいえ、盆栽文化の中心地であり、オーミヤの名が世界中に鳴り響いていることに変わりはなかった。

追跡班が手順どおり、県警に挨拶したことから、二人の制服警官が同行していた。出入り口付近にパトカーを停めた様子が、いささか物々しく思えなくもない。手持ち無沙汰《ぶさた》な様子で、並んだ盆栽を見るとはなしに眺めているようだった。

「素晴らしい盆栽ばかりですね」

伊都美は先程から同じ賛辞を繰り返している。茉林の雇い主の社長は、融資の件で銀行員と話しているので、終わるまで自由に園内を散策してくださいと言われていた。

とはいえ、冴子は警視ほど盆栽鑑賞にのめり込めない。

「そっちの様子は？」

携帯で千紘と春菜の状況を確認する。大型トレーラーの男性運転手は、西東京市に住んでいることが判明し、二人は自宅の見張り役を務めていた。任意同行はできるのだが、確実に拘束したいと思い、逮捕状が届くのを待っている。

複数の重要事件が重なったせいなのか、裁判所からの通知が遅れていた。

「変わりありません」

春菜が答えた。

「運転手は、自宅に隣接している会社に出勤したところです。大型トレーラーは会社が所有しているのですが、昨日、使っていたのは彼に間違いないという確認を、社長から取りました」

「会社側に不審はいだかれませんでしたか」

「大丈夫だと思います。制服姿の小野巡査と所轄の制服警官に行ってもらいました。交通違反の件で話を聞きに来たと、うまくごまかしたつもりです」

真実を告げれば、逃げることも考えられた。伴野辰治に繋がる細い糸であり、もしかすると、それは『天下人』にも繋がっているかもしれない。虚実ないまぜで聞き取りをするしかなかった。

「こちらが終わり次第、応援に向かいます」

　冴子の言葉を、すぐに受ける。

「了解です」

「小野巡査はどうですか」

　泣き腫《は》らした目で大型トレーラーの捜査に向かった千紘。茉林の母親の付き添い役を考えないではなかったが、やはり、捜査は原則二人と決められている。人手不足の追跡班としては、たとえ辛くても犯人逮捕を優先したかった。

「千紘には『諦めない！』という言葉を告げました。それで多少、落ち着きを取り戻したようです。心配だったので、茉林のお母さんにも連絡を入れました」

「容態は変わらないと聞いたけど」

「はい。相変わらず予断を許さない状況らしいですが、午後、父親の渡辺日明氏が羽田に到着するとのことでした。少しは安心したんじゃないでしょうか」

　父親が戻ってくれればと千紘なりに折り合いをつけたのかもしれない。冴子は万が一のことを考えて、所轄に茉林と母親の護衛役を頼んでおいた。不可解な事故であることを、佐古も口にしていたからである。

「確認ですが、渡辺さんの護衛役は」

　春菜の問いに答えた。

「本庁の警察官が、迎えに行ってくれるそうです。当然、護衛もしてくれると思います。佐古課長が手配してくれたらしく、ここに来る途中でメールが流れました。知らせたつもりだったのですが」

「聞いていません。寝てないからな」

ふだんの口調になる。

「わたしと千紘は、睡眠薬を飲んで無理やり寝たけどさ。人間は休まないと頭が働かないんだよ。らしくないのは、睡眠不足のせいだね」

「寝ていないのを知っているのは、なぜ？」

冴子は切り返した。あんたも眠れなかったんじゃないの、と、思わず笑っていた。

「のんびり寝てられないよ。とにかく伴野を捕まえないとね。なにが起きるか、わからないから」

茉林の容態も心配だが、同じぐらいに伴野辰治の動きが気になる。彼がBSEに侵された牛の肉骨粉を持っていたら？　危険極まりない肉骨粉が、『天下人』の手に渡ったら？　それを、無作為に使われたら日本はどうなるか。

「伴野辰治が防犯カメラに向かって、シンセミアと言ったのは」

春菜が言った。

「片桐巡査長の言った『ここ、テストに出るので要チェックです』というジョークと関連していますか」

　公の口調に戻している。さすがは春菜と思い、同意した。

「はい。さらに十年ほど前からＢＳＥを発症する牛が見つかっているという部分も、頭に入れておいてください。いずれも伴野が獣医として担当した畜産農家や農場でした」

「十年がポイント」

　と、さらに春菜が継いだ。

「そのとおりです。十年前、伴野の妻、知世は妊娠しましたが、流産。その頃から夫婦仲は悪くなったと近所の住人は証言しました。いったい、十年前になにがあったのか。わたしは伴野が妻に殺意をいだいたのは、このときではないかと考えています」

「そして、シンセミア」

　春菜は理解していた。シンセミアをスペイン語では、なんと言うか。伴野はどうせわかるやつはいないだろうと思い、言っただけかもしれない。が、少なくとも二人の女性警察官は気づいていた。

「当たり」

　冴子はほんの少し気分があがった。ともすれば、茉林のことだけで頭がいっぱいになり、捜査がどこかに飛んでしまう。また、自分の推測は正しいのかと、疑問を持ったりもする。

「伴野は家畜を使って『実験』していた」

　春菜の答えを受けた。

「たぶんね。だから恐い。今度は青酸カリと思しき毒物を使ったでしょう。病院か介護施設に入所している妻の知世を、なんとしても自分の手で葬りたいと思っているのかもしれない」

　そこまで怨みが深いのは……シンセミアだから、だろうか？

「言い忘れましたが、伴野知世の写真が手に入りました。長野の実家のお姉さんから、比較的、最近の写真があると連絡が来たので送ってもらったんです。昨日、部署に届いていたのですが、伝えるのを忘れました」

　春菜もまた、茉林が重傷を負ったショックから逃《のが》れられないようだ。あたしのことは言えないねと、冴子は心の中でのみ呟いた。

「他に質問は？」

「二十三区内の所轄や関東近県の県警は、伴野知世の行方を探しているんですか」

　春菜の問いには、捜索に本腰を入れていないのではないかという、非難めいた含みが感じられた。

「探しています。とにかく範囲が広いですからね。ひとつの区か市に絞り込めればいいんですが、現状ではなかなかむずかしいですから。それに守秘義務を持ち出して断られることも多いとか。これは推測ですが」

断りを入れて、言った。

「伴野は止めてほしいのかもしれません。さすがに情を通じた妻を殺《あや》めるのは、しのびないと思い、わざとヒントを出したか」

「ありうると思います。仮に妻の知世が認知症ではなく、わたしたちの考えどおりの病気だった場合、放っておいても亡くなりますからね」

「でも、伴野知世が生きている限り、お金がかかります」

冴子はもうひとつの殺害動機をあげた。伴野辰治の殺意には、シンセミアだけでなく、知世の介護費用も関係しているのではないかと思っていた。知世が死ねば金はかからなくなる。

「確かに」

答えて、春菜は続けた。

「茉林が乗っていたライトバンの運転手——三好秀平《みよししゅうへい》は、相変わらず車は友人に貸したと言っているんですか」

その声には、多少、苛《いら》立《だ》ちが込められているように感じられた。任意同行された二十四歳の運転手は、知らぬ存ぜぬの一点張りだった。

「まだ、裏付けが取れていないらしいです。持ち主が運転していたのかを確認するために、Nシステムと防犯カメラの映像を、クロノに再確認してもらっています。運転手の顔写真が、手に入りましたからね。顔認証システムを使えば、運転しているところを確認できるかもしれません」

「茉林の爪から採取された皮膚片は？」

次から次へと質問が出る。病院の許可を取り、茉林の爪から皮膚片らしきものを採取していた。が、本日未明の話である。

「まだ結果は届いていません。それに、たとえDNA型を採取できたとしても、警視庁の犯罪者データに登録されていなければ、どこの、だれかは判明しませんから」

つまり、犯罪者でなければ身許は判明しないのだった。百も承知のことを訊かずにいられない点に、焦りと不安が浮かんでいる。

「わかっています。もしかしたら、結果が出ているのに、片桐巡査長が忘れているのではないかと思ったんです」

冴子のせいにしていた。多少、むっとした自分に、冴子は驚いた。苛々しているのは、春菜だけではなかった。

「冷静になりましょう」

と、自分自身に言い聞かせてもいた。

「わかりました」

今度は春菜も素直に応じる。苦笑しているのではないだろうか。刺々《とげとげ》しさが、やわらいだように思えた。

「社長が来ました。また、連絡します」

冴子は電話を終わらせて、伊都美のもとに戻った。

2

「すみません。お待たせしました」

社長は穏やかな表情で会釈した。初対面のとき若いことに驚いたのだが、父親の後を継いだばかりの三十歳だと言っていた。職人という感じの落ち着いた雰囲気を持っている。

「盆栽は奥が深いですね。見飽きるということがありません。このイワシデは、もしや、かつて総理大臣だった方の、秘蔵盆栽ですか」

伊都美は植物女子の本領発揮だろうか。五月の陽光の中、ひときわ新緑が映える盆栽を指して訊いた。一時、仕事のことを忘れているようだった。

「はい。うちでお預かりして、かれこれ、二十年ぐらいになりますか。樹齢百五十年とも言われています。どっしりした根張りから立ち上がった幹が、バランスよく細っていく様が模範的盆栽と称される所以《ゆえん》です」

作務衣《さむえ》姿が板についている。また、言葉の端々に仕事への矜持《きょうじ》が感じられた。

「今も美しいですが、秋になると、紅葉が美しいでしょうね」

対する伊都美は、蕩けそうな表情をしている。いつまでも盆栽鑑賞をしていたいのかもしれないが、ここに来た目的を忘れてはいけない。

「茉林はどんな盆栽を扱っていたんですか」

冴子は訊いた。まずは茉林の暮らしぶりを知って、ふだんの様子を頭に入れておきたかった。

「渡辺さんは、女性作家を中心に広がっている『草もの』を主に育てています。どうぞ、こちらへ。ご案内します」

社長が「育てています」と、現在形で言ったことに救われる思いがした。彼の人柄が伝わる言葉でもあった。案内された盆栽園の一角には、通常の盆栽とはあきらかに違うものが置かれていた。

全部で百点ほどあるのではないだろうか。松や梅、桜といった木を主体にした盆栽とは違い、野山に生えているような親しみやすい草花が何段もの棚に並んでいる。

「ご覧になるとおわかりのように、山野草《さんやそう》を盆栽に仕立てたものを、草ものと言っています。盆栽界のニューウェーブなんですよ。野山にひっそりと咲く植物を、そのまま家の中に置いて楽しむ。そんな感じです」

　盆栽らしからぬ点も驚きだが、鉢に植えられていない草ものがあることに面白さを覚えた。剝《む》き出しになった土のまま、直接、盆板にぽんと載せた仕立てになっている。土や表面に生えた苔《こけ》の様子も一緒に楽しむのだろう。

「鉢を使わないものもあるんですね」

　冴子は率直に問いかける。棚に並んだうちの何点かに、目を惹きつけられていた。おそらく茉林の盆栽ではないだろうか。

「はい。草ものは、鉢を使う山野草の寄せ植えと、鉢を使わない『根洗い』に大別されます。根洗いの場合は草の色の変化に応じて、盆栽を載せる盆板を替えられるので、和洋さまざまな表情が楽しめるんですよ」

「茉林の盆栽は」

　呟きに答えようとした社長を仕草で止める。左端の三段棚の一番上にあった二点と、二段目の一点、一番下の段に並べられていた一点の、合計四点を指した。

「この四作品ではないかと思います」

　自信たっぷりに言い切る。

「すごいですね。そのとおりです」

　社長は驚きつつも、「ですが」と別の作品も指した。

「こちらの二点も、渡辺さんの盆栽ですよ」

盆板に置かれた二点は、ひとつがアスパラガスだろうか。野菜を盆栽に仕立てたのが斬新《ざんしん》だった。もうひとつは、花が咲いていないうえ、あまり見たことのない葉であり、冴子には名前がわからなかった。

察したのだろう、

「おそらく、ヒメツルソバではないかと」

伊都美が遠慮がちに告げる。

「よくわかりましたね。仰せのとおりです」

社長は嬉しそうな顔になっていた。通好みというのか。決して一般的ではない山野草の名が、すんなり出たことに対する喜びだったに違いない。伊都美に向けた目を、冴子に戻した。

「四点がわかったのは、なぜですか」

「わたしたち四人それぞれを表した盆栽のように思いました。たぶんですが、わたしはこのリンドウ、一緒に植えられているのは」

冴子の眼差しに、ふたたび伊都美が答えた。

「ナンキンハゼです」

「この寄せ植えだと思います。こちらのすっと立ったものは、背の高い友人。ちんまりまとめられた可愛らしいのは、もうひとりの友人。そして、残りのアサギリソウですか」

　その問いに、社長は頷き返した。

「そうです」

「これは、茉林自身だと思いました。好きな山野草だと聞いた憶えがありましたので」

　友の想いを感じて、胸があたたかくなるのと同時に、目頭も熱くなってくる。泣くのは茉林が意識を取り戻したときと思い、瞬きしてこらえた。

　千紘と春菜にも、茉林が作製した『草もの』のメールを送る。

「そうでしたか。渡辺さんは、ご友人を盆栽に見立てたのですね。お誕生日に贈るつもりなのかもしれませんね」

　笑顔になった社長に、冴子は切り出した。

「昨夜、本当は久しぶりに四人で逢う予定でした。ところが、茉林は電話をして来まして、行けなくなったと言ったんです」

　手帳を開いて続ける。

「夜に急ぎの仕事が入ったとのことでした。先月、盆栽展を開催したら、思いのほか好評だったので、急遽、第二弾を……」

途中で止めたのは、社長の表情がくもったからだ。

「おかしいですね。先月、確かに盆栽展を開催しましたが、第二弾の話は出ていません。あと、仕事はだいたい九時から五時までです。早番のときは三時であがりますが、渡辺さんは昨日は通常勤務でしたので」

電話を切るのが名残惜しくて訊き返した結果、茉林の嘘があきらかになった。相談したかったのは、父親のトラブルだろうか。千紘が言っていたように、冴子たちを巻き込みたくないと思い、予定を変更したのか。

「最近の様子は、いかがだったでしょう。落ち着かない感じだった、仕事が手につかない様子だった等々、なんでもかまいません。気づいたことはありませんか」

「言われてみれば、ぼんやりしていることが何回かあったように思います。手が止まって、宙を見つめているんですよ。お父さんがヨーロッパに出張するという話も聞きました。ちょっと心配なんです、と、不安そうでしたね。でも」

と、早口で言い添える。

「すべて今にして思えばですよ。ふだんどおり、真面目に仕事をしていました」

「訪ねて来た人は、いませんでしたか」

「いなかったと思います」

「電話はどうですか。休み時間などに、携帯を使っていませんでしたか」

「うちは原則、社員に関しては仕事中の携帯は禁止なんですよ。昼休みや休憩時間中はオーケーですが、なるべく使わないように話しています。お客様が訪れる場所ですからね。緊急連絡以外は、やめてくださいとお願いしています」

「仰るとおり、園内で携帯を使う様子は、ちょっと見たくありませんね」

伊都美が告げた。名のある盆栽が、所狭しと並んでいる場所だ。伊都美ならずとも携帯を使う職人の姿は遠ざけたいかもしれない。

「渡辺さんのご自宅には？」

今度は社長が質問する。茉林は盆栽村から車で五分程度の場所に、ひとりで暮らしていた。

「こちらへ来る前に寄りました」

冴子は、パトカーに戻った二人の制服警官を見やった。なにか無線に連絡が入ったのか、車内に戻っていた。

「ご存じかもしれませんが、彼女の自宅は四世帯のこぢんまりしたコーポなんです。昨夜、かれらが聞き込みをしてくれたらしいんですが、これといった手がかりは得られませんでした。いつもはだいたい六時か七時頃には、自宅に帰っていたみたいなのですが」

ここを出た後、買い物でスーパーなどに寄れば、戻るのは六時か七時ぐらいになるだろう。規則正しい生活に、突然、乱れが生じた。

「ありがとうございました。また、なにかありましたら、よろしくお願いします」

冴子は言い置いて、伊都美とともにパトカーへ足を向けた。制服警官のひとりが、車から出て手招きしていた。

「渡辺さんが住むコーポの近くで聞き込みをしていた警察官が、近所の住人から新たな話を得たようです。渡辺さんによく似た女性が、車に押し込められるのを見たとのことです」

ひとりの警察官が手短に説明する。

「目撃した住人は、通報しなかったのですか。また、日誌には、拉致事案かもしれない通報が、記されていなかったのですか」

冴子は深く踏み込んだ。ミスを隠そうとしているのではないか。そう感じたからだが、少し強い口調になったかもしれない。

「住人からの通報を受け、巡回中の警察官が駆けつけました。目撃者の女性にも確認したようですが、現場では騒ぎは起きていなかったため、いったん署に戻ったとか。拉致事案かもしれないと思ったようですが、なにしろ現場に被害者がいませんから」

言い訳めいた説明を、冴子は継いだ。

「気になっていた警察官は、わたしたちが署を訪れたのを見て、もしや、と思った。

それでふたたび目撃者の家に行った。そんな感じですか」

「はい。申し訳ありません。昨夜のうちに詳しく調べるべきでした」

非を認めて頭をさげた。しかし、被害者が見当たらない状況では、動きようがなかっただろう。他に情報が入れば流れは違っていたかもしれないが……かれらを責められなかった。

「その警察官と目撃者は、まだ、現場にいますか」

冴子は訊いた。非常に有力な情報だと思った。気持ちを読み取ったに違いない。伊都美は、いち早く面パトの運転席に座って、エンジンをかけていた。

「おります」

「行きましょう」

冴子は、急いで面パトの助手席に乗り込む。二台の車は、先を争うようにスタートした。

3

「夕方の六時半頃だったと思います」

目撃者の中年女性は言った。

「息子を車で塾に送り、家に戻って来たときでした。言い争う声が聞こえたので、もう一度、外に出たんです。そうしたら、女性がライトバンの後部座席に押し込まれるところでした」

「彼女ですか」

冴子は茉林の写真を見せたが、中年女性は自信なさそうに首を傾げた。

「薄暗くて、顔まではよく見えませんでした」

「着ていたのは、白っぽいハーフコートとジーンズでした。服装に見憶えはありませんか」

次に見せたのは、茉林が着ていた服のイラストだ。白っぽいハーフコートは、正しくは春らしい桜色だが、街灯の下では白にしか見えなかっただろう。今度ははっきり頷き返した。

「ええ、白っぽいコートでした。憶えています。下はスカートではなくて、パンツだったと思います」

「車に無理やり乗せた感じでしたか」

訊き役は冴子が担っている。伊都美はメモを取りながら、次に見せる写真を用意していた。

「そういうふうに見えましたが、追及されると自信がなくなります。先程、話したんですが、男は半袖のTシャツにジーンズ姿で、髪は刈り上げにしている感じでした。

今、よくやっているじゃないですか。上の方は少し伸ばし気味にして、耳の上や項《うなじ》の部分を刈り上げるやり方。あれでした」

「その男は、女性をライトバンの後部座席に押し込んだ後、自分も後部座席に乗ったのですか」

「いいえ。扉を閉めてすぐに、急ぎ足で回り込み、運転席に乗り込みました。速かったですよ。あっという間でした」

それでよけいに事件かと問われたとき、自信が揺らいだのかもしれない。言い争いでもしていれば、警察官にも強く訴えられたのではないだろうか。

「後部座席に他の同乗者は、いませんでしたか」

冴子は茉林が、なぜ、このとき逃げられなかったのか、気になっていた。刈り上げ男が運転席に乗り込む間に、外に出られたはずだ。走っていた車から飛び降りた勇気を思えば、それぐらいは簡単だったのではないだろうか。

にもかかわらず、茉林は逃げなかった、いや、逃げられなかったのかもしれない。

(やはり、後部座席に同乗者がいたのかも)

期待を込めた問いかけだったが、中年女性はまた、首を傾げた。

「そこまでは、わかりません。後部座席には、なんというガラスでしたか。中が見えないやつ」

「スモークガラスですか」

「それです。日が暮れていたこともあって、よく見えませんでした」

「では、次はこれを」

冴子は伊都美に渡された写真を見せる。

「女性を後部座席に乗せたのは、この男でしたか」

三好秀平はライトバンの持ち主であり、免許証の写真自体が、今の証言どおりの髪型をしていた。

「ああ、似ていますね。こんな感じの男でした」

答えを聞いて、伊都美はすぐ本庁に連絡を入れる。所轄に任意同行されたライトバンの持ち主は、渡辺茉林を拉致した犯人であり、京葉道路で事故後に逃走した可能性が高まった。

「車はいかがでしょうか」

最後に件のライトバンを確認してもらう。グレーのライトバンは、日本のメーカーの車だった。

「たぶん、こういう色合いのライトバンだったと思います」

中年女性は自宅の車庫を見やって、続ける。

「うちは軽自動車ですが、わたしは車を運転しますし、主人が以前、ライトバンに乗っていたんですよ。違うメーカーでしたが、ライトバンとバンの区別はつきますので」

車種の違いぐらいわかりますよという感じで笑った。

「ライトバンのナンバーまでは」

冴子の言葉を遮るように頭を振る。

「憶えていません。ですが、千葉ナンバーだったのは確かです。このあたりでは、あまり見ないですから」

「確かにそうですね。ありがとうございました」

中年女性に礼を言い、冴子と伊都美は面パトに戻る。制服警官のひとりが、運転席の伊都美のところに来た。

「我々はもう少し聞き込みを続けます。応援要請はすでにしました。あと渡辺茉林さんの自宅付近の防犯カメラの映像は、本庁に送るように手配しました。ライトバンを特定できたわけですからね。どこをどう走って事故現場まで行ったのか、はっきりすると思います」

行き届いた手配りに、昨夜の遅れを取り戻したいという気持ちが表れていた。江東区で起きた事故も、ちゃんと把握していた。

「すみませんが、もう一度、確認させてください」

　冴子は助手席で手帳を広げる。制服警官は急いで、助手席の方に来た。

「なんでしょうか」

「聞き込みをしたとき、渡辺茉林さんに交際相手がいた、ストーカー被害に遭っているといった事案はなかったんですよね」

　制服警官たちに会った時点で細かい話を聞いていたが、念のための確認を取る。そもそも交際相手がいたならば、茉林は当然、冴子たちに知らせていただろう。制服警官は頷きながら答えた。

「ストーカー事案やトラブルの相談はありませんでした。渡辺さんから相談を受けた記録もありません」

「わかりました。ありがとうございます。なにかわかったときには連絡してください」

　冴子が挨拶すると、伊都美は会釈して面パトをスタートさせた。引き続き聞き込みを続けたかったが、伴野辰治の件は追跡班の担当だ。西東京市では、伴野の軽自動車を積み込んだ大型トレーラーの運転手の身柄を確保すべく、千紘と春菜が見張っている。

「やはり、ライトバンの運転手が、犯人のひとりでしたね」

　車を運転しながら伊都美が言った。素直な警視の声は、気持ちどおりに弾んでいた。

表情と声にすぐ心が表れる。千紘たちにも会話を聞かせるべく、チビクロを冴子の膝に載せていた。

「はい。千葉ナンバーのライトバンを、Nシステムで追跡するのは、さほどむずかしくないと思います。裏付けが取れたわけですが」

反対に冴子は声が沈んだ。ライトバンの運転手は特定できたとしても、同乗者がいたかどうかまでは、茉林が意識を取り戻して話さない限りわからない。本当に同乗者がいたのか、その人物が『天下人』なのか。

（あるいは、ライトバンの運転手――三好秀平が『天下人』なのか）

行き着く先は、そこだ。

「わたくし、渡辺日明さんの渡航記録を調べてみたんです」

伊都美は信号で停止したとき、自分の携帯を冴子に渡した。見てもいいのかと確かめた後、冴子は確認する。

「二カ月ほど前に、アメリカへ行っていますね」

独り言のように呟いた。迂闊《うかつ》にも、そういった事柄を調べるのを怠っていた。冴子らしからぬ失態が、今回は数えきれないほどある。伊都美が懸命にその穴を埋めてくれていた。

「そうなのです。そして、今回はヨーロッパに出張とか。渡辺さんは、なにをしにいらしたのでしょうか」

問いかけを含む言葉に、問いかけを返した。

「本郷警視は、わかっていらっしゃるんですか」

「もしかしたら……いえ、推測の域を出ない話なので今はやめておきます。タネの買い付けぐらいしか浮かびませんね」

頭を振って、面パトをスタートさせる。

「確か渡辺さんの会社があるのは、北区の滝野川でしたよね」

伊都美が確認の問いを投げた。

「はい」

冴子は短い答えしか返せない。さまざまなことが浮かんでは消え、消えてはまた、浮かぶを繰り返している。集中しようとするのだが、思うようにいかなかった。

「北区の滝野川は、大宮の盆栽村と同じように、タネ屋さんの集落と言われているのです。大きく分けると三社、これは御三家と表現した方が適切かもしれませんが、『タネ屋御三家』が揃っています。念のために確認してみたところ、御三家の社長すべてが、渡辺さんに随行《ずいこう》していました」

「え？」

冴子のひらめきが不意に作動した。鈍りがちだった脳に、電気ショックを受けたかのようだった。靄《もや》がかかっていた視野に、突如、光が射し込んできた。みるまに靄が晴れていく。

4

「タネ屋の御三家の社長が同じ行動、行く先はアメリカとヨーロッパ、なんの話があったのか」

冴子の自問を、伊都美が受けた。

「表向きは、プレシディオの祝賀会のためとされています。ちょうど渡辺さんたちが訪れたときに、その祝賀会が開かれているんですよ」

伊都美の説明に、チビクロから質問が流れた。

「すみません。そのプレなんとかというのは、どういうものですか」

春菜だった。大型トレーラーの運転手を見張りつつ、耳を傾けていたに違いない。

冴子も知らない事柄だった。

「わたしにもわかりませんので、お願いします」

促すと、運転中の顔がほころんだ。

「片桐巡査長が知らないこともあるのですね。プレシディオとは、イタリアのスローフード協会が、世界の守るべき種子を、厳しい審査のもとに認定することです。我が国では、日本の雲仙こぶ高菜が認定されています」

少し得意そうだったが、当然ではないだろうか。冴子は雲仙こぶ高菜が認定されたことはもちろんだが、雲仙こぶ高菜という野菜自体を知らなかった。マニアックな話に驚いたのは、冴子だけではない。

「すごいねえ、伊都美ちゃん」

チビクロから千紘の声が流れた。冴子と春菜の気持ちを代弁するような言葉になっていた。

「植物や生物のことなら、なんでも知っているんだね。本当に優秀だよ。あたし、誇らしいな」

「ありがとうございます。みなさんに褒めていただくたびに、元気が出るのが自分でもわかります。ポジティヴな言葉や考え方は、とても大切ですね」

伊都美の話を聞きながら、冴子はタネ屋御三家で遅ればせながら検索してみる。渡辺日明が勤務する〈列島農林社〉は御三家ではないものの、原種査証の資格を持つ渡辺は、相談役として御三家と付き合いがあるようだった。

三社の役員名に渡辺の名が載っている。

「本郷警視が仰るとおり、北区滝野川のタネ屋さんが、一緒に行動しているのは引っかかりますね。しかもアメリカのときも同行していますから」

冴子は呟いた。茉林の事件に結びつけるのは早計すぎるだろうか。だが、少なくとも茉林自身が、なにか問題をかかえていたとは思えない。さらに茉林の母親の、答えたいけれど答えられないといった様子も引っかかっていた。

「アメリカ訪問のときは、だれかに会ったのでしょうか。そのへんの調べはついていますか」

あらためて訊いた。

「はい。アメリカでも大手の種会社の役員と面会していました。ですが、なにを話したのかまでは、載っていませんでした」

伊都美の答えを受け、思い切った問いを投げた。

「面談内容を推測できますか」

「推測はできますが、正しいかどうかまではわかりません」

「追跡班、車にいるか」

不意に無線機から佐古の声がひびいた。冴子は無意識のうちに座り直している。悪い知らせではないのかと緊張した。

「はい」

「渡辺日明さんの到着は、一時間ほど遅れるらしい。午後に到着するのは変わらないようだが……そちらの状況は？」

事故の通報者であるとともに、救護者でもあるからなのか。いつになく気にかけているようだった。冴子は大宮盆栽村でのやりとりを、かいつまんで報告する。

「つきまとい行為や、ストーカー事案はなしか」

佐古は、一部を繰り返した。そうなると不可解な事故の原因は、茉林ではなく、父親か母親、もしくは、父親が勤める会社にあるのだろうか。おそらく、佐古の頭にはそんな自問が浮かんでいるに違いない。

「わたしたちは、西東京市に向かっています。大型トレーラーの運転手を任意同行する予定ですが、まだ裁判所から逮捕状が降りていません。小野巡査と喜多川巡査は、所轄と現場で待機中です」

「伴野辰治が乗っていた軽自動車を、トレーラーに積載した運転手か。年齢は六十一という知らせを受けている。金で雇われた臨時雇いの半グレかもしれないが、いささか年を取り過ぎていなくもない。それとも最近の不景気な状況に耐えきれず、シルバー半グレが出てきているのか」

佐古らしくない造語だったが、妙に引っかかった。冴子は手帳に記して、推測を返した。

「以前、仲村課長が、銀詐欺と口にしたことがあります。質問したとき、課長自身は憶えていませんでしたが、もしかすると、困窮したシルバー世代が詐欺事案に手を貸すようになっているのかもしれません。年金だけで生活するのは、むずかしいですから」

「ありうるな」

「茉林の爪から採取された皮膚片と思しきものについては、いかがですか。結果は出たのでしょうか」

「出たが、犯罪者データには該当者なしだ。ライトバンの運転手であり、拉致事件の被疑者である三好秀平のＤＮＡ型は現在調査中。先程の報告によれば、三好は運転席に乗り込んだということだが」

　記憶力と勘働きは鈍っていないようだ。

「目撃者の女性は、そう証言していました。ですが、茉林の爪には皮膚片らしきものが残っていた。つまり、後部座席に見張り役が、同乗していた可能性が高まります。押し込まれたときか、飛び降りようとしたとき、茉林は自分の腕を摑んだ相手の手、または腕を引っ掻いたのかもしれません」

「しかし、スモークガラスのせいで、同乗者は確認されていない」

「はい。佐古課長、お願いがあります」

　あらたまった口調で告げる。

「三好秀平の取り調べは、追跡班に担当させていただけないですか。現在、ライトバンが目撃された茉林の自宅付近から、事故を起こした現場までのNシステムと防犯カメラの映像を、クロノに再確認してもらっています。車種を絞り込めましたので、案外、早く判明するかもしれません。私情は、はさまないように注意します」

数秒間、重苦しい間が空いた。

「いいだろう。ただし」

佐古は、早口で付け加える。

「取り調べのときは、わたしが同席する。激高したり、声を荒らげたりした場合は、すみやかに交代するが」

「了解しました」

「では」

終わらせる気配を感じ、急いで問いかけた。

「茉林の容態は？」

「集中治療室だ。大きな変化はない」

「そうですか」

終わらせたとたん、冴子だけでなく、チビクロからも溜息らしきものが聞こえた。離れた場所にいる二人も、気が気ではなかったに違いない。

「ドキッとしたよ。茉林になにかあったのかと思った」

千紘が正直に告げる。

「右に同じ」

と、春菜。

「冴子がメールしてくれた『草もの』の盆栽。わたしたちの個性をよく活かしていると思って、ぐっときた」

短い表現しかしない喜多川巡査にしては、長い褒め言葉だったかもしれない。しかも、らしからぬ感情も込められていた点に、冴子もまた、ぐっときた。

「茉林は頑張ってる。わたしたちは、それに応えないと」

「佐古課長、やけに協力的」

ふたたび春菜が言った。

「昔の罪滅ぼしなのか」

冴子は苦笑いせずにいられない。佐古は外面《そとづら》がよく、職場でも良い上司で通しているが、その反動なのか。家ではDV男に変貌することが多かった。冴子は何度も殴られた憶えがある。

「それもあるかもしれませんが」

伊都美が遠慮がちに言った。

「今回の事案には、ある警視正の後押しがあったと聞きました。それで佐古課長も、力を貸そうと思ったのではないかと」

初めて聞く話が出る。茉林の件で病院にいたとき、佐古は伊都美だけ呼んでなにか話をした。おそらく、そのときの会話に出たのではないだろうか。

「ある警視正」

冴子は頭に浮かんだ名前を口にしようとしたが、

「どなたであるのかは、わかりません」

伊都美に先んじて言われた。

「それよりも、行き先の変更があるのではないでしょうか。ライトバンの運転手を取り調べるのであれば、江東区の所轄へ行くべきだと思います。ですが、予定どおり、西東京市へ応援に向かうのならば、このまま向かいます」

問いかけ含みの部分に、まだ少し頼りなさが浮かびあがる。だが、ここにきて伊都美は、追跡班の責任者らしい言動を取るようになっていた。部下は多少、行き届かないぐらいの方が、上司もうまく育つのかもしれない。

そんな気持ちが表れたのだろう、

「なにかおかしなことを言いましたか」

伊都美が怪訝そうに訊いた。無意識のうちに、笑みを浮かべていたようだ。冴子は小さく頭を振る。

「いえ、頼りになると思っただけです。本郷警視は人としてのやさしさを持ちながら、上司としての優秀さも兼ね備えているんですね。ここにきて、それを痛感しました」

「今更なにをと言いたいです」

チビクロから千紘の声がひびいた。

「気づくのが遅いんだ、冴子は」

受けた春菜が続ける。

「本郷警視と片桐巡査長は、江東区の所轄に向かってください。クロノの調査結果が出次第、三好秀平の取り調べを行ってほしいと思います。わたしたちも終わったらすぐに駆けつけますので」

「茉林が作製中の盆栽が、力をくれました。犯人を捕まえるのが、あたしたちの役目だもんね」

千紘が言った。いつもの彼女に戻ったようだった。

「そのとおり」

冴子は答えて、江東区に向かうよう伊都美に頼んだ。ライトバンの運転手――三好秀平に真実を語らせる。

〝どちらかが、天下人？〟

茉林が残したメモが甦っていた。三好秀平は、運転席に乗り込み、運転手役を担っていた。後部座席には、だれもいなかったのだろうか。

（真実は、ひとつしかない）

冴子はあらためて噛みしめていた。

5

「警視庁特殊詐欺追跡班の片桐冴子です」

冴子は簡潔に自己紹介する。江東区の所轄の取調室で、三好秀平と対峙《たいじ》していた。年は二十四、半袖のTシャツとジーンズ姿の男は、追跡班の三人とほぼ同世代だ。目撃者の中年女性が話したとおりの刈り上げ頭で、顔立ちはどちらかと言えば平凡なタイプかもしれない。髪型だけが、やけに目立っていた。

「あなたは、このライトバンの持ち主ですね」

グレーのライトバンの写真を机に置いた。冴子の後ろには、佐古が控えている。比較的、穏やかな表情をしているかもしれない。もっとも取調室に入る前は、何本もの煙草を喫《す》っていたが……。

「はい」

三好は、あきらかに緊張しているのが見て取れた。落ち着きなく貧乏揺すりをしている。奥歯をきつく嚙みしめているのではないだろうか。顎に力が入っていた。

（両腕や手の甲といった場所に、引っ掻き傷はない）

素早く確かめる。茉林の爪に残されていた皮膚片は、防犯データに該当者がいなかった。このことからも、同乗者がいたのは確かだろうが、そういった事柄は後にまわした。

「埼玉県さいたま市の大宮に、盆栽村という商業施設のような場所があります。外国の方もよく訪れるようですが、ご存じですか」

「いえ、知りません」

覆《おお》い被せるように言った。よけいなことを訊かれたくないという気持ちが、短い答えに浮かびあがっている。

「そうですか？」

冴子はクリアファイルから、用意しておいた数枚の写真を取り出して、並べた。一枚は茉林の自宅近くに設置されていた防犯カメラ、他の二枚は、町中《まちなか》のNシステムがとらえた写真だ。いずれも運転中の様子が写し出されていた。

「不鮮明ですが、顔認証システムで確認しました。あなたが自分の車だと認めたライトバンを、あなたが運転しています。この三枚に写っているのは」

わざと言葉を止める。

「あなたですね、三好秀平さん」

「…………」

三好は黙り込む。早くも額にうっすらと汗が滲んでいた。貧乏揺すりが止まったのは、緊張がピークに達したからだろうか。

「いかがですか。こちらの一枚は、あなたが知らないと言った盆栽村近くの写真です。行ったことはあったけれど、忘れていたのでしょうか。もしくは、そこが盆栽村の近くだとは知らなかった、とか？」

助け船のような問いになっていた。なさけをかけるつもりはないが、黙秘権を行使させたくない。話しながら、ときに冗談をまじえながら、自白を引き出したかった。

「盆栽村の近くだとは……知りませんでした」

答えるのに時間がかかった。慎重に言葉を選んでいたのがわかる。次に冴子は、渡辺茉林の写真をクリアファイルから出して、置いた。

「ご存じですね」

問いかけではなく、確認になっていた。微妙なニュアンスを読み取れないほど鈍くはないだろう。

「…………」

ふたたび沈黙を返した。

「渡辺茉林さんです。彼女は自宅近くの路上で、拉致されました。車の後部座席に押し込まれて連れ去られたのです。その車は」

置いてあった一枚をもう一度、上にする。

「これでした」

言うまでもない、グレーのライトバンだ。すでに三好は自分の車だと認めている。他人のものだとは言えない。

「繰り返しになりますが、これはあなたの車ですね」

確認に、渋々といった感じで頷いた。

「はい」

「このライトバンは、拉致事案の重要証拠です。渡辺茉林さんを後部座席に無理やり乗せて、連れ去った。無理やり乗せたのは、あなたです」

「いや、あれは」

「違う？　あなたではない？」

冴子は少しずつ追い詰める。

「近所の女性が、無理やり乗せたところを目撃しました。色はグレーとまでわからなかったようですが、白っぽいライトバンで、千葉ナンバーだったのは確認したそうです。そして、これが現場からすぐの道路で撮られた一枚です」

並べておいた中から、運転中の一枚をまた、上にした。できるだけ鮮明に見えるように処理してある。ヒトの目では今ひとつはっきりしないが、顔認証システムは絶対に裏切らない。

「運転しているのは、あなたですよね」

冴子は辛抱強く語りかけた。吐き気が込みあげているのか、三好は何度も唾を呑み込んでいる。缶コーヒーのプルトップを震える手で開け、飲んだ。

「運転しているのは、ぼくです。でも」

急いで続ける。

「拉致には、関わっていません。彼女とは、渡辺さんとは、交際していました。つまらない口喧嘩をしてしまったんです。謝ったのですが、今日は自宅に帰ると言われて」

そこまで一気に話して、また、コーヒーを飲んだ。

「とにかく話をしようとライトバンに乗せました」

あらかじめ考えていた答えではないだろうか。もしかすると、だれかにアドバイスされたこともありうる。茉林を知らない警察官であれば、受け入れざるをえない内容だったかもしれない。恋人同士の諍《いさか》いは、珍しい事案ではなかった。

「渡辺茉林さんは恋人だった？」

冴子は訊き返した。

「はい」

「それなのに、後部座席に乗せた」

疑問点を口にする。

「おかしいですね。普通は、助手席に乗せませんか。だって、恋人なんでしょう、隣に座ってほしいですよね。違いますか」

冴子たち三人が、茉林の友人であることはまだ、明かさない。追い込むための切り札のひとつとして取ってある。

「あのときは、また、言い争いになりそうだったので……とりあえず、車に乗ってもらおうと思いました」

「それで後部座席に乗せた」

「はい」

「だれか同乗者がいたんじゃないですか。その人物が、渡辺さんの腕を摑み……」

「片桐巡査長」

佐古が素早く制した。誘導尋問になっていた。茉林がハーフコートのポケットに入れた『どちらかが、天下人？』が頭で鳴り響き、気が急いてしまった。

冴子は一度、深呼吸する。

「話を戻します。車中では、渡辺さんと、どんな話をしましたか」

「二、三日前に会ったとき、口喧嘩になったんです。そのことを謝りました。ぼくが悪かったと言いましたが、彼女はなかなか話をしてくれませんでした。ずっと謝り続けていました」

用意しておいたような答えは、当然のことながら気に入らなかった。

「先程、あなたは大宮の盆栽村は知らないと仰いましたよね」

今度は盆栽村の写真を机に並べる。訪れたときに撮っておいた『草もの』の写真も加えていた。

「はい」

両目が忙《せわ》しなく冴子と写真を行き来する。強い警戒心をいだいたような印象を受けた。次に出る話を察して、答え方をしくじったと後悔しているのかもしれない。

「彼女は、勤めていました、盆栽村に」

三好は早口で言った。彼にしては大博打《おおばくち》だったのではないだろうか。流れを読み、必死に取り繕ったように思えた。

「でも、ぼくは盆栽には興味がなくて……盆栽村に行ったのは、あのときが初めてなんです。だいたい、いつも会うのは東京でしたから」

嘘だろうが、上出来だった。冴子は食いさがる。

「あなたは渡辺さんを助手席ではなくて、後部座席に押し込んだ。目撃者の目には、そう映ったようです。スマートに『どうぞ』ではなくて、いやがっているのに強引に乗せたと」

「喧嘩していましたから」

あくまでも押し通すつもりのようだった。取り調べに臨む前、茉林が握り締めていた携帯を再確認したが、三好秀平との通話やメールの記録は残っていなかった。連絡を取り合う仲では、なかったはずだ。

「あなたは、グレーのライトバンを運転していました」

冴子は話を進める。事故現場の写真を取り出した瞬間、三好が小さく息を吞んだのがわかった。何台もの車が、中央分離帯に乗り上げたり、歩道のガードレールに激突したりしている。

そして……停まった車の間に、倒れているのは茉林だ。乱れた髪は、血まみれで痛々しい。冴子は直視できなかった。

「事故現場です」

静かに告げた。

「渡辺茉林さんは、走行中の車の後部座席から飛び降りました。危険な行為です。下手をすれば命を落とすかもしれません。それなのに……」

「あれは事故です」

また、早口で遮る。

「彼女は、誤って落ちたんです」

「事故当時、運転していたことは認めるんですね」

すかさず切り込んだ。三好はうっと詰まったが、ここは否定できないと思ったに違いない。

「はい。落ちたと思った瞬間、ぼくはアクセルを踏み込んでいました。気が動転してしまったんです。車を停めて助けなければならないのに、まったく逆の行動を取りました。自分の行いを、今は恥じています」

口では偉そうなことを言っていたが、事故現場の写真から目を逸らしながらでは真実味に欠ける。痛ましくて見られないという様子ではなかった。次はどんな質問が出るか、どう答えればいいか。落ち着きなく動く目が、彼の今の心情を正直に告げているのではないだろうか。

「あれは事故ではありません」

冴子は追い込むため、隠し技のひとつを口にした。

「渡辺茉林さんは、あなたが運転していたグレーのライトバンから飛び降りたんです。逃げるため、助けを求めるためだったのでしょう。死を覚悟した危険な賭けに出ました」

「いや、事故です。彼女は誤って落ちたんです」

「事故ではありません。彼女は自分の意思で飛び降りたんです」

「事故です」

「違います」

「事故なんだよ！」

　三好はこらえきれずに立ち上がった。興奮状態で胸が激しく上下している。佐古が肩を叩き、座るように告げた。

「しつこいから」

　言い訳しながら座る。そっぽを向いていた。

6

「事故が起きた夜、わたしたちは逢う予定でした」

　冴子は言った。隠していた札を出した。

「………」

　三好は、驚いたように目を向ける。

「そうです。渡辺茉林さんと、わたしを含む追跡班の三人は親友なんです。ついでに申し上げておきますと、事故現場はわたしの実家の真ん前でした。中古マンションですけどね。茉林は来る予定だったんですよ、わたしの実家に」

感情は込めずに、淡々と続ける。

「逢う予定だったのに、午後、突然、今夜は行けなくなったという電話が来ました。そして、事故が起きた。逢う予定だったわたしの自宅前の道路で」

「………」

興奮気味で赤らんでいた顔が、みるまに青くなっていった。冴子同様、佐古がはじめから事故に不審をいだいた理由がここにある。茉林はなんらかのトラブルに巻き込まれた結果、無理やり車に乗せられたのではないか。冴子の自宅マンションに差しかかったとき、助けてほしくて飛び降りたのではないか。

最初から不審な点があった。

「彼女は来たんですよ、約束の時間にわたしの自宅近くへ」

追い打ちをかけるように言った。結果的にそうなったのかもしれない。が、追跡班と警察にとっては、非常に重い意味のある行動だった。

「いかがですか」

冴子はあらためて訊いた。

「供述は変わりませんか」

「変わりません。ぼくは彼女と交際していましたが、喧嘩したんです。仲直りをするために、家まで行きました。車内で言い争いになったとき、彼女は『もう降りる』と言ってドアの鍵を開けました」

同じ話の繰り返しになっていた。冴子は最後の切り札を出した。

「茉林さんのハーフコートのポケットには、メモが入っていました。内容は『どちらかが、天下人？』です」

「え」

逸らしていた三好の目が、一瞬、冴子と合った。しかし、ふたたび慌て気味に逸らして、うつむいた。

「警察官も嘘をつくんですね。引っかけようとしても、だめですよ。彼女にそんな時間は……」

呟きが途中で止まる。茉林がメモを書く時間など、なかったと言いたかったのかもしれないが……思い当たるふしがあったように思えた。

「そんな時間はなかったはずだと？」

冴子は追及する。

「バッグからメモ用紙を出して書き留め、ハーフコートのポケットに入れる。確かに見張り役が隣にいた場合は、むずかしいでしょうね。バッグは発見されていませんが、持っていたはずです」

話の途中で扉がノックされた。佐古がプリントを受け取って冴子に渡した。

「グッドタイミング」

笑って言った。

「グレーのライトバンを、Nシステムと防犯カメラで追跡した結果の追加資料です。途中でコンビニに立ち寄っていますね」

茉林は機転を利かせて、トイレに行きたいとでも言ったのかもしれない。コンビニの防犯カメラに、三好に付き添われてコンビニ内へ入る茉林の姿が映っていた。発見されていないバッグを持っていた。

「このときに素早く書いて、ハーフコートのポケットに入れたのでしょう。疑問符はかろうじてそう見えるほど乱れていましたが、文字ははっきり読み取れました」

わざと間を空けて、継いだ。

「『どちらかが、天下人?』です。ここからわかるのは、拉致犯人は複数ではないのか、という事実です。わたしたちがそう考える大きな理由のひとつは」

どうせ見てもわからないだろうと思いつつ、茉林の爪に残されていた皮膚片の結果をクリアファイルから出した。

「これは、渡辺茉林さんの爪に残されていた皮膚片の調査結果です。飛び降りる前、だれかが止めようとして彼女の腕を摑んだのかもしれません。それを振り払おうとして思わず引っ掻いた。おそらくそのとき爪に皮膚片が入ったものと思われます。DNA型を鑑定した結果、犯罪者のデータに該当者はいませんでした。わたしは最初にあなたの両腕を見たのですが」

半袖から出た三好の腕を見やる。

「どこにも傷はありませんよね？」

「…………」

三好は狼狽えたように、右腕を左手で摑んだ。無意識のうちに隠そうとしたのか。あるいは、同乗者が引っ掻かれたことを思い出したのか。瞬きするのを忘れているかのように、大きく目をみひらいていた。

「いかがですか。今回の騒ぎは、あなたひとりの考えなのですか。グレーのライトバンには、同乗者がいたのではありませんか」

冴子はあらためて訊いた。

「黙秘します」

三好は掠れた声で答えた。罪が重くなるのがわかっているのに、首謀者かもしれない人物を庇うのは、報復が恐ろしいからだろうか。『オーディション商法事件』の刀根親子が典型的な例だが、ボスについては決して語ろうとしなかった。

「追跡班の取り調べは、これで終わります」

黙秘を口にしたのを機に、冴子は書類をまとめて立ち上がる。佐古なりの賛辞だったのか、素早く扉を開けてくれた。冴子は、会釈しながら廊下に出た。

「片桐巡査長」

伊都美が駆け寄って来る。別室で取り調べの様子を見ていたに違いない、目を潤ませていた。佐古は携帯に連絡が入ったのだろうか。少し離れた窓際で受けていた。

「春菜から連絡はありましたか」

冴子は訊いた。三好と対峙したことによって、いつもの冷静さを取り戻している。

千紘と春菜は、トレーラーに積み込まれて消えた伴野辰治の軽自動車の行方を追っていた。トレーラーの運転手から途中で軽自動車を降ろしたという供述が得られたため、Nシステムと防犯カメラのデータを集めている。

「はい。伴野辰治は、足立区で降りたそうです。何事もなかったようにトレーラーから軽自動車を降ろし、運転して立ち去ったとのことでした。運転手が得た報酬は五十万。ネットで募集していたそうです。この件は所轄が裏付けを取っているところです」

「千紘と春菜は今、どこにいるんですか」

「足立区を中心にして、聞き込みを行っています。たまたまでしょうが、隣はタネ屋の御三家が会社を営む北区なんですよ。喜多川巡査は、ついでに御三家の聞き込みもすると……」

「伴野知世、北区、タネ屋、シンセミア」

冴子は思いつくまま言った。伊都美の言葉に閃《ひらめ》きを受けたのだが、さすがに伴野辰治がタネ屋を気にするとは思えなかったが……。

「いや、でも、ありえないとは言えないか。仮に伴野が『天下人』と関わっていた場合、『天下人』がやろうとしていること、これはタネ屋に関係した騒ぎかもしれないけど、それを知っているがゆえに動いた、とか？」

すべて自問だったが、気になったのだろう。

「片桐巡査長は、伴野知世さんが入所している病院、もしくは介護施設が北区にあるかもしれないと考えているのですか」

確認するように伊都美が訊いた。

「一瞬、そう思ったんですが、言った後で違うなと思いました。仮に北区、しかも滝野川周辺だった場合、伴野の目的はなんなのか。考えられることとしては……いえ、やはり、やめておきます。ありえないと思うので」

「ありえないと言い切れますか」

訊き返されて、返事に詰まる。

「言い切れません。伴野辰治の動きは、相変わらず謎だらけだと思います。思いつきで行動しているのかもしれませんし、背後にちらつく『天下人』の命令を受けて動いているのかもしれません。ただ」

そこで言葉を止める。不可解な伴野辰治の行動。今まで妻の知世が見つかっていないのは、病院、もしくは介護施設を移ったせいかもしれない。牛泥棒という不可解な犯罪の裏には、自分に目を引きつけておく意味があったのかもしれなかった。その間に、伴野知世を別の病院か介護施設に移したのではないか。

（『天下人』の企みを、教えようとしている？）

口にしなかった推測が浮かんだものの、まさかとしか思えなかった。今までの流れを見る限り、伴野はだれかに助けられたお陰で、警察の裏を掻いて逃げられた。協力し合うことはあっても、反目するのは考えにくいように思えた。

「小野巡査と喜多川巡査に確認してもらいます。もしかしたら、北区滝野川周辺の介護施設か病院に、伴野知世はいるのかもしれません」

伊都美はすぐに連絡を取る。二十三区内と郊外、関東近県だけでも相当、広い区域であるのは確かだ。さらに日本全国にまで広がったらと考えるだけで気が遠くなる。

北区に絞り込めたら、伴野の妻を見つけられるかもしれない。

「北区の中でも、タネ屋御三家近くの病院か介護施設を当たってみてほしいと頼みました。所轄と一緒に動くそうです」

伊都美が告げた。ほとんど同時に、電話を終わらせた佐古がこちらに来た。

「渡辺日明さんが、空港に着いた。警察が用意した車に乗って茉林の病院に向かうところらしい。護衛役として頼んだ警察官は、わたしの知り合いなんだがね。渡辺さんはもちろんのこと、同道していたタネ屋の経営者たちは、一様に硬い表情をしていたとか」

「三好秀平の供述は？」

伝えたのかと訊いた。

「知らせたよ。車に乗る前、渡辺さんに『娘さんが拉致された事件に、心当たりはないか。脅迫されているのではないか。会社関係や私的な件で、なにかトラブルは生じていないか』等々、いくつか訊いたようだが、今はとにかく娘のところに行きたいと言われたそうだ」

渡辺にしてみれば、当然の答えに思えた。三好秀平は否認したが、茉林が拉致されたのは、まず間違いないだろう。そして、おそらく茉林は危険に気づいていた。まさか拉致されるとは思っていなかったのかもしれないが、相談事というのは、今回の騒ぎに関係しているはずだ。

「わたくしたちも、渡辺茉林さんの病院に行きます」

伊都美の申し出を、佐古は受ける。

「わかりました。伝えておきます。現時点における捜査本部とマトリの考えですが」

佐古は前置きして、続けた。

「『薬屋』がガサ入れされたことで、『天下人』には焦りが出たのかもしれません。大物政治家や芸能人の子ども、あるいは当人が逮捕されましたからね。ほとんどの上客がいなくなってしまったうえ、しばらく『薬屋』は機能させられない。それで別の儲け口を実行に移したのではないか」

「『薬屋』と同時並行で、タネ屋関係の計画を進めていたのかもしれません」

冴子の考えに同意する。

「充分、考えられる話だろうな。ただ、わたしを含む警察官は、茉林の件に関して腑《ふ》に落ちない点があるんですよ」

視線を冴子から伊都美に移した。

「ここからは推測ですがね。事件の流れを見ると、渡辺日明さんたちは『天下人』からなんらかの脅迫を受けていた可能性が高い。脅迫行為があったのは、おそらくアメリカやヨーロッパに行く前でしょう」

ここまではいいか、と目顔で訊いた。冴子は頷き返した。

「企業間の買収や合併といった問題で、トラブルが生じていないか。現在、調査中であるため、追って知らせますが、渡辺さんは、北区のタネ屋御三家と一緒に行動していました。今更ながらの質問になりますが、かれらの会社が扱っているのはタネでしょう。米や野菜、果物、草花などのタネですよね？」

あらためて訊いた。仲村課長から、伊都美は植物や生物に詳しいと聞いていたのかもしれない。武器や覚せい剤といった麻薬関係ならば、誘拐や拉致監禁、殺害といった剣呑《けんのん》な話も理解できる。しかし、タネ屋から想像するのは、穏やかな収穫の風景だったのではないだろうか。

半グレをまとめあげつつある天下人が、どうして、動き始めているのか。今ひとつ事件の概要を、摑みきれていない印象を受けた。

「渡辺さんの会社や、タネ屋の御三家が扱っているのは、佐古課長が仰ったものだと思います」

伊都美の答えを、佐古は継いだ。

「あるいは、大麻関係の植物を渡辺さんやタネ屋の御三家は育てているのか。それに気づいた『天下人』が、公にされたくなければ云々と脅したか。考えつくのは、これぐらいなんですよ。他になにかありますか」

「ひと言では、説明できないのですが」

言い淀んだ伊都美に詰め寄る。

「警察官のなかには、渡辺茉林の件は単なる事故ではないのか、という疑問をいだいている者もいます。なにが、どうなって、拉致や脅迫に繫がったのか。教えていただけませんかね」

「それは」

ちらりと見た伊都美の代わりに、冴子が答えた。

「その件につきましては、今夜、もしくは明日の早朝に会議を開いていただき、その場でご説明したいと思います」

「わかった。手筈を整える」

渡辺日明たちは真実を話すかどうか。

『渡辺茉林拉致事件』は、大きな山場を迎えていた。

第7章　シンセミア

1

「わたくしが説明するまでもないことだと思いますが、タネ屋さんは、日本の食を守っている方々です」

伊都美は言った。

翌日の早朝。

本庁や所轄の課長クラスが、眠い目をこすりながら江東区の所轄の会議に参加していた。総勢二十名ほどで、佐古や仲村、相棒の愛川だけでなく、マトリの田宮と赤坂大樹も同席している。

千紘と春菜は引き続き伴野辰治の妻――伴野知世の行方を追っているため、ここにはいなかった。

ひとりだけだが、所轄の女性の課長補佐が座している。先日の会議にも出席した女性警察官であり、互いに会釈し合った後、席に着いていた。食に関係した内容はそのまま生きることに繋がる。買い物をする機会の多い女性の方が、共感しやすいのは間違いないだろう。

「北区の滝野川に『タネ屋御三家』、これはわたくしが勝手につけた異名ですが、日本の中堅どころの種会社が揃っています。今回、事故に遭った渡辺茉林さんの父親――渡辺日明さんは、御三家ではありませんが、滝野川の会社に勤務しています。さらに御三家の相談役も務めていらっしゃいます」

伊都美の説明を冴子は補足する。

「渡辺日明さんは、以前、埼玉県の農業試験場に勤めていました。原種査証の資格を持つ非常に優秀な方です。原種査証につきましては、はじめにお配りしたプリントに、お米を例に取った話を記しておきましたので、そちらをご覧ください」

もう一度、素早く目を通した。

開花と同時に自家受粉してしまう米は、それを避けるため、花が開花する直前にピンセットで雄しべを取り除き、開花した後に交配したい品種を掛け合わせる。寒冷地であれば冷害に強い品種、猛暑に襲われる区域の場合は、暑さや害虫に強い品種といったように、手間暇かけて新しい品種を作り上げていく。

それが原種査証の資格を与えられた職員の仕事だった。

「雄しべを除去する作業は、半導体を生産するクリーンルームを上まわるほどの繊細さで行われていると聞きました。とにかく混ざらないようにすること。ここに重きが置かれているのだと思います」

伊都美は言い、手元のプリントに視線を向けた。

「『渡辺茉林拉致事件』とは、関係のない話に思えるかもしれませんが、まずは種子法の説明をいたします。二〇一八年に廃止されてしまった法律ですが、これを省くとわかりにくくなりますので」

顔をあげて、続ける。

「二〇一八年十月。規制改革推進会議の農業ワーキンググループは、信じがたい内容の提言を行いました。一部を読みあげます」

戦略物資である種子・種苗については、国は、国家戦略・知財戦略として、民間活力を最大限に活用した開発・供給体制を構築する。

そうした体制整備に資するため、地方公共団体中心のシステムで、民間の品種開発意欲を阻害している主要農作物種子法は廃止する。

「これを見ると、主要農作物種子法に不備があり、うまくまわっていないような印象を受けますが、そういう事実はありませんでした。さらに最近、農協や全農が農薬や肥料、配合資材を『高く売っている』として批判されることが増えました。この件に関しましてもまた、事実ではありません」

「わたしは事前に本郷警視のレクチャーを受けました。驚くことばかりだったのですが、我が国は種子法のお陰で、一般に流通している種の価格はむしろ『安い』状態になっていたようです」

冴子は話を少しでもわかりやすくするべく言い添えた。伊都美は会釈で同意して、さらに説明する。

「種とは、公共財です。下世話な言い方で恐縮ですが、特定のビジネスの『ネタ』にするべきではありません」

「タネをネタにする、か」

ひとりが揶揄するような呟きを発した。

「駄洒落ではありません」

伊都美は真顔で否定し、続ける。

「国民の食料安全保障の基本として、安く、優良で、多種多様な種子を農家に提供するのが国の義務です。あたりまえではないでしょうか。すべて、わたくしたちの税金で行われているのですから」

眠気を誘う内容だったのか、大欠伸《おおあくび》をした中年の男性警察官を、冴子は冷ややかに見つめた。視線に気づいたのだろう。男性警察官は慌て気味に口を押さえた。そういったやりとりに気を配る余裕はないらしく、伊都美はさらに話を進めた。

「我が国では主要農作物である米、麦、大豆の種子は、国が管理しています。各都道府県内において、優良な品種を選び、その種子を増殖、安定させて農家に供給することを義務づけました。そうやって食を守ってきたわけです。種子法の役割としては、大別して二つほどありました」

伊都美の説明に従い、冴子はホワイトボードに書いた。

（1）主要作物の米、麦、大豆の種子について、奨励品種の育種、新しい品種の研究・育成技術を開発していく。
（2）各地で長い間、栽培されてきた米、麦、大豆の原原種を純粋なものとして、次の世代に残していく原原種の維持。

「先程も申しあげましたが、我が国はこの種子法のお陰で、一般に流通している種の価格が安い状況になっていました。あのままでよかったのです。変える必要はありませんでした」

伊都美の説明を継いだ。

「農協や全農が批判された話が出ましたが、あれもじつにトンチンカンな、わけのわからないことなのです。批判されるケースがあるとすれば、体力のある農協や全農が、生産資材における高いシェアを活用し、ダンピングして売りまくる場合ですね。要は批判していた内容とは逆のことです。他業者を駆逐するような戦略を採《と》った場合は、独占禁止法上、問題が出ると思います」

「生産資材を高く売っているのは、農協や全農ではありません。例えば、日本でも最大の大手が販売するハイブリッドライス品種のお米ですが」

「この最大の大手というのは、渡辺さんたちやタネ屋の御三家とは、まったくの別会社です」

冴子は素早く加えた。まったくの別会社イコール、おそらくは『天下人』側になるだろうが、今は断定しなかった。

「片桐巡査長が言うところの、まったくの別会社が、お米の種を販売したとします。ところが、売れません。なぜか。都道府県のお米の種と比較すると、価格が四倍から五倍するからです。高く売っているのは、農協や全農ではなく、大手の種会社なのです」

伊都美は告げ、二ページ目のプリントに視線を落とした。

「種苗法第二十一条」

重々しくひびいた。

「少しわかりにくい内容ですので、かいつまんで申しあげます。種苗法第二十一条では、育種登録された種子を自家採種して増殖することを認めています。ところが、同条の3項には、農林水産省が省令で定める品種については、適用されないとして自家増殖を禁じているのです」

「補足しますと、種苗法第二十一条で認められているはずの自家採種して増殖することという権利を認めない。あまつさえ、禁止しているわけです」

冴子の言葉を、伊都美は顎をあげて受けた。

「さらに二〇一七年。突然、キャベツ、ブロッコリー、ナス、トマト等のメジャーな野菜を含む二〇七品目も、自家採種して増殖することを禁止する項目に加えられてしまいました。ここから推測できるのは」

「はい」

ただひとりの女性課長補佐が挙手した。

「どうぞお答えください」

「種の値段が高くなる、つまり、お米や野菜、果物などの値段にも反映されて、物価が高くなりますよね」

「そのとおりです。現実にイチゴ、メロンなどの種子の価格も、一粒一円か二円だったものが、今では一粒四十円から五十円になってしまいました。同様にコシヒカリの種子の価格も一キロあたり四百円から六百円だったのに、一キロ三千五百円から四千円という値段になっております」

ヒュゥッとだれかが口笛を吹いた。

「野菜や果物では、四十倍から五十倍。米はおよそ十倍ですか」

大欠伸を嚙み殺した男性警察官が言った。怠惰《たいだ》な言動を取ったことに対する小さな謝罪かもしれない。真面目に聞いていますとアピールするように手帳に記していた。

「はい。欧米の巨大な多国籍企業が、日本を席巻《せっけん》しつつあるのです。種子法が適用されていたときと同じでいいのに、無理やり割り込もうとしている。わたくしには、そうとしか思えません。黙っていられますか」

伊都美の問いに、ふたたび女性警察官が答えた。

「いいえ。家計を預かる主婦としましては、由々しき事態だと思います。ほとんどマスコミが取りあげない点も、引っかかりますね」

だれかがマスコミを操作しているのではないか。言葉にはしなかったが、おそらくそう考えたに違いない。

「ちょっと待ってください」

女性警察官は急いでプリントを見直している。

「わたしの記憶に間違いがなければ、芸能人のなかには、種苗法の廃止に反対する声をあげていた方もいましたよね」

2

「はい。ネットで二日か三日ほど騒がれたと思います」

伊都美の答えに、女性警察官は考えながらといった様子で口にした。

「でも、簡単に炎上した。『種苗法廃止』という反対の声が大きくなるのを嫌っただれかがいる？」

自問まじりの疑問には、冴子が答える。

「断定はできませんが、火付け役がいたのかもしれません。あっという間に種苗法関連のツイートは消えました。意図してやったのだとすれば、いったい、だれの仕業なのか」

「『天下人』ですか？」

今度は女性警察官が訊き返した。

「わかりません」

冴子は正直に頭を振る。

「本郷警視の説明とプリントの内容を、わたしなりに現在の捜査状況にあてはめてみました。渡辺日明氏やタネ屋の御三家の経営者たちが、欧米を訪問した理由は」

女性警察官はいったん言葉を切って告げた。

「巨大な多国籍企業に意見をしに行った、もしくは陳情《ちんじょう》、後者の方が穏便な感じになりますが、『日本をあまり苛《いじ》めないでくださいよ』と頼みに行ったわけですか」

非常にわかりやすい質問になっていた。

「おそらく、そうではないかと思います」

伊都美が答える。

「では、なぜ、そこに『天下人』が関わってくるのでしょうか。バラバラだった半グレをまとめた人物は、いまや巨大な多国籍企業と対等に付き合える関係になっているのでしょうか」

一瞬、会議室は静まり返る。女性警察官の質問と冴子の答えを頭に入れながら、かれらなりに答えを出そうとしているようだった。結果として浮かぶのは……得体の知れない恐怖ではなかったか。

「渡辺日明氏とタネ屋御三家の動きを、目障《めざわ》りに思った多国籍企業は、おそらく『天下人』を使って警告させた。まさか娘を拉致されるとは、想像だにしなかったのかもしれない。驚いた渡辺日明氏たちは沈黙することに決めた、か?」

佐古が事件の概要《がいよう》をまとめた。たかが半グレと侮《あなど》っていた『天下人』が、思いもよらず大きな役割をはたすようになっているのかもしれない。警察にとっては脅威だった。

「渡辺さんは、娘さんが意識を取り戻すのを、待っているのだと思います。そこで動くような気がしますが、動かないかもしれません」

冴子は希望と絶望の間を、ずっと行き来している。渡辺とて同じだろう。茉林が命を取り留めたとしても真実を話すかどうか。沈黙するかもしれなかった。

「一番問題なのは、半グレのボスにすぎないと思っていた『天下人』が、多国籍企業の手先として動いている点だろう。あるいは手先ではなく、対等に渡り合っているのかもしれない。不気味なことこのうえない話だ」

佐古の言葉を受け、マトリの田宮が挙手して立ちあがる。

「これはまだ、未確認の話なのですが、『薬屋』で働いていた薬剤師たちの話では、『天下人』はある大物政治家のご落胤《らくいん》であるとか。よくある話です。裏付けを取っているところですが、薬剤師たちはだれひとり本名を知りません。どこまで信憑性《しんぴょうせい》のある話なのか。眉唾《まゆつば》ものかもしれませんが、いちおうご報告しておきます」

言い終えて座った。田宮は最初から追跡班に対しても、非常に協力的だったが、その姿勢は変わらないようだ。

「『天下人』は、友人知人を薬屋の顧客にしていたわけか」

佐古は苦笑いしていた。

「そういった繋がりを考えると、伴野辰治が仔牛を盗んだのは、外国での売買が容易にできるからかもしれませんね。やつが『天下人』と手を組んだのであれば、売り捌《さば》くのはむずかしくないでしょう。また、連中は伴野の獣医という資格を、高く買っているとも考えられます」

冴子は自分なりの意見を述べる。獣医の伴野辰治、半グレのボス・天下人、そして、海外の巨大な多国籍企業。これらが結びついたとき、日本はどうなるのか。日本の食の安全は守れるのか。

「大切に守られてきたものが、今、脅《おびや》かされています」

伊都美が言った。

「伴野辰治は獣医の知識と経験を活かして、各国の税関で必要な偽物の検疫証明書などを発行することも考えられます。すでにブランド種牛の偽造精液証明書を作っていますので……」

不意に言葉を止める。冴子も携帯のヴァイブレーションを感じた。伊都美や佐古、仲村コンビたちも、ほとんど同時に携帯を取り出していた。

「春菜」

待ち望んだ知らせだろうか。冴子が受ける横で、伊都美は素早く自分の携帯をスピーカーホンにする。それを長机に置いた。

「はい」

「伴野知世を見つけました」

報告する声が弾《はず》んでいた。

「予想どおり、北区滝野川の病院に入院していました。ここは介護施設が隣接しているのですが、伴野知世は二日前に、他の介護施設から移って来たそうです」

「無事ですか」

「生きては、います」

微妙な答えの後、

「ですが、もう他者を認識できないほど、病状は進んでいるそうです。会話もできません。驚いたことに昨夜、伴野は見舞いに来たと聞きました。とりあえず病院内の防犯カメラのデータをクロノに送って、顔認証システムで確認してもらいました」

弾んだ声のまま続けた。

「見舞いに来たのは、伴野辰治に間違いありません。現在、病院周辺の防犯カメラのデータも確認中です。駐車場には車で来たのですが、トレーラーに乗り入れた白っぽい軽自動車ではなく、白い外車でした」

「伴野知世の病状について、担当医はなんと言っているのですか」

「若年性認知症だと思えるが、進行がとても速いと言っていました。以前、入所していた介護施設でも医師の診察を受けていたようですが、カルテによると十二月頃に発症したとか」

わずかに声が沈んだ。伴野辰治の自宅近くの住人は、十二月頃、知世は体調をくずしたようだと証言していた。担当医の証言は、時期的に合致する。

「担当医の見解は？」

「わずか半年ぐらいで、ここまで急に悪くなるのは珍しいと。認知症のなかでも特に若年性認知症には、さまざまな治療法があるらしいんですよ。完治は無理ですが、現状維持にはかなりいい結果を出しているようなんです。にもかかわらず、伴野知世さんはとのことでした」

はたして、知世は若年性認知症なのか。あるいはBSEに侵された牛の肉骨粉を伴野に与えられ続けた結果、認知症によく似た症状を見せているのか。

「わたしたちも、そちらへ向かいます」

冴子の言葉が会議の締めくくりとなる。本庁や所轄の指揮官クラスは、次々に廊下へ出て行った。

「よく病院の担当医が、教えてくれましたね」

冴子は気になったことがあるので春菜と話を続ける。会議室に残っているのは、伊都美と佐古、あとは仲村コンビだけだった。

「それが」

躊躇いつつという感じで春菜は答えた。

「担当医は、わたしたちの恩師の、知り合いだったんです。追跡班のこともよくご存じでした。活躍ぶりを気にかけていると言っていただきました。『守秘義務はあるけれども』と前置きしたうえで、特別に教えてくださったんです」

「そう、でしたか」

冴子は、胸が熱くなってくる。想いは繫がっていた。恩師たちの真摯《しんし》な生き方に感《かん》銘《めい》を受けた人々が、どこかで追跡班を見守ってくれている。茉林の事故以来、すぐにあふれそうになる涙を懸命にこらえた。

「ひとつ気になるのは、もしかしたら、罠かもしれないということです」

冴子は最悪の場合を口にした。

「伴野辰治が昨夜、見舞いに来たのが引っかかります。病院で騒ぎが起きるような事態は、絶対に避けなければなりませんから」

「動かないんですか？」

春菜の問いには挑発するような響きがあった。

「まさか」

即座に否定する。

「最善の策を取ります。化けるのは、追跡班の得意技ですからね。佐古課長が言うところの猿芝居を演《や》りますよ」

多少、皮肉っぽくなったかもしれない。電話を終わらせた冴子に、佐古は苦笑いを向けていた。

「佐古課長にも化けて……」

その言葉の途中で、パンツの腰ポケットに入れておいた私用の携帯がヴァイブレーションする。茉林についての知らせではないのか。冴子は凍りつきそうになったが、これはいい知らせと言い聞かせて、携帯を取り出した。

「はい、片桐です」

「渡辺です」

父親の渡辺日明だった。

「茉林の意識が戻りました」

涙声で言った後は、もう言葉にならない。

「………」

冴子もまた、嬉しさと喜びで声を詰まらせる。察した伊都美が腕を引き、目顔で必死に訊ねていた。泣き笑いで何度も頷き返すと、警視は両手で顔を覆う。佐古や仲村コンビも気づいたに違いない。涙をこらえているのか、三人ともしきりに瞬きしていた。

「よかった、本当によかったです」

あふれ出た涙を拭いつつ言った。それだけ言うのが、やっとだった。

「ありがとう」

渡辺も涙声で続ける。

「これからが大変ですが、茉林は頑張ってくれると思います。わたしとタネ屋の経営者たちは、会見を開きたいと考えています。申し訳ないのですが、警察の護衛をお願いできますか」

申し出に力強く答えた。

「わかりました。命を懸けて、お守りします」

冴子の脳裏には、茉林が育てる『草もの』の盆栽が浮かんでいる。冴子のものと思しき盆栽は……涼やかな青いリンドウの花を咲かせていた。

3

「日本の種業者として、我々は種苗法廃止に反対します」

翌日の早朝。

渡辺日明は『タネ屋御三家』の経営者たちとともに、会見に臨《のぞ》んだ。さして一般人の興味を引くとは思えなかったのか、あるいはだれかに止められたのか。国営はもちろんのこと、民放のテレビ局もまた、一社も姿を見せず、会場に来たのはインターネットの配信会社とラジオ局が一社という寂しさだった。

が、渡辺たちの目には、強い力が満ちている。

「種を制する者が、世界を制すると言っても過言ではありません。わたしたちは安くて品質の良い種を、農家の方々に提供するべく、努力してまいりました。ところが、今、それが脅かされようとしています」

もし、茉林が命を落とすような結果になった場合、渡辺は会見を開くどころか、会社を辞めることも考えていたと告げた。茉林の生きたいと思う力が、渡辺の生きる力をも繋いだのである。

「あらためて言うまでもないことですが、種子や種苗は公共の財産です。国民の財産である種子や種苗について、国家戦略、知財戦略に則《のっと》って管理することは、国の主権上、きわめて重要です。だからこそ、なのです」

渡辺はいったん言葉を切って続ける。

「種苗法が存在するのです。国家が種苗法という法律を強化し、戦略物資である『種』を国家戦略に基づいて守るというのであれば納得できます。しかし、現実は違ってきていると言わざるをえません」

「ありていに申しあげますとですね」

隣にいた経営者のひとりが、こらえきれないというように口をはさんだ。

「規制改革推進会議、いや、その後ろにいる〝グローバルリズム〟とやらにとって、日本が種の価格を安価に維持することを可能にする種苗法が邪魔なんですよ。種苗法を廃止させ、安い種を維持するために税金を投入する根拠となる法をなくしたいと考えているとしか思えません。我々は脅迫を受けました」

思いきった発言だった。見るからに紳士という感じの経営者は、マイクを置こうとはしなかった。

「渡辺さんのご家族は、不可解な事故に遭いました。脅しとしか思えないでしょう。違いますか、みなさん。我々はやり場のない怒りにとらわれていますよ。悲しくてたまりません」

と、涙を滲ませる。

「種を守ることは、未来を生きる子どもたちを守ることだと考えています。生命《いのち》を守ることなのです。勇気を出して会見を開くこと。それが、わたしたちタネ屋に与えられた使命だと考えました」

渡辺が継いだ。

二十分程度の短い会見は、ネットを通じてあっという間に世界を駆けめぐり、昼には国営放送と民放が、この会見を放送する騒ぎになっていた――。

病院の待合室では、ニュースが流れていた。大型テレビで放送されているタネ屋の会見を、見ている者はほとんどいない。ちょうど昼食時とあって患者は、自室で食事をしているのだろう。時折、医師や看護師、食事介助のヘルパーが、廊下に出て来るだけだった。

男は、待合室のソファで見るとはなしに大型テレビを眺めていた。ネットで朝一番に流れた会見を見たうえでここに来ていた。決心したはずなのに、それでも心が揺れる。他になにか方法が、いや、もう無理だ。そもそも、あんな状態で生き続けることに意味があるのか？

（捕まるかもしれない）

あのまま逃げ続ければよかったものを……なぜ、自分はここにいるのか。

（始めたことを、終わらせるためだ）

自問の後、意を決して立ち上がる。黒い鞄を抱えて彼女の病室へ向かう間に、何人かの医師や看護師と擦れ違った。顔なじみとまではいかないが、五十代の担当医には会釈をして、すれ違った。

「お」

清楚《せいそ》な雰囲気の若い看護師を見て、思わず足を止めた。肩越しにナースステーションの受付を振り返る。昨夜は見なかった顔だが、シフトの関係でいなかったのだろう。目が合うと優しい微笑を返された。患者の不安をやわらげる天使の微笑に思えて、柄にもなくドギマギした。

「ど、どうも」

こんなときに好色心《すき》をいだくとは、と、自分自身を叱りつける。気持ちを切り替えて病室の扉を開けた。

個室内は、心地よい明るさに満ちていた。

今日のため、このときのために、洗面所とトイレ付きの個室に転院させていた。頭を窓の方に向けた状態で、彼女はベッドに横たわっている。現在《いま》の様子を見なければならなかったことから、昨夜も見舞いに訪れていたが、左腕は点滴のチューブに繋がれたままだ。まるで時が止まったかのように、状況は変わっていなかった。

「知世」

男――伴野辰治は、そっと呼びかけた。女――伴野知世は、仰向《あおむ》けの状態で微動もしない。左腕に刺されたテフロン針はチューブで繋がれており、それを通じてリンゲル液やナトリウム、栄養剤などが流されていた。口からはいっさい食べ物を摂《と》れなくなっている。病状は日ごとどころか、時間ごとに進むばかりだった。

「二十年間、一緒に暮らした仲だ。楽にしてやるよ」

助けてやるのだと自分に言い聞かせていた。さすがに強い罪悪感を覚えている。放っておいても、あとわずかだろうに……なぜ、わざわざ罪を犯すのか。

「おまえが悪いんだ」

知世のせいにすることで、揺れる心を落ち着かせた。伴野は二人掛けのソファに黒い鞄を置き、中からステンレス製の容器を取り出した。点滴の針を刺した左腕の方にまわって、サイドテーブルに容器を載せる。

「ふう」

我知らず吐息が出た。思いのほか、緊張していることに気づき、何度か深呼吸する。よし、と、自分に号令をかけ、容器から薬の入った注射器を出した。あとはこれをチューブに刺せばいい。

それだけだ、それで終わる。

「知世」

ふたたび呼びかけたのは、衰えたふりをしているだけではないのかと思ったからだ。しかし、知世の顔色はもはや土気色《つちけいろ》で、唇からも血の気が失《う》せている。死への階段を一段、また、一段と、のぼっている真っ最中に見えた。

伴野はごくりと唾を呑み、注射器の針に被せていたカバーを取って、チューブに近づける。

まさに刺そうとした刹那、

「うっ」

だれかに右手首を摑まれた。

「………」

伴野は驚きに目を剝《む》いた。右手首を握り締めた右手は、病やつれして痩せ細ってはいない。右手から右手首、右腕、さらに最後は、右手首を握り締めた人物に目を向けた。知世が、かっと目を見開いている。

「ま、ま、まさ、まさか」

驚愕《きょうがく》のあまり、言葉が出ない。仰向けに横たわっていたはずの知世が、ベッドの上に起きあがっていた。

「それ、なに?」

彼女が訊いた。

「う、うわ、うわわ」

伴野は手を振り払おうとしたが、万力のようにがっちり握り締められていた。知世はベッドに起き上がっただけでなく、両足を毛布から出して床についた。伴野は右手首を握り締められたまま、死に物狂いでさがる。知世はチューブやリンゲル液を繫いだ点滴台ごと、ついて来た。

「こ、このやろう」

怒鳴りつけたつもりだったが、悲しいかな、ほとんど声にならなかった。それでも力を振り絞って、右手に持つ注射器を知世の手に刺そうとする。が、右手首を握り締めていた力が、さらに強くなった。

「あがぁ」

喉で潰れたような悲鳴が洩れた。もはや注射器を握り締めていることはできず、右手を開いた。床に落ちたのを見ながら、伴野は腰がくだけるように座り込む。力がぬけてしまい、立っていられなかった。

「なに？」

知世は床に膝を突き、目で注射器を指した。土気色の顔や血の気のない唇は、まるでゾンビのよう。近づかれると鬼気《きき》迫《せま》るものがあった。

「う、うわわ」

伴野はスニーカーで床を蹴りながら、尻でずるようにして、懸命にさがる。少しでも離れたかったのだが、知世は這うようにして近づいて来る。むろん右手首は握り締められたままだ。あまりにも強く握られているからなのか、右手全体が白っぽくなっていた。

「く、来るなっ、来るなっ、来るなあぁっ」

絶叫を放ったが、背中は壁にあたっていた。これ以上、逃げられない。顔をそむければ知世はそちらへ顔を動かし、固く目を閉じれば額を突かれる。

「腰が、ぬけましたか」

聞いたことのない女の声で、伴野はおそるおそる目を開けた。看護師が屈《かが》み込んで目を合わせている。つい今し方、ナースステーションの受付にいた清楚な若い美人看護師だった。いつの間に入って来たのだろう。他にも医師や看護師がいたものの、不審に思う余裕はなかった。

地獄に仏とはまさにこのこと。自分好みの美人だったこともあり、伴野は美人看護師にしがみついた。

「た、助けてください。伴野知世が……」

「警視庁特殊詐欺追跡班の本郷伊都美です。伴野辰治ですね」

美人看護師変じて、警察官となる。眼前に掲げられた警察バッジと清楚な美しい顔を、交互に見やった。だが、なかなか現実を受け入れられない。間違いなく死の階段をのぼっていた知世が、動き、話したことでパニック状態になっている。だいいち、なぜ、警察官が看護師の姿をしているのか。

理解するのに時間がかかった。

「伴野辰治ですね」

二度目の確認で、かすかに頷き返した。

「は、はい」

「『ブランド牛詐欺事件』で逮捕状が出ています」

逮捕時間を告げる間に、医師や看護師に取り囲まれた。伴野は呆気《あっけ》に取られるばかりで言葉が出ない。

「知世？」

土気色の顔をした女に目を向ける。彼女は左腕に刺さっていたテフロン針を自分でぬき、絆創膏を貼っていた。

「…………」

ふたたび頭が混乱してくる。知世は元気だったのか。自分を罠にはめるため、認知症のふりをしていただけなのか？

そんなわけはないと、否定できない自分がいた。

4

「警視庁特殊詐欺追跡班の本郷伊都美です」

伊都美は言った。翌朝、所轄の取調室で、伴野辰治の取り調べを始めるところだった。後ろには、伴野知世の特殊メイクを落とした冴子が控えている。彼に正体は明かしていなかった。

「伴野辰治さんに、ようやくお目にかかれました。追跡し続けておりましたので、大変、嬉しく思っております」

「はあ」

伴野は生返事の後、

「なんか調子が狂いますね。まあ、昨日から驚きの連続ですが、いやはや、警察官が看護師に化けるとは思いませんでしたよ。最近の警察官は、役者揃いですな」

大口を開けて豪快《ごうかい》に笑った。さっぱりした江戸っ子気質のようだが、いいかげんな詐欺師気質も兼ね備えている。油断はできなかった。

「で、知世の容態はどうなんですか。よくわからないんですが、昨日の女は知世じゃないんでしょう？　警察官のだれかが化けて、知世のふりをしていた。そう、さしずめ後ろに立っている女性警察官あたりが」

伴野は目をあげて、冴子を指した。

「化けていたんじゃないかと思いますがね」

「あなたは、妻である知世さんに、これを飲ませていましたか」

伊都美は完全に無視した。いや、緊張しているのだろう。世間話で被疑者をリラックスさせることよりも、小さなビニール袋を出して、答えを促すのを優先させてしまったに違いない。

「いきなり、そう来たか」

伴野は笑って、小さなビニール袋を手に取る。中には黒っぽい粉状の物質が入っていた。

「あなたの自宅の冷蔵庫の中から押収された瓶に、かなりの量のそれが入っていました。鑑定結果は、牛の肉骨粉です。知世さんは汚染された肉骨粉を少しずつ与えられたため、去年の十二月、認知症によく似た病気を発症して、介護施設や病院のお世話になる結果になりました」

ここまではどうですか、というような問いかけの眼差しを投げる。

「知世は認知症です」

伴野は否定した。

「確かに牛の肉骨粉は自宅の冷蔵庫の中にありました。ですが、獣医としての好奇心から手に入れただけですよ。自分の妻に飲ませたりはしていません。それにＢＳＥ、牛海綿状脳症はそう簡単には伝染しない病気ですからね。飲ませたところでＢＳＥを発症したりしませんよ」

警察官ごときにＢＳＥのことはわかるまいと、あきらかに高《たか》をくくっていた。伊都美が最初の取り調べ役を担った理由がここにある。

「牛海綿状脳症、学術的名称BSEは、大きく四種類に分けられます。ひとつは、BSEに侵された牛や羊の肉を食べたのが原因のクロイツフェルト・ヤコブ病。汚染肉を食べたことによって起きる新型ヤコブ病です」

説明を受けて、冴子は隣に立ち、用意しておいた小型のホワイトボードを胸の前に掲げた。ボードには伊都美が話す内容が記されている。

「二つめは、遺伝性ヤコブ病。読んで字のごとし、遺伝的にヤコブ病を発症しやすい家系が見出《みいだ》されました。三つめは、孤発性ヤコブ病。原因不明ですが、日本では年間に百人規模の患者が発生するとされています」

話が進むのに合わせて、棒でその項を指していく。伴野は昨日と同じように、呆気に取られた表情で口をぽかんと開けていた。

「そして、四つめは、不幸にもBSEに侵された牛の硬膜とは知らずに、脳手術に使われた場合です。対応が遅れたことによって、これが原因の患者さんが出ました。ここまでは、よろしいですか」

伊都美の確認に、伴野は口を開けたまま頷いた。

「あ、はい」

「新型ヤコブ病に戻りますが、伝達性海綿状脳症とも言われます」

伴野の手から小さなビニール袋を取って、告げた。

「BSEに侵された牛の肉を食べれば、伝達性海綿状脳症を発症します。では、肉骨粉ではどうでしょうか。BSEに感染するのかしないのか」

「し、しかしだな、通常、外から病原体が侵入してくれれば、それは当然、異物として認識され、免疫応答が起こるじゃないか。ゆえに、BSEにはそう簡単に感染しないと言ったんだよ」

伴野にしてみれば精一杯の反論だったろう。伊都美は余裕たっぷりの微笑《ほほえ》みを返した。

「免疫応答、つまり、発熱や発疹、炎症、血液中の白血球数の上昇、抗体価の上昇などが起きるはずだという反論ですか」

冷静に切り返されたが、大きく頷いた。

「そうだ」

「ところが、牛海綿状脳症に関しては、そういった免疫応答が起こらないことがわかっています。おかしいですね。獣医の資格を持つ伴野さんが、間違えるはずはないと思うのですが……なにか勘違いなさいましたか」

と、訊き返されては沈黙するしかなかったろう。

「…………」

「ここからは、確認になります。あなたは獣医として診察していた牛に、BSEを引き起こす牛の肉骨粉を与えて、本当に牛海綿状脳症を発症するかどうか、『実験』していた様子が見えます。いやな表現ですが、わかりやすくするため、敢《あ》えて使いました。ご理解ください」

馬鹿丁寧な口調と謝罪に、伴野は唇をゆがめた。伊都美のペースになっているのだが、彼女は気づいていないだろう。生真面目に取り組んでいるだけなのだった。

「はい、それで?」

伴野はやりにくさを隠さずに促した。

「BSEを発症した牛が、四例、出ました。十年ほど前からです。ここ、テストに出ますと言いたいのですが、身内だけにわかるジョークはやめましょう。ですが、十年ほど前は重要なポイントです。憶えておいてください」

十年ほど前の部分がひびいたのか、

「わかりました」

伴野は急に真面目な顔になる。

「そして、今度は千葉の農場で牛や羊が不可解な死に方をしました。あなたが雇われていた農場です。解剖したところ、青酸カリと思しき毒物を投与されたことが判明しました。わたくしは、胸が痛みました」

伊都美の白い面《おもて》に、暗い翳《かげ》がさした。たったそれだけの変化なのに、どきりとさせられる。心に湧いた自分の言葉で語ったからではないだろうか。

「牛や羊で毒物の効果を試したのだとすれば、これ以上、酷《ひど》いことはありません。同じ命です。命の重さに変わりはないはずですから。かわいそうに、血の泡を吹いて死にました」

話の流れを読み、冴子はタブレットの画面を変える。千葉の農場で死んだ牛と羊が、血の泡を吹いて倒れている場面と解剖シーンだった。

「おれはなにも……」

言い訳を、伊都美は遮る。

「やっていませんか?」

「…………」

「追跡班は、青酸カリと思しき毒物を投与したのは、あなただと考えています。死ぬのに時間がかかったのは、毒物を二重、もしくは三重にしたカプセルに包み、与えたからではないかと推測しました。危険な兆候《ちょうこう》です。アリバイ作りのために、カプセルを利用した可能性がありますので」

「ちょっと意味がわかりませんね。アリバイ作りのためとは、どういう意味ですか」

とぼけた問いを投げた。

「青酸カリは強力な毒物です。飲んだその場で苦悶《くもん》しながら亡くなります。それでは、まずいと考えたのではないでしょうか。飲ませた後、時間を置いて亡くなれば、疑われる可能性は低くなると目論《もくろ》んだのか。牛や羊の変死事件もまた、『実験』だと追跡班は考えました」

「なんの実験ですか」

伴野は訊いた。あくまでも、しらを切り通すつもりなのか。揶揄《やゆ》するような言動は消えて、真剣な表情になっていた。

「伴野知世さんを、自分の奥様を殺すための『実験』です。一部、繰り返しになりますが、ご理解ください。あなたはおそらく十年ほど前から、奥様に牛の肉骨粉を与え始めた。若年性認知症に見せかけて殺すつもりだったのでしょう。企みどおり、知世さんは認知症に似た病気を発症。あなたは介護施設に入所させました」

なかなか突き止められなかった入所先。そこで終わらせれば、もしかすると、完全犯罪になったかもしれない。

「施設の費用が、負担になりましたか」

伊都美は遠慮がちではあるものの、一歩、踏み込んだ。むしろ金がらみの方が、よかったと追跡班は考えていた。怒りや憎しみといった生々しい感情ゆえの殺害計画よりはまだ、救われるような気がしたからだ。

答えない伴野を見て、冴子はタブレットを切り替えた。

「次はこれをご覧ください」

伊都美が促した。

車から降りた伴野が、防犯カメラに向かい、なにかを言ったシーンである。

「わたくしたちは、これをあなたからの挑戦状と受け取りました」

「そうですか」

伴野はいちおう答えたが、額にはうっすら汗が浮かんでいた。両目は虚《うつ》ろで、どこか遠くを見ているようであり、見ていないようでもある。動揺を隠しきれなかった。

「代わります」

冴子は言い、立ち上がった伊都美と交代する。短い挨拶をして、取り調べを続けた。

5

「防犯カメラに向かって告げられた言葉は、『シンセミア』。スペイン語で『種なし』を意味します。最高級の大麻と評されていますが、値段も最高級ですね。では、なぜ、あなたは、わざわざ『シンセミア』と告げたのか」

冴子の言葉を、伴野は唇をゆがめて受けた。

「ふざけていたんだ。別に警察への挑戦状というわけじゃない」

「あなたの自宅周辺で聞き込みをしたとき、十年ほど前に奥様が流産した後、夫婦仲が悪くなったと聞きました。これについてはどうですか」

「知世はアラフォー直前だったからな。子どもを産む最後のチャンスだった。それがだめになって、なんとなくお互いに気まずいというか。会話が減ったのは事実だよ。おれも子どもがほしかったんでね」

　子どもがほしかったのは事実かもしれないが、ほしくても授からない場合がある。冴子は今回、調べ直した結果をクリアファイルから出した。

「あなたの検査結果です。結婚前に絞り込んで、友人知人関係をあたりました。親しい人から伺ったんですよ、クリニックに行ったのを聞いたと。殺人未遂事件に関わりがあることをお話しして、やっと医師にカルテを見せていただきました」

　冴子は、さらに話を進める。

「十年前にもう一度、そのクリニックに行ったらしいですね。知世さんが妊娠したあたりです。もしや、以前の検査結果は、間違いではないのかと考えたからですか」

「………………」

　伴野は机に置かれた検査結果を無言で見つめていた。みずからヒントを言ったことを、今更ながら後悔しているのかもしれない。

「あなたは、無精子症でした。それなのに、知世さんは妊娠した。念のために再検査してみたものの、結果は同じでした。種なし、シンセミアです。では、知世さんが妊娠したのは……」

「浮気したんだよ、他の男とな！」

伴野は大声で遮った。

「種なしだと言えなかったおれも悪いだろうさ。だが、言えるか。子どもがほしいほしいと言う女房に、おれは種なしなんだと。子どもがいなくても仲睦《なかむつ》まじい夫婦はいくらでもいる。そうやって穏やかに暮らしていこうと話していたんだ。それが」

机の上で両手をきつく握り締める。力を入れすぎて、関節の部分が白くなっていた。

「それが動機ですか」

重要な問いを投げた。

「ああ。そうなるだろうな」

伴野が妻への殺意を認めた瞬間だった。うつむいたまま、両拳を握り締めたまま、唇を嚙みしめている。

「人としての葛藤《かっとう》があったよ。気づいていないふりをして、生まれる子どもを、おれの子どもとして育ててもいいんじゃないかと考えたりもした。だが……いつか真実をぶちまけたくなるんじゃないか。知世に真実を問いただしたくなるんじゃないか。なによりも、おれに似ていない他人の子を愛せるか？」

顔をあげたとき、伴野の目には涙が滲んでいた。

「苦しかった」

知世を心から愛していたのかもしれない。その愛が強ければ強いほど、怒りと憎しみが増したであろうことは容易に想像できた。

「あなたは、女性と一緒に行動していましたよね」

冴子は話を戻した。情に流されてはいけない。

「ああ」

「だれですか」

質問の後、ほんの一瞬だが、答えるのを躊躇った。冴子は記憶に刻みつける。

「さあな。行きずりの女だよ。金がないから飯を食わせてくれと言われてな。しばらく一緒にいただけの間柄だ」

「『天下人』と連絡を取り合っていましたよね？」

いよいよ核心にふれる。伴野が持っていた黒い鞄からは、携帯や二十センチぐらいの瓶に詰められた牛の肉骨粉、予備の注射器といった物がすでに押収されていた。携帯は現在、精査中であるため、『天下人』とのやりとりは断定できていなかった。

「本人かどうかはわからんが、それらしき人物とメールのやりとりはしていた。信じられなかったんでね。本物ならば、証拠を見せてみろと言ってやったのさ」

「それが『偽伴野逃亡事件』や、少し大がかりな逃走劇になったわけですか」

伴野のふりをした七人は、全員が覚せい剤の常習者だった。そして、大型トレーラーに軽自動車ごと入って逃げるやり方は、Nシステムや防犯カメラを欺《あざむ》くための策なのは間違いなかった。

「そんなところだ」

「追跡班の部署のパソコンからは、あなたに関するデータだけが、綺麗に消えました。あれもそうですか」

「へえ、それは初耳だな。なかなか粋《いき》なことをやるもんだね」

伴野は笑っていたが、笑い事ではなかった。

「攪乱作戦ですか」

「おれは、ついでに知世を病院に入院させようと考えたのさ。介護施設にも医師はいたが、専門医に罹《かか》った方がいいと提案されていたんでね。逃走劇に目を引きつけておき、知世を病院に移したってわけだ」

あれこれ理由をつけているが、要は始末しやすい個室に移したかっただけのことではないだろうか。

「『天下人』は、なぜ、あなたに興味を持ったのでしょうか」

「あんたらは忘れているかもしれないが、おれは獣医だ。色々利用価値があると思ったんだろう」

「牛の肉骨粉を持っているのを知っていた？」

冴子は確かめた。天下人はどこまで状況を把握していたのか。

「なにか面白いものがあれば、買い取ると持ちかけられたよ。で、牛の肉骨粉のことを教えた。やつは興味津々でね。けっこうな高値をつけた。一瞬、心が揺らいだが、考えさせてくれと答えて先延ばしにしたよ」

「『天下人』を名乗る人物とは、これからも付き合っていくつもりだったのではないのですか。あなたにとっては、なにかと便利な相手だったように思えますが」

冴子は疑問点を口にする。ある程度の報酬を与えてくれたであろう『天下人』とは、即《つ》かず離れずでうまくやっていけたのではないだろうか。捕まる可能性が高いとわかっていながら、伴野が病院にノコノコ現れたのが不思議でならなかった。

「便利ではあるが、危険な相手でもある。いつ、消されるか、わかったもんじゃない。逃亡生活にも疲れたんだよ。まあ、捕まる覚悟を決めたのは、昨日の朝、テレビでやった会見を見たからだけどな」

「渡辺日明さんたちの会見ですか？」

これまた、意外に思えて訊き返した。伴野は苦笑いしつつ同意する。

「らしくないと自分でも思うがね。娘を拉致されて大怪我を負わされた父親がだ。未来を担《にな》う子どもたちのことを思い、勇気を振り絞って開いた会見だよ。おれは経過を知っているんでね。よけい、こう、なんというのか」

言葉に詰まって瞬きを繰り返しながら言った。

「じんときた。それで決めたのさ」

「日本の警察官は、馬鹿ばかりだから捕まる心配はないと?」

冗談めかした軽い口調に、伴野は声をあげて笑った。

「刑事さんの言うとおりだ。はじめはそう思っていたよ。でも、追跡班は違ったな。部署名どおり、執拗《しつよう》に追いかけて来た。病室では肝《きも》が冷えたよ。ゾンビかと思って震えあがった」

「では、やはり、北区に隣接する足立区で大型トレーラーから降りたのは、追跡班に知世さんの居場所を教えるためだったんですか。さらに北区滝野川の病院を選んだのは、『天下人』がタネ屋がらみの騒ぎに関わっていることを知らせるためですか」

「そうなる、かな」

認めた伴野の顔は、人の好《よ》い牛の先生になっていた。だいたいのところは、追跡班の推測どおりといえた。

「もう一点、確認させてください」

冴子は言った。不利になる話はしないだろうと思いつつだった。

「十年前、奥様の知世さんは流産しました。流産にあなたが関わったようなことは……」

「腹を蹴った」

伴野は即答した。

「口論になったんだ。浮気した、いや、してないってな。頭にきたから蹴りつけた後、言ってやったよ。おれは種なしなんだぜ、とね」

刑が重くなるのを覚悟したうえでの自白だった。別れずにいたのは、流産させた罪滅ぼしか。また、知世が別れなかったのは、他の男の子を身籠《みご》もった贖罪《しょくざい》ゆえか。

「あなたは、それでも怒りがおさまらず、知世さんに牛の肉骨粉を与えた」

最後の質問を、伴野はうなだれたまま認めた。

「そうだ」

「これで終わります」

冴子が立ちあがると、伴野は座ったままで深々と頭をさげた。言葉はない。だが、殺人を止めてもらえた御礼に思えた。

伊都美と取調室を出て行きかけたとき、

「ひとつだけ」

伴野が言った。

「知世は？」

怒り、憎み、殺そうとまで思った相手の、容態を案じているのが見て取れた。

「容態は変わりません」

「……………」

とたんに、伴野の顔がクシャクシャになる。泣き笑いの表情は、安堵しているように見えた。冴子は伊都美とともに廊下へ出る。

「殺人者にならずに済み、喜んでいらっしゃるようでしたね」

感激しているに違いない。伊都美は目を潤ませていた。

「どうだか」

冴子はふふんと鼻を鳴らした。

「真《ま》に受けない方がいいと思います。お辞儀をしているそのときに、ぺろりと舌を出すような連中ですよ。それが詐欺師なんです」

「え」

衝撃を受けて立ち止まる。

「一緒に行動していた女について訊いたとき、微妙な間が空いたじゃないですか。行きずりの女という話もまた、信用できないと思います。嘘、嘘、嘘で固めた人生に、どっぷり浸かっていますよ、伴野は」

「そう、でしょうか」

反論できずにいると、離れた場所にいた千紘と春菜がこちらに来た。だれかの連絡を受けていたのだろう。千紘は携帯を掲げていた。

「刀根優介が、自供したんだって」

仲間内の口調で続けた。

「『天下人は自分です。刀根優介が、天下人です。これ以上、騒ぎを大きくしてはいけないと思い、なにもかもお話ししようと思いました』ですってさ。伊都美ちゃんのビデオレターが、きっかけかな」

「え」

伊都美は二度目の衝撃を受けた。ビデオレターがきっかけ、という文言が何度もひびいている。今回はかなり上首尾だと仲村や佐古から褒められていただけに、落ち込みかけた。

「また、自称『天下人』か。名乗りをあげることで、父親の刀根康介が助かるのかもしれないな。刀根優介は『天下人』に関する重要事項を自白したからね。なんらかの制裁を受ける可能性があったのかもしれない。父親を始末されたり、自死するよりはと決意したか」

冴子は自分なりの推測を口にする。しかし、伊都美の耳には届いていない。どこまでも深く、気持ちが沈んでいった。

6

伊都美はある決意をして、翌朝、だれよりも早く部署に出た。昨夜のうちにクロノに頼んでおいたため、椅子に座ったとたん、パソコンにそれが映し出された。

「一柳清香《ひとつやなぎさやか》です」

美しい女性の隣に、端整な顔立ちの女性が並んでいる。

「上條麗子《かみじょうれいこ》です」

流れたのは、追跡班の三人がお師匠さんや恩師と讃《たた》える検屍官と警視のビデオレターだった。いまやレジェンドとさえ言われる最強のコンビ。

「止めてください」

いったん映像を停止させた。

「観《み》るとさらに落ち込むのはわかっているのですが」

伊都美の独り言に、クロノは問いを返した。

「わかっているのに、なぜ、観るのですか」

「どうせなら、どこまでもズズーンと落ち込んでしまおうかと」

「……理解不能」

「追跡班の責任者として着任する前、一柳検屍官と上條警視は、片桐巡査長たち三人の恩師だが、絶対に彼女たちの話はするなと釘をさされました。三人から話が出たときはいいが、わたくしの方からは口にするなと」

だれに言うでもなく呟いた。

「禁句だったわけですね」

クロノが告げる。最近では当意即妙、冴子がこまめにプログラミングするお陰で、かなりうまく対応できるようになっていた。

「そうなりますね。渡辺茉林さんの入院する病院で佐古課長に呼ばれたとき、初めて一柳検屍官と上條警視がどうなったのかを聞いたのです」

二年前、一柳清香と上條麗子は、珍しく休暇を取ってアメリカへ行った。ＦＢＩ関係の会議があったようだが、ふだん仕事漬けの日々を送っていたことから、バカンスがてらだったのだろう。帰路、二人が乗っていた飛行機は、突然、レーダーから姿を消した。

「墜落したのか、誤ってどこかの国が撃ち落としたのか。墜落説が有力だが、真相はわからない。とにかく二人は日本に戻って来なかった」

佐古の話が甦っている。

「三人の落胆ぶりは、傍目《はため》にも見て取れるほどだった。意外に思うかもしれないが、なかでも冴子がひどくてね」

私的な話だからなのか、珍しく名前で呼んだのが印象に残っていた。

「仕事が手につかなくなって、一柳検屍官のマンションに引き籠もってしまったんだよ。もちろん千紘と春菜も同じだったが、冴子はろくに飯も食わず、点滴を打つような有様だった」

親のように慕い、人生の師と仰いでいた二人の死は、それだけショックだったのだろう。親《ちか》しい者の死に弱い三人は、一柳検屍官と上條警視は、どこかで生きていると信じているようだった。

「これはもう、仕事に戻るのは無理かと思ったとき、一柳検屍官の母親が、娘からビデオレターを預けられていたのを思い出したと言って渡したんだ。それを繰り返し観ることで少しずつ仕事に復帰したんだが……冴子が演技をすることに抵抗を覚えなくなったのは、恩師と仰ぐ彼女たちの事故が原因ではないかと、わたしは考えている」

「常に演技をしていると？」

伊都美の質問に同意した。

「なんとなくだが、そんな気がしてね。万が一のことを考えていたんだろう。一柳検屍官と上條警視は、遺言書とビデオレターを遺《のこ》した」

自分が持つ財産は、すべて三人に遺すという遺言書であり、冴子たちは捜査で別人に変身するとき、清香の品だった本物のブランド品の服や装飾品を使うようになった。また、清香は警視庁の近くにマンションを持っていたことから、三人は精神的に追い詰められるとそこに行って泊まる。

「寂しく思いました」

ぽつりと本音が出た。

「わたくしだけ、仲間はずれにされているようで」

「そう言えばいいと思います」

クロノの助言に、伊都美は怪訝な目を返した。

「ですが」

「大丈夫ですよ。片桐巡査長はちょっと性格が悪いですが、真っ直ぐな気持ちを向けられると断りきれません」

「そうでしょうか」

小さな溜息の後、

「動かしてください」

ビデオレターの続きを促した。

「これが流れているということは」

清香は隣の麗子の腕を取る。

「どうしよう、麗子。わたしたち、死んじゃったみたいよ」

「仕方ないよ。人間はいつか死ぬんだから。ほら、さっさと言いなさい。遺したい言葉があるんでしょう？」

「はい」

清香は真面目な顔になって告げた。

「なによりも大切なのは命です。万が一、迷うような場面に遭遇した場合は、まず命を最優先にしなさい」

次はあなたよ、と言うように、清香は麗子を肘《ひじ》で突いた。

「あたしからの遺言は『諦めない！』、これだけです。諦めた瞬間、そこですべては終わりますからね。なにがあっても諦めないこと。それが大事です」

「わかっています」

突然、後ろで声がひびいた。

「え？」

伊都美は驚いて振り返る。足音を忍ばせて来たに違いない。冴子たち三人が、勢揃いしていた。

「コソコソしているから、アダルトビデオでも観るのかと思ったのに」

　冴子はチビクロを掲げている。だいたいは伊都美が持ち帰るのだが、昨夜は冴子が使うと言って持ち帰っていた。隠密行動のつもりだったのに筒抜けだったらしい。

「すみませんでした。どうしても、伝説のコンビのことが知りたくなったのです。なんだか自信を失ってしまいまして、あ、いえ、決して自分のやり方が最善だったと思ったわけではありません。そんな驕《おご》りは……」

「クロノ。早くビデオレターを消して」

　冴子は言い、散らかっていた机の上を片付ける。千紘と春菜も目につくゴミを拾ったり、流し台に置かれたままの給湯室のカップ類を食器棚にしまった。雑然としていた部署内が、ふだんよりは多少、整理されたかもしれない。

「あの」

　なにを、どう言ったらいいのかわからなくて、伊都美は一番気になることを訊いた。

「茉林さんはどうですか」

「今日から一般病棟に移るそうです。でも、まだ、言葉が出ません。脳に損傷を受けましたからね。リハビリの状況を、見守るしかないと思います。茉林を拉致した三好秀平には、絶対に協力者がいたはずですが……来た」

冴子は扉に行き、開けた。

「お帰りなさい、細川《ほそかわ》警視正」

告げて、敬礼する。千紘と春菜も右へ倣えで従った。

「え、あ」

伊都美も慌てて敬礼した。細川雄司《ゆうじ》警視正は、照れくさそうな顔で入って来る。伊都美は初対面だったが、写真よりも痩せている感じがした。

一柳清香と上條麗子が飛行機事故に遭った後、彼は警視正に昇格。一年間は追跡班を立ち上げるために尽力したものの、精神面で問題が出たことから休職したのだが、今回の事件で追跡班を後方支援したのは彼だと、伊都美は佐古から伝えられていた。

「はじめまして、本郷警視」

細川は挨拶した。

「細川です」

「あ、いえ、あの、本郷伊都美です。本日、おいでになることは知りませんでした。驚いております」

「大変でしょう、彼女たちをまとめるのは」

細川は笑いながら三人を見やっている。どうだ、これが一柳検屍官と上條警視の子どもたちだ。二人の志を受けて、三人は頑張っている。とでも言うように、誇らしげな表情をしていた。

「いいえ」

伊都美はきっぱり答えた。

「とても良い勉強になります。教えられてばかりの、頼りない上司なのに、馬鹿にすることもなく、対等に扱ってくれます。なによりも嬉しいことです」

「なるほど」

と、細川は微笑んだ。

「上司を追い出すばかりだった三人が、本郷警視を受け入れた理由がわかりました。わたしは追跡班に籍を置きますが、まだ、常勤できません。しばらくは今までどおりになります。問題が起きたときには、ゾンビのように甦りますので」

「伴野辰治の供述書を読んだんですね」

千紘は破顔している。

「ほんと、ゾンビみたいだったもんな、冴子は。悪ノリして、床を這うんだもの。あれは恐かったわ」

「本郷警視も負けていなかったですよね」

冴子は伊都美に水を向けた。

「『腰が、ぬけましたか』とか話しかけたじゃないですか。あぁ、いつも言われているから、言いたかったんだなと思いましたよ」

「清楚な看護師姿で『警視庁特殊詐欺追跡班です』と言ったのもカッコよかった」

ぼそっと春菜が継いだ。伊都美は恥ずかしくなって頰を染める。

「自分とは違うだれかになるのは、面白いと思っています。父は相変わらず反対ですが、気にしないようにして……」

会話を遮るように電話が鳴る。

「はい。警視庁特殊詐欺追跡班です」

冴子が受け、二言、三言、話して終わらせた。

「機動捜査隊からです。府中市でシニアの詐欺師が横行しているらしいですね。そのうちのひとりと思しき女を捕まえたようです。買い求めた料理に髪の毛が入っていたと因縁をつけ、料金を返してもらうキッチンカー狙いの詐欺だとか」

「仲村課長が言ってた銀詐欺」

春菜が過去の話を提示する。全員、素早くコートを羽織り、バッグを持っていた。

「さあ、行くよ」

冴子は言った。

捕まえてやるよ。あたしたちが行くまで、待ってな、悪党。

追跡班は、どこまでも悪を追いかける。

〈参考資料〉
「タネが危ない」野口勲　日本経済新聞出版社
「タネはどうなる!?　種子法廃止と種苗法運用で」山田正彦　サイゾー
「日本を破壊する種子法廃止とグローバリズム」三橋貴明　彩図社
「世界史を大きく動かした植物」稲垣栄洋　PHPエディターズ・グループ
「人は顔を見れば99パーセントわかる　フランス発・相貌心理学入門」佐藤ブゾン貴子　河出書房新社
「アメリカ犯罪科学捜査室」ジョン・ゾンダーマン　訳・大野典也ほか　廣済堂出版
「もう牛を食べても安心か」福岡伸一　文藝春秋
「あなたが信じてきた医療は本当ですか?」田中佳　評論社
「媚薬の博物誌」立木鷹志　青弓社
「患者になった名医たちの選択」塚﨑朝子　朝日新聞出版
「医者の本音　患者の前で何を考えているか」中山祐次郎　SBクリエイティブ
「実例から学ぶ　犯罪捜査のポイント」監修・大谷晃大　東京法令出版
「トンデモ科学の世界」竹内薫＋茂木健一郎　徳間書店
「マトリ　厚労省麻薬取締官」瀬戸晴海　新潮社
「日本が食われる　いま、日本と中国の『食』で起こっていること」松岡久蔵　彩図社
「盆栽　癒しの小宇宙」丸島秀夫　南伸坊　新潮社

あとがき

『警視庁特殊詐欺追跡班』、コロナ禍まっただ中の4月に新シリーズスタートという、波乱の幕開けとなりました。なんとか2巻目を刊行できて、とても、とても嬉しいです。

とはいえ、今回は手こずりました。そもそも題材《テーマ》がむずかしすぎて、資料を消化するのにひと苦労。さらに手元の資料がさして古くないにもかかわらず、法律が変わっていたりして、ここでまた、四苦八苦。いやはや、大変でしたが、こうやって読者の方々にお届けできることに感謝です。

今回は、タネ屋さんの話もテーマのひとつとして取り上げました。政治の世界で大きな改革とやらが繰り広げられる裏で、ずいぶん色々なことが行われちゃっていたんだなあ、と、今更ながら思い知らされた次第です。タネの話はだいぶ前に、亡くなられた俳優の菅原文太さんが、テレビだったかなにかで話していたのを聞いた憶えがあります。資料を読んで「ああ、あのとき、菅原文太さんが仰っていたのは、これを危《き》惧《ぐ》するがゆえだったのか」と、後でわかったわけですけどね。日本の食は、脅かされていると思います。

たとえば、お米。

かなり昔から減反政策で、お米の生産量は減り続けているようです。それで休耕地が増えてしまい、さらには山も荒れ放題。切り崩して住宅地にするのが原因のひとつでしょうが、イノシシやクマが住宅地に出没するのは、もはや珍しい話ではなくなりました。いつだったかは忘れましたが、国立にイノシシが現れたニュースをテレビで見たときは、さすがに吃驚仰天でしたが……山で木の実や必要な食料を得られなければ、住宅地に来ますよ、生ゴミがありますから。食物連鎖の流れが、くずれてしまっているのだと思います。

どうして、こんなことになってしまったのか。

日本のお米は、海外では高値で売れるとか。中国では2・5倍以上のようです。つまものと呼ばれる薬味などは比較的、簡単に育つうえ、けっこういいお値段で取り引きされるようですね。そうそう、神棚にお供えするお榊《さかき》を専門に売っている農家さんもいました。自分の山に生えているお榊の、綺麗な枝を選んで売り物にしていましたが、創意工夫といいますか。人がやらないことをやるのが、商機を切り開く鍵だなとつくづく思いました。

野山や田畑の手入れをすれば、新たな雇用を生み出すこともできるはず。日本は農業にもっと力を入れるべきではないか。個人的には、そう思っています。自然が相手の仕事なので、大変だとは思いますが……。

今回、新聞記事に載っていた北関東の家畜盗難騒ぎも、たまたま取り上げたのですが、増えているようです。果樹園から梨や葡萄を盗む不届き者も現れているとか。家畜はもちろんですが、手塩にかけて育てたものを盗まれてしまう無念さは察するにあまりあります。しかも、ほとんどが未解決とは……胸が痛みます。


世の中がこういう状況になってしまい、なにをテーマにすればよいのか。作り手のひとりとしては本当に悩みます。読者の方々の心にひびくものをお届けしたいと思うがゆえの、苦労でありました。

せめて一時《ひととき》、浮き世の憂さを忘れて、お楽しみいただければ幸いです。

この作品は徳間文庫のために書下されました。
なお本作品はフィクションであり実在の個人・団体などとは一切関係がありません。

徳間文庫

警視庁特殊詐欺追跡班

サイレント・ポイズン

2020年12月15日　初刷

著者　六《りく》道《どう》慧《けい》

発行者　小宮英行

発行所　株式会社徳間書店

東京都品川区上大崎三-一-一
目黒セントラルスクエア　〒141-8202

電話　編集〇三(五四〇三)四三四九
販売〇四九(二九三)五五二一

振替　〇〇一四〇-〇-四四三九二

印刷
製本　大日本印刷株式会社

ISBN978-4-19-894612-8　(乱丁、落丁本はお取りかえいたします)